AF294954

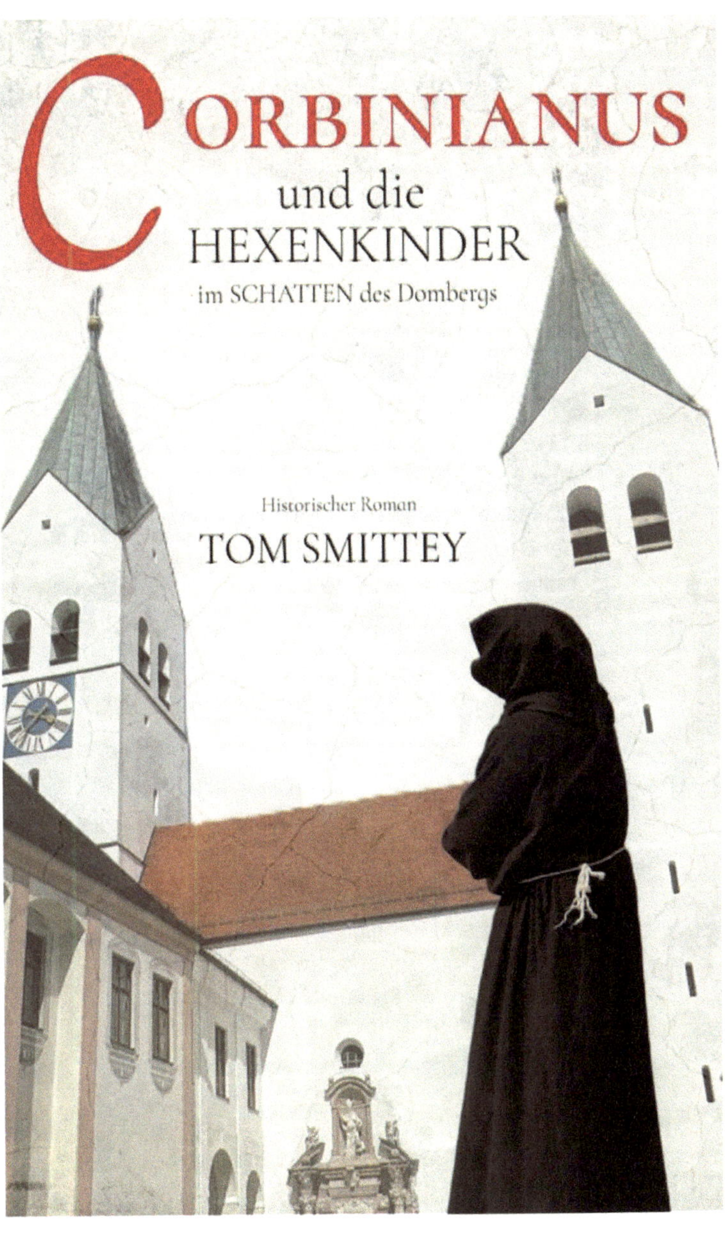

CORBINIANUS
und die
HEXENKINDER
im SCHATTEN des Dombergs
Historischer Roman
TOM SMITTEY

Für Andre

den Trudenfanger

und seine Freunde

« Isdem venerandus vir Dei

ex regione Militonense ortus fuit

ex vico qui nuncupatur Castrus »

« Der verehrungswürdige Gottesmann

stammte aus der Gegend von Melito

aus einem Dorfe namens Castrus »

Bischof Arbeo von Freising,
Das Leben des heiligen Korbinian
(Herausgegeben und übersetzt von Franz Brunhölzl)

Inhaltsverzeichnis

Inhaltsverzeichnis

Inhaltsverzeichnis

Prolog

Ein Samstagmorgen. Die Zeitung liegt auf dem Frühstückstisch. Politik, Wirtschaft, Sport, Feuilleton, Lokales und Regionales wollen gelesen werden.

Ein Artikel handelt von Hexenprozessen. Hexenprozessen, nach dem Mittelalter, in der jüngeren Neuzeit und der beginnenden Aufklärung, in denen Kinder zum Tode verurteilt wurden. Hexenprozessen, die gerade einmal 300 Jahre zurückliegen, Hexenprozesse in meiner Stadt, in Freising.

Schaudernd lese ich den Artikel. Ich bin bestürzt, reiße die Seite aus und lege sie auf meinen Schreibtisch. Die Vorfälle lassen mich nicht los. Einige Tage später beginne ich zu recherchieren, finde ein Buch, das sich mit diesem dunklen Kapitel befasst. „Die Mäuselmacher oder die Imagination des Bösen", des Historikers Dr. Rainer Beck, lässt mich in die mittelalterlich anmutenden Grausamkeiten tief eintauchen. Kinder und Jugendliche und historische Figuren werden ebenso lebendig wie die verantwortlichen Richter, Hofräte und der Fürstbischof. Das Buch wird für lange Zeit meine gruselig grausame Abend- und Bettlektüre.

Was ist das für eine Gesellschaft, die solche Grausamkeiten hervorbringt? Wie konnten Repräsentanten der Stadt und des Fürstbistums im Namen der Kirche und des christlichen Glaubens derartige Verbrechen an unschuldigen Kindern verüben? Warum konnten solche Urteile gesprochen und vollstreckt werden?

Die Geschichte der Stadt Freising, ihre Gründung, die Entstehung des Bistums, die Zeit der Hexenprozesse, und die Fragen der Gegenwart beginnen mich in ihren Bann zu ziehen.

Wie konnte es dazu kommen, dass aus einer grundsätzlich guten und frohen Botschaft des Glaubensstifters Jesus Christus ein Herrschaftssystem wurde, das über Jahrhunderte durch die Kirche an Einfluss und Macht gewann, sich in den päpstlichen und bischöflichen Strukturen manifestierte und zusammen mit der weltlichen Macht der Könige und Herrscher die Menschen in ein von Grausamkeiten geprägtes System pressten, frage ich mich. Und mich erschüttert, dass die Hexenprozesse in mancher Lektüre über die Geschichte der Stadt Freising anscheinend vollständig ausgeblendet und peinlich verschwiegen werden.

Mit den historischen Personen des Heiligen Corbinian von Freising und den Kindern aus den Hexenprozessen begann in meinem Kopf eine romanhafte Geschichte zu entstehen.

Corbinianus[1], gebürtig in der Nähe von Paris, Heiliger der katholischen Kirche und Schutzpatron der Stadt, wird im Roman zur handelnden Figur im Spannungsfeld der christlichen Gesellschaft.

Prolog

Der junge Kurbl[2], realer überlebender Zeitgenosse der Hexenkinder und selbst im Fokus der Verfolger, erlebt die Grausamkeiten und Verbrechen, die an den Kindern verübt werden. Er führt uns durch die Stadt Freising an der Schnittstelle zwischen vergangenem Mittelalter und der Epoche der Aufklärung und lässt die Kinder, die tatsächlichen geschichtlichen Geschehnisse und fiktives Handeln miteinander verschmelzen.

Und schließlich zum Schluss Korbinian, ein Jugendlicher der Gegenwart; er sucht nach Antworten in der Kirche von heute, zweifelt zwischen seiner Sehnsucht nach christlichem Sendungsbewusstsein und den Verfehlungen der Kirche von heute.

Corbinianus, Kurbl und Korbinian begegnen sich schließlich fiktiv auf dem Belvedere, ihre Erfahrungen von Kirche und Glauben stehen sich gegenüber und ihre offenen Fragen verweht der herbstliche Wind am Domberg.

Ich bin einigen Autor*innen und Unterstützer*innen zu großem Dank verpflichtet, die mich in die Materie der Mäuselmacher und Hexenprozesse, sowie die geschichtlichen Zusammenhänge in der Zeit des Heiligen Corbinian eintauchen ließen.

Zuerst möchte ich mich bei Historiker Rainer Beck bedanken, der in seinem im C. H. Beck Verlag erschienenen Buch „Mäuselmacher oder die Imagination des Bösen" wissenschaftlich und detailgenau die Hexenprozesse in

Prolog

Freising in den Jahren 1715 bis 1723 aufgearbeitet hat, und mir damit reale historische handelnde Personen an die Hand gegeben hat. Doch erst im persönlichen Gespräch mit ihm wurden mir viele Hintergründe, Zusammenhänge und gesellschaftlichen Details dieser Zeit klarer und ich hoffe, dass sie in den handelnden Personen ein Profil bekommen, das der historischen Wahrheit nahekommt.

Die Freisinger Scharfrichter dieser Epoche, hat der Freisinger Volksschullehrer und Rektor Karl Mayer in seinem Buch „Schinder und Scharfrichter im Hochstift Freising" recherchiert und lebendig gehalten. Seine historische Darstellung der Foltermethoden und der Praxis der örtlichen Scharfrichter hat die Handlung des Romans an weitere Plätze historisch belegter Orte geholt.

Mein Dank gilt Ernst Grassy, der mich in der Führung durch das Alte Gefängnis in Freising und in seinem Detailwissen zu den Hexenprozessen und zur Stadt Freising in die Zeit nach dem Mittelalter mitgenommen hat.

Über Corbinianus, den Heiligen und Schutzpatron der Stadt gibt es bis auf die Vitae Corbiniani des Freisinger Geschichtsschreibers und Bischofs Arbeo aus dem 8. Jahrhundert nur wenig historisch verlässliches konkretes und detailreicheres Material, das leider auch – was die Zeitangaben betrifft – gelegentlich etwas variiert. Erwähnen möchte ich weiter das kleine Büchlein von Peter B. Steiner „St. Korbinian", das mich in komprimierter Form durch das

Prolog

Leben des Corbinianus geführt hat und den Bezug zu den Malereien im Freisinger Dom herstellt.

Mein besonderer Dank gilt Francesco Cester, der mit seinem historischen Wissen manchen Fehler ausgebügelt hat und insbesondere – als ehemaliger Römer Bürger – die Zeit des Corbinianus in der ewigen Stadt Rom auf Plausibilität geprüft hat. Ohne sein geduldiges, genaues Lektorat, ohne seine vielen Karten über das antike und mittelalterliche Rom wäre der geschichtliche Corbinianus auf seinen Pilgerreisen für mich nicht zu einer authentisch handelnden Figur an geschichtlichen Handlungsorten geworden. Unschätzbar ist das Buch „Le Piante di Roma" (Die Stadtpläne von Rom), das er mir für meine Recherchen zur Verfügung gestellt hat.

Nicht vergessen darf ich keinesfalls meine Frau Petra, die mich trotz einer langen und schwierigen Zeit der Unterbrechung immer wieder ermuntert hat, am Roman weiterzuschreiben und mir den Glauben an den Sinn dieser Handlung gestärkt hat.

Zum Abschluss möchte ich dem rein fiktiven Korbinian der Gegenwart danken, der sich, trotz aller Skandale der Kirche, mit dem christlichen Glauben weiter auseinandersetzt.

Ich habe versucht, so nahe wie möglich an den tatsächlichen Begebenheiten zu bleiben – sowohl was das spärlich beschriebene Leben des Corbinianus betrifft als auch die schreckliche Zeit der Kinder-Hexenprozesse – um die romanhafte Beschreibung dieser Zeiten nicht unnötig zu

Prolog

verfremden. Insbesondere auf die enge Anlehnung an die tatsächlichen Geschehnisse um die Kinder habe ich in den Anmerkungen versucht zu referenzieren.

Selbstverständlich handelt es sich hier um einen Roman, der, obwohl alle geschichtlichen handelnden Personen in ihrer jeweiligen Zeit real sind, keinesfalls den Anspruch an eine wahrheitsgetreue Wiedergabe tatsächlicher Begebenheiten erhebt. Das gilt insbesondere für die Wanderrouten des Corbinianus auf seinen Pilgerreisen nach Rom. Sie könnten zwar in etwa so verlaufen sein, aber – um es auf bayrisch zu sagen:

„Nix gwiss woas ma ned …"

Die Stadt

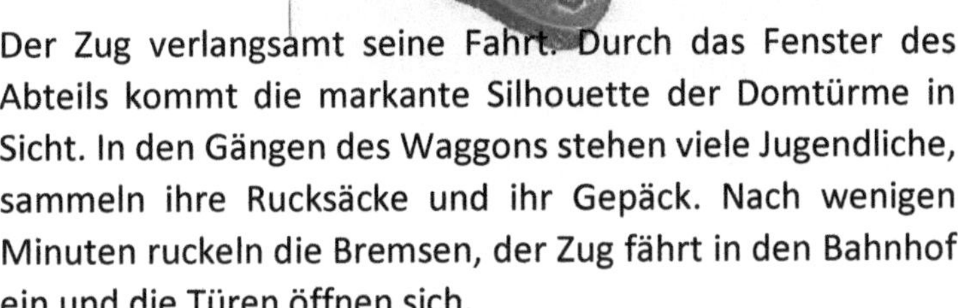

Der Zug verlangsamt seine Fahrt. Durch das Fenster des Abteils kommt die markante Silhouette der Domtürme in Sicht. In den Gängen des Waggons stehen viele Jugendliche, sammeln ihre Rucksäcke und ihr Gepäck. Nach wenigen Minuten ruckeln die Bremsen, der Zug fährt in den Bahnhof ein und die Türen öffnen sich.

Es scheint fast so, als ob alle Passagiere am selben Bahnhof aussteigen wollten. Es herrscht reges Gedränge auf dem Bahnsteig. Manche scheinen sich gut zu kennen und sind in Gruppen unterwegs. Andere sehen sich um und versuchen sich zu orientieren.

Langsam beginnen sich Bahnsteig und Bahnhof etwas zu leeren. Korbinian packt seinen Rucksack, durchquert die Bahnhofshalle, tritt hinaus in den schönen Herbsttag und macht sich auf den Weg in die Stadt.

Vor ihm liegt der Hügel mit den beiden hohen romanischen Türmen des Doms. Viele junge Menschen scheinen dasselbe Ziel anzusteuern. Korbinian überquert den kleinen Bach bei einer kleinen Insel, die vor Hunderten von Jahren in sumpfigen Wiesen noch außerhalb der Stadtmauern lag. Hier blühen trotz der späten Jahreszeit noch immer die Rosen. Vereinzelt spielen ein paar Kinder auf den Treppenstufen am Wasser. Es ist Mitte November.

Die Stadt

Etwas weiter, an einem neuen kleinen Gebäude, drängt sich eine regelrechte Menschentraube: Alle scheinen mit dem kleinen Aufzug auf den Domberg zu wollen. Gleich daneben entdeckt Korbinian ein kleines Schild, das auf das ehemalige Münchner Tor hinweist. Hier war also die alte Stadtmauer. Er entscheidet sich für den Fußweg über die Treppen hinauf zum Diözesanmuseum.

Hier oben hat man einen schönen Blick über die Stadt und den nahen Hügel des Klosters Weihenstephan. Er beschließt, die Aussicht zu genießen und bestellt sich einen Kaffee auf der immer noch sonnenverwöhnten Terrasse.

Als sich ein paar Wolken vor die Sonne schieben, wird es aber schnell kühl und er macht sich wieder auf. Gleich um die Ecke führt ihn der Weg über altes Kopfsteinpflaster am fürstbischöflichen Palais vorbei hinauf zum Domplatz. Am alten Mohrenbrunnen, einem der Wahrzeichen der Stadt, sprudelt noch das Wasser. Die beiden hohen Türme des Doms Sankt Maria und Sankt Korbinian, dem er seinen Namen verdankt, stehen vor ihm. Er verweilt einen Augenblick, bevor er durch das mächtige Kirchenportal das kühle Kirchenschiff betritt.

Die farbenprächtige barocke Malerei im Dom ist beeindruckend und er bestaunt die Deckenfresken mit Szenen aus dem Leben des Heiligen Korbinian. Langsam und andächtig wandert er durch die Seitenschiffe, betrachtet den mächtigen Hochaltar und steigt dann hinab in die Krypta. Vor

Die Stadt

dem goldenen Schrein des Heiligen Corbinian verharrt er ehrfurchtsvoll und genießt die Ruhe in den alten Mauern.

Er wird langsam müde, und hungrig ist er auch. Nachdem er den Dom verlassen hat, geht er durch den Kanzlerbogen über das steile Kopfsteinpflaster wieder hinunter in die Stadt. Er biegt in die Domberggasse ab und kommt am Alten Gefängnis vorbei. Dort im Innenhof findet er Platz an einem kleinen Tisch, studiert die Speisekarte und entscheidet sich für einen Obatzd'n mit Weißbier. Er blickt hinauf zum Hexenturm und lässt sich von der Kellnerin erklären, dass das Gebäude schon über 300 Jahre alt ist und man damals hier Hexen und sogar Kinder eingesperrt hat.

Im windgeschützten Innenhof unter dem Heizpilz lässt es sich aushalten. Als Korbinian in Ruhe sein Weißbier ausgetrunken hat, macht er noch einen kleinen Rundgang durch das Alte Gefängnis, die Gasträume in den ehemaligen Gefängniszellen und besucht eine kleine Kunstausstellung im oberen Stockwerk.

In Gedanken versunken verlässt er die alten Gemäuer und macht sich endgültig auf ins Zentrum der Stadt zum Marienplatz am Rathaus.

Im Frühling

Die ersten Sonnenstrahlen des herannahenden Frühlings wärmten die sumpfigen Wiesen am Bach. Der harte, lange Winter hatte seine Kraft beinahe verloren. Drüben am Domberg begannen die Handwerker ihr morgendliches Gewerk. In der Stadt wurde überall geschäftig gebaut.

Hier unter dem Klosterberg ging es ruhiger und beschaulicher zu. Die Gebäude des Klosters waren schon vor einigen Jahren erneuert worden und danach war dort wieder mehr Ruhe eingekehrt. Durch die Bäume am Hang konnte man eine kleine Kirche erkennen, an der die Handwerker gerade die gerundeten Grundmauern setzten. Sie sollte nach den Plänen der Brüder Asam[3] zu Ehren des Wanderbischofs Corbinian gebaut werden, dem man die wundersame Entdeckung der heilenden Quelle dort oben an den Hängen unter den mächtigen Buchen nachsagte.

Eigentlich sollte der kleine Junge, der hier unten auf den Wiesen am Berg gerne spielte, nach dem Wunsch seiner Mutter, Valentin heißen. Valentin – „der Gesunde", denn er war schon am Tag seiner Geburt mit einem kräftigen, gesunden Schrei zu Welt gekommen. Und zudem erzählte man sich, dass der Heilige Valentin im fernen Rom Liebespaare getraut haben soll, und solche Geschichten versüßten die tägliche harte Arbeit. Aber am Morgen nach

Im Frühling

seiner Geburt hatten sich die Eltern doch auf den Namen Korbinian geeinigt, den Namen des Schutzpatrons der Stadt.

Kurbl, so nannten ihn seine Eltern, hielt sich gerne hier auf. Die Wiesen vor der Stadt waren Spielplatz und Versteck zugleich. Es wurde jetzt täglich wärmer und Kurbl nutzte die Gelegenheit, um den ersten gelben Schmetterlingen zuzusehen, wie sie auf den Wiesen nach Blüten suchten, denn an den warmen sonnigen Plätzen am Bach unterhalb des Klosters und nahe dem Fürstendamm, der die Stadt durch die feuchten Wiesen mit dem Klosterberg verband, spitzten die ersten kleinen Blumen hervor. Für den jungen Buben waren Wiesen, Felder, Wald und Bach Lebensmittelpunkt. Wann immer er Zeit hatte und der Aufsicht seiner Mutter entkam, war er auf den Wiesen vor den Toren der Stadt zu finden.

Gegen Nachmittag meldete sich der Winter noch einmal kurz zurück. Schwere, schwarze Wolken zogen von Westen heran und bald fegten raue, nasskalte Schauer über den Hügel des Klosters. Schneeregen setzte der kleinen Pause ein jähes Ende. Kurbl machte sich flink auf den Heimweg, um sich dann zu Hause am Herdfeuer aufzuwärmen.

Das kleine Haus seiner Eltern lag direkt an der Stadtmauer. Kurbls Vater hatte als Maurer viel zu tun in diesen Tagen. Überall wurde gebaut, denn der wachsende Reichtum der kleinen, aber durchaus bedeutsamen aufsteigenden

Im Frühling

Residenzstadt machte es möglich, dass seit etlichen Jahren viel repariert und erneuert wurde.

Nach der Fertigstellung des Lyceums in der Stadt, gleich unterhalb des Dombergs, hatte sich die quirlige Bautätigkeit der Handwerker auf den Domberg verlagert. Ab und zu, wenn sein Vater Gelegenheit hatte, durfte Kurbl ihn auf den Domberg begleiten. Er bewunderte den riesigen Dom, seine Pracht und die Macht, die er ausstrahlte. Immer wieder zog es ihn hinunter in die Krypta des Doms, wo die Gebeine des Heiligen Corbinian seit fast tausend Jahren in einem steinernen Sarg ruhten.

„Ich war heute bei Vater oben im Dom!", erzählte Kurbl und trocknete seine feuchten Strümpfe beim warmen Feuer am Küchenherd. „Unten in der Krypta liegen viele Heilige begraben", erzählte er eifrig und steckte sich ein Stück Brot in den Mund. „Recht dunkel und gruselig war es dort unter dem Dom", sprudelte es weiter aus ihm heraus. „Und den goldenen Schrein des Heiligen Corbinian habe ich gesehen!".

Seine Mutter war dabei, seine zerrissenen Hosen zu flicken und legte sich Nadel und Zwirn auf dem Küchentisch zurecht. Sie freute sich, dass der Junge oben am Berg den herrlichen Dom erkundet hatte. „Solange er am Sitz des Bischofs den Dom erkundet, macht er keine dummen Sachen", dachte sie bei sich und nahm das Gespräch mit Kurbl auf.

Im Frühling

„Ja, deshalb haben wir Dich auch auf Korbinian getauft“, erwiderte sie und dachte dabei an das Korbiniansfest, das jedes Jahr im Herbst, während der Dultzeit, gefeiert wurde.

Sie wusste nicht sehr viel über den Schutzpatron und Heiligen der Stadt. Aber sie erklärte ihm, dass Corbinianus vor vielen hundert Jahren als Bischof auf seiner Wanderschaft in die Stadt gekommen war und sich im Kloster niedergelassen hatte. „Er muss ein sehr frommer Mann gewesen sein“, fügte sie hinzu, „und hat den Menschen viel Gutes getan“. Kurbl hörte aufmerksam zu. Der Reichtum im Dom hatte ihn fasziniert und er hatte die Macht gespürt, die von diesem Reichtum ausging. Seine Mutter wünschte sich insgeheim, dass Kurbl eines Tages das Lyceum besuchen könnte, um Priester zu werden, aber sie wusste, dass das wohl nur ihr Wunsch bleiben würde. „Den guten Bischof Corbinianus hat uns GOTT in die Stadt gesandt, um uns von unseren Sünden zu erlösen“, ergänzte sie, bevor sich Kurbl anderen Dingen zuwandte. Kurbl war wie alle Kinder seines Alters in jeder freien Minute in der Stadt und auf den Feldern vor den Stadtmauern unterwegs. Schule und Lesenlernen waren nicht unbedingt bei ihm beliebt. Umso mehr freute sich seine Mutter darüber, dass er im Dom die Reichtümer der Kirche und das emsige Bauen am Dom gesehen hatte. „Schöne Gewänder tragen die Priester und der Bischof“, rief sie Kurbl hinterher, „da bräuchte ich keine Hosen zu stopfen, wenn du eines Tages Priester sein könntest.“

Das Leben in der Stadt

Der Domberg war schon von weither das sichtbare Zeichen der Stadt. Wenn man vom Fluss herüberblickte, dann thronten die Türme wie mächtige Zinnen einer wehrhaften Burg über der Stadt.

Seit einigen Jahren wurde in und um die Stadt viel gebaut und erneuert. Erst vor ein paar Jahren hatte der Fürstbischof den Auftrag erteilt, das Kirchlein Sankt Valentin im morastigen Grund des kleinen Örtchens Altunhusir, das bei Hochwasser immer wieder überflutet wurde, an etwas höherer Stelle neu zu bauen. Überall waren die Maurer und Bauleute am Werk. Immer wieder huschten Mäuse um ihre Füße im moosigen Gras.

Auf der Brücke, etwas oberhalb über den Fluss, war ständig geschäftiges Treiben. Händler von überall her überquerten hier den Fluss, der nach den langen eisigen Wintern dieser Jahre und mit Beginn des Frühjahrs eine besonders reißende und gefährliche Strömung führte.

Außerhalb der Stadt, beim Veitsmüller, und in der Nähe des gleichnamigen Stadttores, teilte sich die kleine Moosach in zwei einzelne Bachläufe; manche zwielichtige Gestalt versuchte hier zu dunklerer Tageszeit außerhalb der Stadtmauern ihr Glück, um Fische zu fangen. Einer der Hauptarme des Bachs floss unterhalb des Dombergs durch die Stadt. Dort hatten auch die Fischer ihr Quartier. Der

Das Leben in der Stadt

kleine Bach bot nur für wenige Fischerfamilien den notwendigen Ertrag für ein Leben ohne Hunger. Meist waren es nur kleine Gründlinge oder ab und zu Saiblinge und Bachforellen, die ins Netz gingen. Dazu manchmal kleine Krebse. Die Fangplätze am Bach waren dennoch gesucht. Jeder Fischer versuchte seinen Platz zu verteidigen, und je weiter bachaufwärts, desto begehrter war der Platz und umso aussichtsreicher war ein guter Fang.

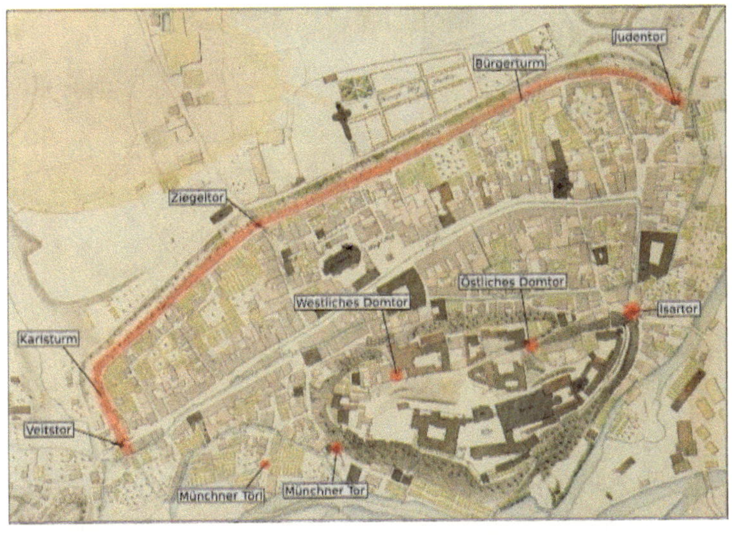

Abbildung 1:   Freisinger Stadtmauer und Stadttore

Einige kleine Wehre teilten den Bach in weitere Arme auf, die vor dem etwas kleineren Münchner Törl und dem

Das Leben in der Stadt

Münchner Tor außerhalb der Stadt um den Domberg herum flossen und dort ihr natürliches Bachbett hatten. Die Schleifer und die Müller gingen dort in der Gegend ihrem Handwerk nach. Die Mühle, direkt hinter dem Domberg gelegen, versorgte das Brothaus am Marienplatz gleich neben dem Rathaus und der Schranne mit Mehl.

Abbildung 2:   Marienplatz und Markt in Freising

Etwas weiter hatten sich die Schmiede, Wagner und Kutscher niedergelassen. Hier ging es meist laut und sehr geschäftig zu. Manch angekommener Reisende ließ hier etwas wieder reparieren, wenn unterwegs an Kutsche, Rad und anderen Geräten etwas zu Bruch gegangen war, bevor er sich ein Quartier suchte oder aufmachte, um in die Stadt zu gelangen. Von der Brücke aus, unter dem Domberg entlang und dann durch das Isartor, kam man hier auch hinauf zum Dom, oder mit seinen Waren auf den Marktplatz. Etwas weiter oberhalb, am Büchl, in der Nähe des Judentors, das man wegen des nahen Moores auch immer noch Murntor nannte, gleich an der Poststraße, die nach Nordosten führte, und in der Hauptgasse, hatten sich Brauer angesiedelt. Sie schätzten die Nähe zu den Schmieden und Wagnern, wenn sie Hilfe brauchten, um ihre Kutschen und Wagen für den Transport der Fässer zu reparieren. Und die umliegenden Orte konnten von hier aus gut und schnell von den Gespannen mit frischem Bier versorgt werden. In den Hügeln und gleich außerhalb der Stadtmauer hatten sie ihre Keller gegraben, um den frisch gebrauten Gerstensaft im Sommer vor dem schnellen Verderben zu schützen. Jetzt, am Ende des Winters, hatten die Brauer ihren Eisvorrat durch das dicke Eis am Fluss gut aufgefüllt, den sie in der warmen Jahreszeit zur Kühlung ihres Bieres in den Kellern brauchten.

Um den Marienplatz am Rathaus fanden sich der Heiglbräu und der Weindlbräu, der Kochbräu und der Laubenbräu. Von dort aus reihte sich bis zum Büchl eine Brauerei an die andere: Zuerst der Jungbräu und die Brauerei vom Paulimayr, es folgte der Hummelbräu, die Brauerei vom Gößwein und die vom Schweinhammer, gleich gegenüber vom Franziskanerkloster mit der großen Klosterbrauerei am Büchl. Am Eck und Ende der Hauptgasse folgte noch der Hagnbräu. Für die Bürger gab es also ausreichend Möglichkeiten, um sich nach getaner Arbeit am Abend ein

Das Leben in der Stadt

Bier zu gönnen oder um den schweren Alltag vergessen zu machen. Für die jungen Burschen der Stadt fiel hier auch immer wieder etwas Essbares oder ein Rest Bier ab.

Vom Büchl aus gelangte man an der Stadtmauer entlang durch den Graben, an dem viele Bürger ihre Häuser gebaut hatten, zum Ziegeltor. Durch das Ziegeltor und die Ziegelgasse schaffte man das Baumaterial herbei, das in den nahegelegenen Lehmgruben abgebaut und in der Ziegelei vor den Toren der Stadt zu Ziegeln gebrannt wurde. Gleich neben dem Ziegeltor lag das kleine Haus, das Maurer Föderl mit seiner Familie und Kurbl bewohnten.

Die Stadt mit ihren sechs Toren war nur spärlich gegen Eindringlinge geschützt. Die Stadtmauer und die Tore zur Stadt konnten trotz einiger Grenadiere keinem Ansturm standhalten. Auch im grausamen Dreißigjährigen Krieg hatte man lieber die Tore der Stadt geöffnet und die Plünderungen in Kauf genommen. Aber immerhin hatten es Räuber, Diebe und Bettler bei Nacht, wenn die Torwächter die Stadttore verriegelt hatten, doch schwerer in die Stadt zu gelangen, ohne bemerkt zu werden.

Auch ab dem Veitstor, am oberen Ende der Hauptgasse, reihte sich ein Wirtshaus mit seiner Brauerei an das andere: Der Stieglbräu war die erste Brauerei, wenn man vom Veitstor aus in die Stadt kam. Nicht weit davon der Furtner und nebenan der Franzlbräu. An der Ziegelgasse gab es noch den Ziegelbräu, und mehrere weitere Gasthäuser und

Brauereien in Weihenstefen, zur Poststraße hin und im Kloster Neustifft. Für die Versorgung mit Gerstensaft war also ausreichend gesorgt, und in den Gaststuben der Brauhäuser fand das rege städtische Leben statt. Und für die jungen Burschen fiel hier immer wieder „a Noagerl" Bier ab.

Der Marktplatz zusammen mit der Schranne im Rathaus war das bürgerliche Zentrum und hier wurde reger Handel betrieben: Die Fischer boten ihren täglichen Fang an, die Müller hatten immer ausreichend Mehl anzubieten damit die Frauen zu Hause frisches Brot backen konnten, und Gerber und Weber boten Felle, Wolle und Stoffe an. Tagtäglich war hier ein reges und buntes Leben zu finden. Und gerade jetzt, kurz nach dem Winter und an den ersten wärmeren Tagen, schienen alle Bürger der Stadt auf den Beinen zu sein; die verschlafenen winterlichen Wochen machten fast schlagartig geschäftigem Treiben Platz.

Am Paintl

Auf den Wiesen gleich hinter dem Ziegeltor und neben dem Gottesacker war ein beliebter Treffpunkt der Kinder der Gegend. Dort am Paintl[4] waren sie außer Sichtweite. Der Föderl-Kurbl, so nannten ihn die anderen Kinder, war für seine fast zehn Jahre recht flink und sehr geschickt und konnte seine Freunde durch artistische Kunststückchen beeindrucken. Gut ein Dutzend Kinder trafen sich jetzt im

Am Paintl

Frühling auf den frischen, feuchten Wiesen vor der Stadt. Ab und zu, besonders wenn es kühler oder regnerisch war, verlagerten sie ihre Spiele und suchten Schutz und Wärme in der nahen Ziegelei vor der Stadt, weil die Zieglerbuben[5] jedes Versteck in der väterlichen Hofziegelei kannten. Schuri[6], der Jägerbub vorm Veitstor, streifte oft außerhalb der Stadtmauer vom Klosterberg herüber zum Paintl, meist begleitet von einem kleinen Trupp von Bettlerkindern, die innerhalb der Stadt keine feste Bleibe hatten. Veit Adlwart[7] gehörte auch dazu und war schon etwas älter als die anderen Buben. In der Ziegelgasse besorgte er sich ab und zu eine wärmende Suppe und gesellte sich dann zu den anderen Kindern am Paintl.

Corbinianus in Gallien

Die mächtige Eiche neben der Klause spendete wohltuenden Schatten vor der Sommerhitze. Hier suchte Corbinianus gerne Ruhe. Gleich neben der zur Ruine verkommenen Kapelle zu Ehren des Heiligen Germanos hatte er sich die kleine Einsiedelei bei Chastres gebaut. Sie lag etwas versteckt am Waldrand an der Uferböschung eines kleinen Baches, der etwas weiter abwärts in einen Fluss mündete, den die Gallier Sequana genannt hatten. Ab und zu kamen hier Pilger vorbei, um den Bach zu überqueren und um auf dem Weg von Aurelianum, im Süden Galliens, nach Paris zu gelangen, der Stadt, die die keltischen Parisier gegründet hatten, und die nun Residenzstadt im Frankenreich war.

Ursprünglich war er auf den Namen seines Vaters, Waldekisus, getauft worden, der schon vor seiner Geburt gestorben war. Seine Mutter Corbiniana hatte ihn aber bald nach dem ach so frühen Tod seines Vaters nach ihrem eigenen Namen Corbinianus gerufen. Obwohl er aus einem gut versorgten Elternhaus stammte und vornehmer Herkunft war, hatte er früh die Einsamkeit gesucht und sich deshalb in jungen Jahren die kleine Klause gebaut.

Zurückgezogen, bescheiden und asketisch versorgte er sich schon in seiner Jugend mit dem Notwendigsten selbst. Klein von Gestalt sah man ihm dennoch seine edle Herkunft an. Seine weichen Züge des Gesichts verrieten seine adeligen

Corbinianus in Gallien

Vorfahren. Er liebte es, in den Heiligen Schriften zu forschen, fastete und betete viel, um seinen Geist bei der inneren Einkehr zu schulen, und er war den Armen seiner Gegend behilflich, wo immer es ihm möglich war. Er hatte ein sanftes Gemüt und führte ein tugendhaftes Leben. Das Leben in der Stadt war ihm recht fremd. Einmal war er eine Tagesreise weit nach Paris gezogen, um in der Basilika zu beten, die dem Heiligen Dionysius, dem ersten Bischof der Residenzstadt, geweiht war. Aber gerne war er danach wieder in die Einsamkeit seiner Klause zurückgekehrt. So wie sein Vorbild Germanos bevorzugte auch er das zurückgezogene Leben, weit weg vom Trubel der Stadt.

Gerne beobachtete er die Natur um sich und nutzte die Zeit, um dabei sein Innerstes zu erforschen. Er konnte gut mit sich selbst allein sein. Ja, er genoss es, von niemandem gestört zu werden, wenn er über sein Wesen und seine Bestimmung als Mensch und als Christ nachdachte. Und dennoch hatte ihn dieses Gotteshaus in Paris irgendwie beeindruckt. Es strahlte die Macht der Kirche aus und des Glaubens, den er auch in sich fühlte. Manchmal beschlich ihn der tiefe Wunsch, Neues zu entdecken. Neues in sich selbst, aber auch die Welt außerhalb Galliens machte ihn neugierig. Trotz seiner Einsiedelei war es für ihn immer eine Bereicherung gewesen, wenn Pilger an seiner Klause Rast suchten und Zeit für Gespräche hatten. Besonders angeregt konnte er sich unterhalten, wenn Fremde von weither von ihren Erlebnissen berichteten. Das Leben in der Einsiedelei

Corbinianus in Gallien

Galliens schien in vielen Dingen doch so verschieden zu sein vom Leben in der Ferne.

Seine Mutter hatte ihm viel von der im Norden gelegenen Insel Irland erzählt, von der sie stammte, vom Heiligen Patrick, der den christlichen Glauben auf die Insel Irland gebracht hatte. Dort hatte nicht nur die Einsamkeit, sondern auch Armut und hartes Leben den Alltag geprägt. Es schien fast, als ob ihm sowohl die Suche nach Einsamkeit als auch die Neugierde auf Neues durch seine Mutter in die Wiege gelegt worden wäre.

„Höre, mein Sohn", hatte sie ihm immer wieder erklärt, „Abt Columbanus hat uns gelehrt, dass dieses Leben nur einen kleinen Augenblick währt, um uns auf die Ewigkeit vorzubereiten" und, so hatte sie hinzugefügt, „Bedenke nie, was du Armer bist, sondern bedenke immer, was du einstens sein wirst. Richte Deine Liebe stets hin auf das Jenseits!".

Die Erziehung nach den Regeln Columbans war streng und voll Strafen. Er verlangte von den Mönchen und Einsiedlern für alle Verfehlungen der Regeln des Klosters entschiedene und eiserne Selbstkasteiung. Jeder Mönch hatte seinen Aufseher, der über Beichte und selbst verabreichte Züchtigungen wachte, und der streng und hart weitere Strafen mit Peitsche und Rute anordnete und durchführen ließ. „Selbstkasteiung und Buße sind die einzigen Mittel, um die Verderbtheit der Seele zu heilen", so hatte ihm seine Mutter immer wieder die Regeln Columbans erklärt.

Corbinianus in Gallien

„Höre, mein Sohn!" pflegte sie ihm schon als kleines Kind einzuprägen, „Gehorsamkeit, Pflicht und Demut vor GOTT sind wahrliche Perlen des Christenmenschen. Columbanus´ Strenge soll uns nur immer wieder auf den Pfad dieser Tugenden zurückführen"; nicht selten hatte er in seinen Kindertagen diese Strenge durch schmerzhafte Strafen zu spüren bekommen, wenn seine Gehorsamkeit in den Augen seiner Mutter zu wünschen übrigließ. Er hatte es nie gewagt, sich zu beklagen, aber in zunehmendem Alter doch gefragt, ob Strafe und Selbstkasteiung wirklich zu GOTT führen würden.

Wie seine Mutter, so versuchte auch Corbinianus in seiner Jugend nach der Regel Columbans zu leben, der eine Zeitlang als Abt des berühmten Kloster Clonmacnoise und Missionar auf der Insel Irland gelebt und den Glauben vor Jahrzehnten nach Schottland weitergetragen hatte.

„Es muss vor etwa hundert Jahren gewesen sein", so hatte ihm seine Mutter am abendlichen Feuer immer wieder erzählt, „als Sankt Columban mit seinen Freunden unsere Heimat, die Insel Éire verlassen hat, um mit seinen Brüdern über das Meer gen Osten, nach Dál Riata, zu gelangen."

Allabendlich hatte sie ihm die Namen von dessen Brüdern in sein Gedächtnis geschrieben:

„Sankt Attala, der mit Sankt Columban im Reich der Langobarden später das Kloster Bobbio gegründet hat, und Sankt Cummain, Sankt Domgal, Sankt Eogain und Sankt

Corbinianus in Gallien

Eunan sammelte er in Éire um sich", so hatte sie unermüdlich erzählt. „Sein Gefährte Sankt Gallus begleitete den Heiligen später auf dem Rhenus bis hinauf an den Lacus Bodamicus, und dort, am anderen Ufer des Sees gelegen, begründeten sie das Kloster von Sankt Gallus", hatte sie immer wieder betont und hervorgehoben. „Zusammen mit Sankt Gurgano, Sankt Libran, Sankt Lua, Sankt Sigisbert und Sankt Waldoleno hat man sie ehrfurchtsvoll die 12 Apostel von Éire genannt".

Corbinianus hatte diese Erzählungen immer geliebt. In seinen Vorstellungen wanderte er mit den Heiligen über die satten grünen Wiesen der fernen Insel Éire, segelte über das Meer an die Küste von Dál Riata in das Königreich der Skoten und tauchte ein in das Leben der Wandermönche.

„Die 12 Apostel überquerten das Meer und landeten an der Küste der Bretonen und kamen hierher nach Gallien. Columban wanderte in Richtung Osten durch das Reich der Franken, bis er nicht weit vor Germanien bei einem römischen Kastell sein Kloster Luxeuil erbaute". Corbinianus sog diese Erzählungen regelrecht in sich auf.

Er begann an vielen Tagen des Jahres zu fasten. Immer wieder zog er sich zu Schweigetagen zurück. Er kleidete sich nur in ein schlichtes Untergewand und trug dazu einfache Sandalen. Doch bisher war er noch nicht auf Wanderung gegangen, so wie es die Tradition der Jünger Columbans war.

Von Osten her kamen von weitem eines Tages zwei Reisende das Flüsschen entlang. Sie schienen offensichtlich nach einer

Corbinianus in Gallien

Stelle zu suchen, an der sie gut und sicher das Wasser durchschreiten konnten. Jetzt, im Sommer, führte der Fluss nur wenig Wasser. Bald hatten sie eine flache Stelle gefunden und wanderten zügig auf die kleine Klause zu.

Sie waren von Süden hergekommen. Sie erzählten von ihrer Pilgerreise nach Rom und wie sie von dort den Rückweg auf der Via Francigena angetreten, bei Augusta die eisigen Höhen der Alpen hinüber zum Lacus Lemanus gemeistert und so vom Reich der Langobarden ins Gallien Frankens gekommen waren. Von dem kleinen Örtchen Bar, das an einem Fluss lag, waren sie vor gut einer Woche in Richtung Westen abgezweigt, um zur Hauptstadt des Frankenreichs zu gelangen. Corbinianus bot ihnen, wie er es gewohnt war, an, ihr Nachtlager in seiner spärlichen Klause aufzuschlagen. Auch am nächsten Morgen lauschte er gierig ihren Erzählungen und Erlebnissen, bevor sie dann ihren Weiterweg nach Paris, dem alten Lutetia Parisiorum der Stadt der Kelten, Gallier und Römer, suchen wollten.

„Ihr hattet sicher einen beschwerlichen Weg über die hohen Berge der Alpen aus dem fernen Rom?", erkundigte er sich. Er saugte ihre Berichte förmlich in sich auf. „Und bestimmt habt Ihr auf Euren Straßen durch Gallien in den Klöstern Columbans Rast gemacht?", erkundigte er sich voller Interesse und Neugierde. „Ja, die Pfade auf der Via Francigena herauf aus dem Land der Langobarden werden von vielen Pilgern besucht"; Corbinianus lauschte gespannt und füllte heißen Tee in den Bechern seiner Gäste nach.

Corbinianus in Gallien

„Wenn man die Berge erklimmt, wird es sogar auf der warmen Seite der Berge im Süden an sonnigen Tagen gegen Abend schnell kalt, und selbst im Sommer kann das Wetter plötzlich umschlagen und kalter Regen, Gewitter und sogar Schnee überrascht die Pilger schnell." Corbinianus konnte sich so hohe Berge kaum vorstellen, hatte er bisher doch lediglich die Wälder, Hügel und Täler Galliens gesehen. „Wie viele Tagesreisen seid Ihr denn bergan gestiegen, bis Ihr die hohen Berge überqueren konntet?", wollte er wissen.

Sie erzählten, wie sie in Rom aufgebrochen waren, in Richtung Norden, und schließlich den Alpen entgegen. Viele Wochen waren sie gepilgert, ehe sie von Santhià die Berge erblickt hatten und einige Tagesreisen später, von Augusta, aus dem weiten Tal abgezweigt waren. „Von Augusta aus kann man den großen weißen Berg sehen, der alle anderen Gipfel der Berge überragt", erzählten sie aufgeregt, und von dort aus beginnt der beschwerliche Aufstieg, der zwischen den höchsten Gipfeln gen Norden führt."

Corbinianus interessierte jedes Detail ihrer anstrengenden Pilgerreise, wie sie von Augusta aus hinüber nach Lousonna gelangt waren. „Wie viele Tage musstet Ihr denn bergan steigen, bis Ihr das Hospiz auf der Passhöhe am Montjovet erreicht habt?" wollte er wissen, und „Wann seid Ihr am großen See im Norden der Alpen, dem Lacus Lemanus, angekommen?", fragte er weiter.

Corbinianus in Gallien

„Zwei gefahrvolle, anstrengende Tage voll Hitze mussten wir steil bergan steigen"; sie beschrieben bildreich den Pfad hinauf zur Passhöhe, die Steige und Felsen, die sie erklommen hatten. „Oben am Montjovet steht ein Hospiz, in dem die Pilger ihr Nachtlager aufschlagen können", entgegneten sie den etwas angstvollen Blicken ihres Zuhörers. „Wie viele Etappen seid Ihr denn gewandert, bis Ihr den großen Lacus Lemanus erreicht habt?", wollte er wissen, um sich eine Vorstellung der Entfernungen und Strapazen zu machen.

Sie beschrieben ihm den ganzen Weg in allen Einzelheiten, wie sie in fast zehn Tagesreisen die Berge überquert hatten, nach ein paar Tagen erholsamer Rast in Richtung des columbanischen Klosters Luxeuil aufgebrochen waren, und dann ihren Pilgerweg auf der Via Francigena fortgesetzt hatten, um schließlich in Bar abzuzweigen, um zu Corbinianus zu gelangen, dessen Name schon weit in ganz Gallien bekannt war.

Seine kleine Klause war weithin bekannt. Immer wieder und auch immer öfter wurde Corbinianus von Ratsuchenden aus der Gegend besucht. Man schätzte ihn, trotz seiner Jugend, als weisen Ratgeber. Seine Gastfreundschaft und Klugheit sorgte dafür, dass über die Jahre die Einsiedelei in der Umgebung, den umliegenden Ortschaften und sogar bis in die Stadt, zu einer kleinen Pilgerstätte wurde. Selbst Pippin, der mächtige Hausmeier des Frankenreichs, hatte ihn zwischen seinen Feldzügen schon um Rat aufgesucht.

Corbinianus in Gallien

Es waren unruhige Zeiten im gallischen Land Neustrien, in dem sich seine Klause befand. Die Machtkämpfe mit dem König der Merowinger hatte Pippin vor wenigen Jahren in der Schlacht bei Tertry, im Norden des Frankenreichs, für sich entschieden, die Macht über Neustrien und Burgund für sich gewonnen und damit die Merowinger weit nach Süden zurückgedrängt.

Pippin hatte Rat und Fürbitte bei Corbinianus gesucht.

Er glaubte fest daran, dass dieser Gottesmann, der in der Einsamkeit ein verzichtreiches, enthaltsames Leben gewählt hatte, mit wundersamen Kräften ausgestattet wäre. Von seinem inbrünstigen Gebet wollte er sich göttliche Kraft erbeten, die Hilfe Gottes für seine Regentschaft und seine Feldzüge im Namen der Christenheit.

Der Wunderglaube an die Märtyrer, Bischöfe und Priester war tief in seinem Herzen verankert. Er verehrte und bewunderte diesen Asketen, der sich in die Abgeschiedenheit seiner Klause zurückgezogen hatte, und durch Beten, Fasten und durch Lesen in den Heiligen Schriften so viel Weisheit und göttliche Kraft verströmte.

Nach einem langen abendlichen Gespräch hatte er von ihm Beistand und Segnung von GOTT erhalten und ihm kurze Zeit später als Geste der Dankbarkeit durch seinen Statthalter einen wertvollen, mit Goldfäden durchwirkten Mantel überbringen lassen.

Der Aufbruch

Doch zunehmend wurden Corbinianus solche Gespräche zur Last. Die Ruhe in ihm selbst, die ihm immer innere Kraft verliehen hatte, war im Laufe der Zeit verschwunden und einer wachsenden Unruhe gewichen.

Rom, die Stadt des Heiligen Petrus, die Stadt der Päpste, ging ihm nicht mehr aus dem Sinn. Langsam reifte in ihm der Wunsch, diese für ihn göttliche Stadt selbst und mit eigenen Augen sehen zu wollen.

Voll Inbrunst betete er aus dem Bekenntnis des Heiligen Patrick, das seine Mutter von ihren irischen Vorfahren gelernt hatte: „Im Lichte meines Glaubens ist es mir geboten, ungeachtet aller Gefahren das Geschenk Gottes und seinen ewigen Trost bekannt zu machen und furchtlos und offen den Namen Gottes überall zu verbreiten, damit ich nach meinem Tod etwas von Wert hinterlassen kann. GOTT helfe mir!"

Der Aufbruch

Er blickte sich ein letztes Mal zu seiner Klause um, dem kleinen Flüsschen und der Eiche, die ihm so oft Schatten gespendet hatte. Ihn beschlich fast ein wenig Wehmut – andererseits zog ihn die Neugierde förmlich aus der Einsamkeit hinaus auf seine Pfade. Auf eine eigenartige

Der Aufbruch

Weise schien er zu ahnen, dass kein einfacher Weg vor ihm lag.

„Ich werde mein Klösterchen sehr vermissen", dachte er bei sich, als es seinem Blick entschwunden war. Doch bald schon fühlte er, dass er mit dem Beginn seiner Wanderung auch Last hinter sich gelassen hatte. Nun war er derjenige, der bei anderen um Wegweisung und Unterschlupf nachsuchte. Nicht er war es mehr, der um Rat fragte, sondern er war zum Suchenden geworden.

Zunehmend gewöhnte er sich an seine tägliche Wegstrecke. Hatten ihn doch in den ersten Tagen die Füße sehr geschmerzt, ging es inzwischen Tag für Tag leichter voran. Auch er machte in Bar am Fluss Rast und beschloss, weiter in Richtung Süden zu wandern, um nach Autun zu gelangen, dem Ort, an dem die Merowinger nach einer blutigen Schlacht einst Burgund an die Franken verloren hatten und sich hatten unterwerfen müssen, und der in der Zwischenzeit zu einem mächtigen Kloster geworden war.

Er dachte daran, dass auch Abt Columban Autun aufgesucht hatte, als er Gallien durchwanderte. Überall um ihn erblickte er sanfte Hügel, an denen man guten Wein anbaute. Die wärmende Frühlingssonne hatte zu dieser Jahreszeit schon die Reben zum Austrieb kleiner Blattansätze angeregt. Das Grün brach geradezu mit aller Macht hervor. Corbinianus genoss den Blick über die weiten Hügel Burgunds. Er beschloss, hier seine erste längere Rast einzulegen.

Im Benediktinerkloster

Die Spuren der vormaligen Besiedelung durch die Römer waren in der Stadt Autun leicht zu erkennen. Das römische Theater beeindruckte ihn; viele tausend Menschen hatten hier einst bei Spielen Platz gefunden und es war als das größte in ganz Gallien weithin bekannt.

Am Rand der Stadt fand er Herberge im Kloster, das dem Heiligen Martin geweiht war. Die weitläufige Klosteranlage beherbergte viele Mönche und auch einige Pilger hatten hier für eine gewisse Zeit ihre Unterkunft gefunden. Pilger, die er vor einiger Zeit in seiner Klause beherbergt hatte, wussten davon zu berichten, dass am Ort schon vor vielen Jahrhunderten eine römische Christengemeinde bestanden hatte. Auch seine Mutter hatte ihm schon von dieser Stadt erzählt, und dass hier vor wenigen Jahrzehnten ein Konzil stattgefunden hatte. Man sagte, dass hier der Beschluss gefasst worden sei, dass zukünftige Ordensgemeinschaften nicht mehr nach den strengen und strafenden Regeln Columbans, sondern nun nach der Benediktusregel „ora et labora" leben sollten.

Im Benediktinerkloster

In der Abgeschiedenheit des Klosters fühlte er sich auf Anhieb auf eine seltsame Weise zu Hause. Nach seiner Ankunft war ihm von Pater Ludger seine Unterkunft zugeteilt worden. Von der ersten Begegnung an hatten beide ein

Im Benediktinerkloster

herzliches Verhältnis zueinander empfunden und Ludger führte ihn jeden Tag ein wenig weiter in die Regeln der Benediktiner ein.

„Die Grundlage unseres Ordens ist das Erlernen der Geistlichen Kunst" erklärte er ihm am Abend des ersten Tages im Kloster. „Jesus, den Christus, unseren HERRN, über alle Dinge zu lieben, und ihm zu folgen, ist uns ja durch unseren wertvollen Glauben in unser Innerstes, unser Herz gelegt und auch Dir wird das fest in Deiner Seele verankert sein", begann er das abendliche Gespräch zu einer Stelle im Evangelium des Markus. „Und dann ergibt es sich fast von selbst, dass wir uns darum herzlich bemühen, unseren Nächsten wie uns selbst zu lieben."

Corbinianus hörte Pater Ludger andächtig zu. In Gedanken war er wieder zurück in seiner Klause, dem Ort, wo er Pilger bewirtet, und machen Tag und Abend mit ihnen bei Gesprächen verbracht hatte. „Ja, eigene Genüsse vergehen doch schnell", dachte er bei sich, „aber Arme zu bewirten, wertvolle Gespräche zu führen bleibt als Reichtum in mir selbst erhalten". Ludger fühlte schnell, dass Corbinianus die Regeln der Geistlichen Kunst schon lange erlernt hatte. „Es fällt Dir bestimmt nicht schwer, der Liebe zu Christus nichts vorzuziehen, und dem Treiben der Welt hast du dich ja in Deiner kleinen Klause auch aus eigenem Entschluss bewusst entzogen", fügte er an. „Sicher bist du auch zu der Erkenntnis gelangt, dass du das Gute in Dir allein GOTT, dem Allmächtigen, zuschreibst". Corbinianus zögerte innerlich einen kurzen Moment. Er sah vor sich die vielen Abende, an denen ihn Pilger in seiner Klause aufgesucht hatten, weil seine Weisheit in der ganzen Gegend bekannt geworden war und viele seinen Rat geschätzt hatten. „Habe ich mir diese Erkenntnisse nicht auch irgendwie selbst zugeschrieben?", fragte er sich nachdenklich und beschloss, auf diese Frage in der Zurückgezogenheit des Klosters eine Antwort in sich zu finden und dabei seine Hoffnung auf erleuchtende göttliche Gedanken zu setzen.

Die ersten Tage vergingen schnell. Gern beteiligte sich Corbinianus bei den Arbeiten im Kloster, die ihm stets die Gelegenheit boten, sich mit den Fragen in seinem Innersten zu beschäftigen. Hier im Kloster hatte man schnell erkannt, dass er ein geschickter Handwerker war. Viele Fertigkeiten hatte er beim Bau seiner kleinen Klause erworben, die er Jahr für Jahr erweitert hatte.

Eines Tages, bei Einbruch der Dunkelheit und nach der Abendhore in der Abteikirche sprach Pater Ludger ihn auf das benediktinische Gebot des Gehorsams an. „Der erste Schritt zur Demut ist Gehorsam, ohne zu zögern. Es ist die Haltung derer, denen die Liebe zu Christus über alles geht".

Corbinianus verstand nicht, warum Ludger ihn darauf ansprach.

„Ich liebe Christus, und alles, was uns der HERR gesagt hat, versuche ich mit ganzer Seele zu befolgen. Was meinst du damit?". Ludger zögerte einen kurzen Augenblick. „Nun, ich

Im Benediktinerkloster

sehe, dass du ein geschickter Tischler bist und uns schon manch wunderschönes Werkstück für das Kloster angefertigt hast. Es ist leicht, etwas zu tun, in dem man seine Geschicklichkeit hat. Wie aber steht es mit einer Aufgabe, der du dich nicht gewachsen fühlst? Bist du dann auch bereit, in Demut, im Vertrauen auf GOTT, im Gehorsam, dem göttlichen Ruf zu folgen?" Bisher war Corbinianus immer seiner Stimme in seinem Innersten gefolgt. Er wusste keine Antwort darauf, aber er spürte, dass er sich diese Frage selbst beantworten musste, und dass ihm die Antwort darauf eines Tages nicht leichtfallen würde. „Mönche verlassen nach der Regel des Heiligen Benedikt sofort, was ihnen gerade wichtig ist, geben den Eigenwillen auf und folgen dem Ruf des Befehlenden mit der Tat. Selbst eine unvollendete Arbeit, mit der er soeben noch beschäftigt ist, legt der Mönch sogleich aus der Hand. Ohne Zögern erfüllt er den Auftrag und Befehl des Oberen sofort, als käme er von GOTT", erläuterte Ludger.

Schnell war der laue Abend im Klostergarten vergangen. Es war Zeit zur Nachthore, um den klösterlichen Tag zu beschließen.

Immer wieder beschäftigte Corbinianus in der folgenden Zeit die Frage der Gehorsamsregel der Benediktiner. Bei jeder Arbeit, jedem Handgriff, sobald er Zeit hatte, seinen Gedanken nachzuhängen, fragte er sich, ob er diesen Gehorsam aufbringen könnte. Gehorsam GOTT gegenüber, Jesus Christus gegenüber; das war ihm kein Problem, und er

Im Benediktinerkloster

fühlte, dass er willig war, diesem Gebot zu folgen. Was ihm aber zunehmend schwerfiel, war der Gedanke an den unbedingten Gehorsam gegenüber dem Orden selbst, an eine menschliche und irdische Obrigkeit. Er spürte, dass er sich zwar allen Regeln des Ordens verpflichtet fühlte, dass ihm andererseits jedoch seine innere Freiheit wichtig war. Die innere Freiheit, die er zu jedem Augenblick in seiner Klause verspürt hatte.

Der Frühling verging. Die Reben in den Weinbergen hatten bereits Fruchtansätze gebildet, der Klostergarten begann zu erblühen.

Auch das Gebot der Schweigsamkeit beschäftigte ihn sehr. „Der Heilige Benedikt sagt, dass man der Schweigsamkeit zuliebe bisweilen sogar auf gute Gespräche verzichten muss", erklärte ihm Ludger eines Tages, als sie unter einem Baum im Klostergarten Schatten suchten. „Mag es sich also um noch so gute, heilige und aufbauende Gespräche handeln - vollkommenen Jüngern wird nur selten das Reden erlaubt wegen der Bedeutung der Schweigsamkeit." In seinem Herzen regte sich Widerspruch. „Waren meine Gespräche mit den Pilgern denn nutzlos? Wie hätte ich schweigen sollen, ob mancher Fragen? War mein weiser Rat, in Demut erteilt, nicht im Sinne des Evangeliums?" Solche und andere Fragen beschäftigten ihn fortan fast täglich und machten ihn unruhig. Mehr und mehr spürte er, dass er dem Gebot der Schweigsamkeit nicht so recht folgen konnte.

Im Benediktinerkloster

Ihm war die Aufgabe zugeteilt worden, einen großen Tisch für den Speisesaal zu zimmern. Mit Freude hatte er sich daran gemacht, das erforderliche Holz auszusuchen, sein Werkzeug zurechtzulegen, und sich einen ruhigen Platz in einer Ecke der Schreinerwerkstatt für die Arbeit herzurichten. Die Arbeit ging im frisch von der Hand. Er dachte zurück an die Gespräche mit Ludger.

„Es ist leicht, einer Arbeit nachzugehen, an der man Freude und zu der man Geschick hat", erinnerte er sich. Kürzlich hatte ihn Ludger mit den benediktinischen Regeln der Demut vertraut gemacht. "Wer sich selbst erhöht, wird erniedrigt, wer sich aber selbst erniedrigt, wird erhöht werden", so hatte Ludger erläutert, und ihm die erste Stufe der Demut erklärt: „Den Eigenwillen zu tun, verwehrt uns die Schrift, wenn sie sagt: Von Deinem Willen wende dich ab! Dass aber Gottes Wille in uns geschehe, darum bitten wir ihn im Gebet. Mit Recht werden wir also belehrt, nicht unseren Willen zu tun, sondern zu beachten, was die Schrift sagt".

Mit dem Gebet zur Prim begann wieder ein neuer Arbeitstag im Kloster, und Corbinianus widmete sich seiner Tischlerarbeit. „Brüder", so hatte der Abt kürzlich in einer Andacht erklärt, „um den höchsten Gipfel göttlicher Ergebenheit zu erreichen und rasch im Himmel erhöht zu werden, müssen wir in unserem Leben die Leiter der Demut erklimmen." Er hatte zum Vergleich die Leiter Jakobs benutzt, die dieser im Traum gesehen hatte, und auf der die Engel in den Himmel hinauf und auch herabgestiegen waren.

Im Benediktinerkloster

„Auf der Leiter der Demut führen uns unsere Taten nach oben in den Himmel hinein und wir müssen es so verstehen: Wenn wir uns selbst erhöhen, steigen wir auf dieser Leiter hinab auf die Erde. Der HERR aber richtet sie zum Himmel auf, wenn unser Herz demütig geworden ist". Nach dem Hymnus, und nachdem sie einige Psalmen gesungen hatten, setzte sich Ludger zu ihm.

„HERR, mein Herz ist nicht hoffärtig, und meine Augen sind nicht stolz; ich wandle nicht in großen Dingen, die mir zu hoch sind", hatten sie soeben gemeinsam aus den Psalmen gebetet. Ludger kam auf die zweite Stufe der Demut zu sprechen: "Ich bin nicht gekommen, meinen Willen zu tun, sondern den Willen dessen, der mich gesandt hat", sagte er und verwies auf die Worte Jesu am Jakobsbrunnen. „Bei allen Deinen Taten sollst du des HERRN Worte beherzigen".

Corbinianus nutzte die Gelegenheit nach dem Gebet zur Mittagshore, um darüber nachzusinnen. Er fühlte sich im Reinen mit GOTT. Mit der dritten Stufe der Demut fand er in sich aber erneut keine innere Ruhe. „Aus Liebe zu GOTT soll sich der Mönch dem Oberen in vollem Gehorsam unterwerfen, denn so ahmt er den HERRN nach bis zum Tod" so hatte Ludger weiter erklärt.

Wieder war eine weitere Woche schnell vergangen. Der Frühling stand in voller Blüte. Im Obstgarten kamen schon die ersten winzigen Äpfel zum Vorschein. Täglich wurde es wärmer. Auf den Hügeln rund um die Stadt wurden die

Im Benediktinerkloster

Reben in den Weinbergen gepflegt. Seit die Tage nun wieder länger waren, hatten die Mönche reichlich Arbeit in den klösterlichen Anlagen und es blieb weniger Zeit für geistliche Gespräche. Aber Corbinianus und Pater Ludger nutzten jede Gelegenheit, um sich weiter über die Stufen der Demut zu unterhalten. „Der Mönch bekennt demütig seinem Abt alle bösen Gedanken, die sich in sein Herz schleichen, und das Böse, das er im Geheimen begangen hat, und er verbirgt nichts", setzte Ludger die Gespräche aus den letzten Tagen fort.

„Dazu ermahnt uns die Heilige Schrift mit den Worten: Eröffne dem HERRN Deinen Weg und vertrau auf ihn! Und sie sagt Dir: Lege vor dem HERRN ein Bekenntnis ab!"

Corbinianus hatte sich schon länger mit der Frage beschäftigt, ob er bereit wäre, das lebenslange Befolgen der Ordensregeln der Benediktiner in der Profess zu geloben und hier sein Leben lang im Kloster zu bleiben. Er beschäftigte sich immer öfter mit der Frage, ob hier seine Pilgerreise nach Rom ihr Ende finden sollte, um seine Bestimmung im Klosterleben zu finden. Innerlich spürte er seit geraumer Zeit immer wieder den Drang, seine Reise fortzusetzen. Auch mit Ludger hatte er darüber schon mehrmals gesprochen. Beide fühlten sich seit den vergangenen Wochen in wachsender inniger Freundschaft verbunden. Der Gedanke, dass Corbinianus das Kloster bald wieder verlassen könnte, stimmte beide traurig.

Der Sommer brachte einen steten Wechsel an Regen und drückender Schwüle nach Burgund. Corbinianus dachte immer öfter an seinen weiteren Weg. Er sah sein Leben vor sich. Wollte und sollte er hier zeit seines Lebens bei den Benediktinern bleiben und sein Gelübde ablegen? so fragte er sich wieder und wieder. Innerlich war er mit der Gehorsamsregel nicht im Reinen. Von Tag zu Tag regte sich die Sorge mehr, dass er den Weg über die Alpen zu spät antreten könnte. „Wenn das Wetter günstig steht", so vermutete er, „könnte ich in einem Monat die höchsten Pässe der Alpen überwunden haben". Das Ziel, Rom noch vor dem Einbruch der regenreicheren Zeit zu erreichen, trieb ihn um und machte ihn langsam unruhig.

Über die Berge nach Rom

Der Abschied von Ludger fiel ihm schwer. Viele Gespräche hatten sie über die Regula Benedicti geführt und waren zu Freunden im Geiste geworden. Dennoch war er in seinem Innersten nicht bereit gewesen, Ludger in seiner Berufung zum Mönch nachzufolgen. Er hatte keine Probleme damit, die Geistlichen Künste zu erlernen, auch nicht mit dem Gehorsam gegenüber Jesus Christus, ja nicht einmal so sehr mit dem Gebot der Schweigsamkeit. Auch die Demut entsprach seinem Wesen. Die Forderung nach dem unbedingten Gehorsam gegenüber den Weisungen im

Über die Berge nach Rom

Klosterleben jedoch hatte die Fortsetzung seiner Pilgerreise schlussendlich entschieden.

Er packte seine wenigen Sachen. Etwas Proviant für den Tag hatte ihm Ludger schon gebracht. Der Tag versprach trocken zu bleiben. Der Abschied war kurz und herzlich.

Die sanften Hügel um Autun nahmen ihn auf. Die Rebstöcke in den Weinbergen Burgunds hingen nun voll saftiger roter Trauben. Sommerliche Wärme durchflutete die Hänge und Corbinianus gewöhnte sich langsam wieder an einen gleichmäßigen Wanderschritt. Sein erstes Ziel war es, von Autun aus wieder die Pilgerroute nach Rom zu finden. Seine Mutter hatte ihm von diesem Reiseweg erzählt, den schon vor langer Zeit irische und englische Pilger auf dem Weg nach Rom über die Alpen genommen hatten. Auf den Karten der Pilger wurde der Saumweg über die Höhe der Alpen meist nach seinem römischen Namen Summus Poeninus benannt, oder man nannte die Passhöhe Montjovet, Berg des Jupiter.

Nach etwa einer Woche erreichte er Bysiceon, und von hier aus wusste er vom weiteren Weg nach Lousonna, der Stadt am Lacus Lemanus, den er nach wenigen Tagen erreichte.

In der Nähe des Lacus Lemanus machte er für einige Tage Rast und fand Herberge im Kloster Romanum Monasterium, in dem die Mönche nach den Regeln Columbans lebten. Er wollte sich etwas ausruhen und Kraft schöpfen, vor dem anstrengenden Weg über die hohen Berge, hinüber nach Augusta, südlich der Alpen.

55

Über die Berge nach Rom

Jetzt im Spätsommer war das Wetter für die Überquerung der Berge einigermaßen verlässlich. In der Herberge erkundigte sich Corbinianus bei Pilgern, die über den Montjovet und vom dortigen Hospiz Bjanardz Spitali auf der Passhöhe aus dem südlichen Augusta kamen.

„Wann seid Ihr denn in der Ewigen Stadt aufgebrochen?", begann er das Gespräch, und erfuhr, dass die beiden Pilger im Frühsommer losgegangen und nun seit etwa zwei Monaten unterwegs waren. „Besonders beschwerlich waren die zwei Tage von Augusta hinauf zum Hospiz", erklärten sie weiter, „denn der Aufstieg ist vielerorts sehr steil, schmal und felsig, und der Weg ist von den Gewittern im Sommer doch an manchen Stellen stark ausgewaschen". Corbinianus blickte vom See hinauf auf die schneebedeckten Gipfel. „Wie ist denn die Witterung auf der Passhöhe? Ist jetzt in den späten Sommertagen des Jahres auf dem Wege schon mit Frost und Eis zu rechnen?", wollte er wissen. "Den Pass kann man nur ab Juni für einige wenige Monate überqueren. Stellenweise liegt noch im frühen Sommer mannshoch der Schnee", berichteten sie. „Und schon im August ist das Wetter wieder heimtückisch und neuer Schnee kündigt Herbst und Winter an". Die Pilger versuchten ihn etwas zu beruhigen: „Es liegt schon auch jetzt etwas Schnee an den Hängen dort oben, aber wenn du gutes Wetter hast, dann sollte jetzt der Weg frei von Eis und Schnee und trocken sein", erklärten sie ihm. „Du solltest dich hier in der Herberge nach gutem Wetter erkundigen, damit du in

Über die Berge nach Rom

wenigen Tagen ohne Blitz, Regen, Schnee und Donner das Tal in Augusta erreichst. Aber wie es aussieht, scheinst du in diesen Tagen gute Aussichten auf wenig Gefahr zu haben."

Corbinianus machte sich innerlich bereit für die beschwerlichen Tage über die Berge. Eine Nacht wollte er noch hierbleiben und morgen in aller Frühe aufbrechen, um vom See aus den Weg gen Süden einzuschlagen.

Je näher er den hohen weißen Bergspitzen kam, umso mehr verließ ihn die mittägliche Hitze und er kam zügig durch die schattenspendenden Täler und Wälder den imposanten majestätisch wirkenden Bergen entgegen. Noch nie in seinem Leben hatte er so machtvolle und Furcht einflößende eisige Höhen gesehen. Der große weiße Berg, von dem die anderen Pilger erzählt hatten, war stets in seinem Blick und er war froh, dass der Pilgerweg nun in südlichen und östlichen Richtungen sanfter ansteigend über Bergwiesen bergan führte.

Nach fast einer Woche des Pilgerns wurde der Weg nun zunehmend beschwerlicher und steiler. Wenn Corbinianus früh am Morgen aufbrach, war die Luft frisch und klar. Er liebte es, in den frühen Tag hineinzuwandern. Bei jedem Schritt bergan gingen ihm Gedanken durch den Kopf, und er dachte besonders über seine Zeit im Kloster der Benediktiner nach, und seine vielen Gespräche mit Ludger. „Die Heilige Schrift ermahnt uns: Eröffne dem HERRN Deinen Weg und vertrau auf ihn!" hatte der ihm zum Abschied mitgegeben. Bei jedem Schritt hinauf zur Überquerung der Alpen fühlte er, wie diese Worte für ihn zu einer unverbrüchlichen Zuversicht wurden. Nicht nur auf dem steinigen Weg hinauf zum Hospiz auf der Passhöhe am Montjovet setzte er Schritt für Schritt sein Vertrauen in seinen HERRN; auch sein Leben und seinen Weg des Lebens begann er innerlich mehr und mehr aus seinen eigenen Händen in die Hände Gottes zu legen. Wohin sein Weg ihn auch führen würde: Er war bereit, sein Leben seinem HERRN anzuvertrauen.

Das Dach des Bjanardz Spitali glänzte in der späten Nachmittagssonne und Corbinianus freute sich auf die baldige Rast und ein Nachtlager im Hospiz. Er hatte den Aufstieg geschafft, ohne dass ihn das Wetter böse überrascht hätte. Bis auf einen kurzen gewittrigen Regenguss am Fuß des Aufstiegs hatte er stets die Sonne zum Begleiter gehabt. Er war dankbar, dass er diese mühevollen Tage so gut überstanden hatte, und beschloss, sich gleich am nächsten Tag an den Abstieg in Richtung Süden zu machen.

Zufrieden breitete er in einer kleinen Nische des Schlaflagers sein Bündel aus, trank noch etwas Wasser am Brünnlein vor der kargen Unterkunft und biss herzhaft in das restliche Stück Brot, das seit dem Lacus Lemanus neben den Früchten am Wegrand seine einzige Nahrung gewesen war.

Über die Berge nach Rom

Am nächsten Morgen verließ er mit Aufgang der Sonne sein Nachtlager. Er war tief beeindruckt vom Glanz der Berge im warmen Morgenlicht. Die Sonnenstrahlen, die von Osten herüber die von eisigen Gletschern bedeckten Gipfel, mit langen Schatten, die Passhöhe erreichten, erwärmten nur langsam die kalte Luft hier oben auf den Almwiesen. Prachtvoll strahlten sie den höchsten Gipfel an, den großen weißen Berg im Westen. „Es ist Zeit aufzubrechen", dachte er bei sich, packte andächtig sein Bündel und machte sich nach einem kurzen Morgengebet auf den Weg bergab in Richtung des steil abfallenden Tales.

Er hatte das lange bergab gehen unterschätzt. Bald schmerzten ihn seine Knie und er spürte, dass er seinen Schritt der Steilheit des Geländes anpassen musste. Vor einem steilen, felsigen Wegabschnitt legte er eine kleine Rast ein. „Lege vor dem HERRN ein Bekenntnis ab!", so hatte Ludger ihn noch vor seinem Aufbruch aus dem Kloster aufgefordert. Er war nicht bereit gewesen, sich in den Orden der Benediktiner aufnehmen zu lassen. Nun, da die höchsten Berge hinter ihm lagen und er auf dem Weg hinunter nach Augusta im Reich der Langobarden war, rückte das noch ferne Rom langsam in seinen inneren Blick. „Welches Gelübde werde ich in der Stadt des Heiligen Petrus ablegen?", sinnierte er für sich selbst. „Bin ich bereit, mein Leben als Einsiedler aufzugeben, um ein festes Bekenntnis zu einem Ordensleben abzugeben?" Bald setzte er seinen Weg fort, aber diese Gedanken wurden für ihn zu einem stetigen Begleiter auf seinem weiteren Weg in die Ewige Stadt.

Am Fuß der Berge machte er einen Tag Rast in Augusta Praetoria, die vor einigen hundert Jahren hier von den Römern erbaut worden war und die durch ihre Türme, die Stadtmauer und festen Tore dem Tal und seinen Bewohnern noch immer Schutz bot.

Er betrat die Stadt von Norden her durch die Porta Principalis Sinistra und machte sich sogleich auf die Suche nach einer Herberge für die Nacht. Über eine Bogenbrücke, die den Gebirgsbach überspannte, gelangte er ins Herz des Städtchens, in dem reger Betrieb durch Reisende herrschte. Hier trafen sich Pilger, die die hohen Berge in Richtung Gallien überqueren wollten, oder die nach anstrengenden Tagesreisen von Norden her ins Reich der Langobarden ihren weiteren Weg nahmen. Er bestaunte das römische Theater und die Bauwerke, die die Römer hier um ihr Militärlager errichtet hatten. Bald hatte er eine Unterkunft in der Nähe der Basilika gefunden, in der einige Märtyrer begraben lagen.

An den Gräbern des Bischofs Grato von Augusta und seiner Nachfolger Agnellus und Gallus verweilte er voll Ehrfurcht und in Gedanken versunken, ehe er die Stätte der Reliquien wieder verließ, um sich in seiner Herberge von der anstrengenden Überquerung der Berge ein wenig zu erholen.

Über die Berge nach Rom

Zügig ließ er in den nächsten Tagen Augusta, das Tal und die Berge hinter sich und verließ die Stadt über die Brücke, die dem Heiligen Martin geweiht war, hinaus in die vor ihm liegende Ebene. Pamphica, die frühere Hauptstadt der Langobarden, rückte nun in seinen Blick. Dort hatten schon Bischofssynoden stattgefunden, und Corbinianus wusste um die frühen Christen, die sich bereits wenige Jahrzehnte nach Christus hier versammelt und niedergelassen hatten. „Wie einfach sich die ersten Christen noch versammelt haben!", dachte er bei sich, als er in der Stadt angekommen war und nach einer Herberge suchte. „Beinahe so schlicht und einfach, wie meine Klause", dachte er etwas wehmütig zurück.

Die Hälfte seines Pilgerwegs nach Rom hatte er nun schon hinter sich. Das Ende des Sommers spürte man auch südlich der Alpen langsam nahen. Die Bauern begannen auf den Feldern Zug um Zug die ersten Früchte zu ernten. Die Ähren wiegten sich im lauen Wind des nahenden Herbstes. Tag für Tag kam Corbinianus der Ewigen Stadt näher, die er nun täglich mehr herbeisehnte. In den milden Herbstwochen kam er zügig voran. Bald hatte er die weite Tiefebene südlich der Alpen durchquert, erreichte die Region Tuscia und bald darauf die Stadt Luca. Immer wieder gesellten sich einzelne Pilger zu ihm und je näher sie ihrem Ziel kamen, je mehr wuchs die Zahl der Begleiter, die dasselbe Ziel hatten, nach Rom zu pilgern.

Über die Berge nach Rom

Es war ein strahlend sonniger und warmer Herbsttag. Von einem Hügel aus, den die Menschen der Gegend Monte Mario nannten, erblickte die kleine Pilgergruppe zum ersten Mal die Ewige Stadt, überquerte den Fluss Tiber über die Milvinische Brücke und nun stand Corbinianus voll Ehrfurcht und eigenartig berührt vor der Porta Flaminia, einem der nördlichen Tore der mächtigen Aurelianischen Mauer, die die Stadt Rom, die Ewige Stadt des Christentums, die Stadt der Apostel Petrus und Paulus, umgab.

„Mauern", so dachte er bei sich, „Mauern, Mauern, Mauern! Hohe unüberwindbare Mauern!"

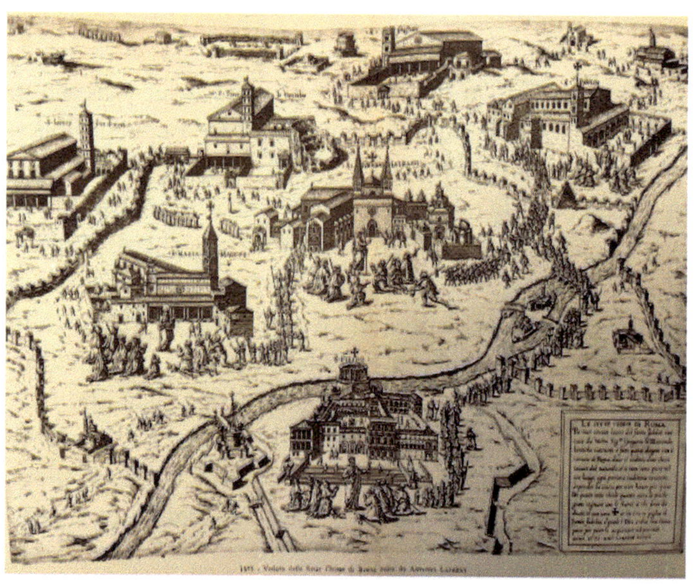

Abbildung 3:   Blick auf die Sieben Pilgerkirchen Roms

Kinderspiele am Paintl

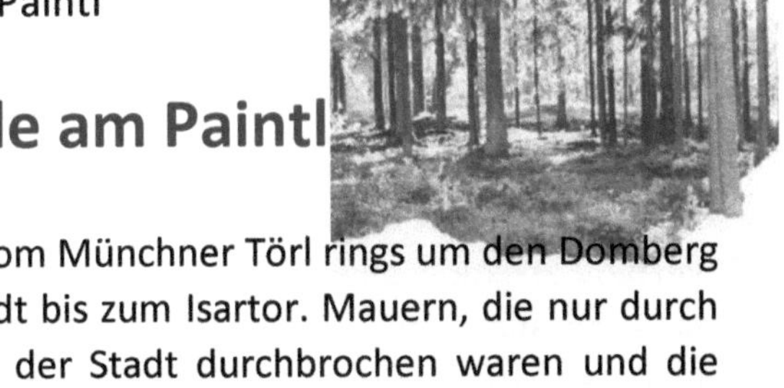

Mauern führten vom Münchner Törl rings um den Domberg und die halbe Stadt bis zum Isartor. Mauern, die nur durch die wenigen Tore der Stadt durchbrochen waren und die Kinder vor den Blicken und der Aufsicht aus der Stadt schützten. Mauern, die gerade für die Bettlerkinder aber auch eine fast unbezwingbare Hürde zu einem geordneten Leben in der Stadt bedeuteten. Mauern, die weit um die Stadt bis hinüber zum Veitstor führten und von dort wieder zurück zum Münchner Tor. Nur außerhalb dieser Stadtmauern waren die Kinder frei und unbeobachtet.

Saftig grün und hoch stand das Gras am Paintl. Die Kinder spielten zwischen den gelben Dotterblumen und weißen Margeriten oder im nahen Wald. Das Ziegeltor und die Stadtmauer waren beliebte Treffpunkte, an denen Kurbl seine Freunde Veit Adlwart, den Antoni Wachsmacher[8] und seine Brüder, Schuri den Jägerbub, den Kögl Michael[9] und dazu weitere Bettlerkinder aus der Stadt und der Umgegend zum Spielen traf.

Kurbl versteckte sich im hohen Gras und beobachtete die anderen Kinder. Einige kamen gerade erst durch die Ziegelgasse und das Ziegeltor heraus auf die feuchten Wiesen beim Gottesacker, dem Friedhof außerhalb der Stadtmauern. Der Ziegler Hiasl meinte, sie sollten raus zur Ziegelei. „I bin z'erscht am Zieglstadl", schrie er und schon rannte er los. Die ganze Rotte der Kinder rannte um die Wette in Richtung der nahen Ziegelei. Hier verging die Zeit für die Kinder. Ab und zu wurde um irgendetwas, was ihnen wertvoll erschien, gestritten und gerauft. Prügeleien blieben da auch nicht aus, verliefen aber meist glimpflich. Sie erzählten sich Geschichten, kletterten auf Bäume, streiften durch die nahen Gebüsche und Wälder. An sonnigen warmen Tagen waren sie gerne an seichten Stellen der umliegenden Bäche, um zu baden. Sie suchten nach Beeren an den Rändern der nassen Wiesen und in den Wäldern. Besonders beliebt war es auch andere nach Einbruch der Dunkelheit auf dem Friedhof zu erschrecken.

Manchmal trieben sie sich auch an der Nähe des Isartors herum. Dort auf dem Isartor hatten die Wachsmacher Kinder ihr kleines Zuhause und ganz in der Nähe befand sich auch die Schießstatt, die eine besondere Faszination auf alle Kinder ausübte. Von dort weiteten sich ihre Kreise zu den Brücken über die Moosach und über die nahe Isar.

Das Spiel der Kinder war in diesen Frühjahrstagen unbekümmert, manchmal rau und voll kleiner Abenteuer. Jeder versuchte auf seine Weise den anderen mit irgendetwas zu übertrumpfen. Kurbl war besonders geschickt und beeindruckte die anderen Kinder mit Balanceakten auf dem Brückengeländer über die Bäche und den Fluss. Klettern war ebenso beliebt und selbst die höchsten Bäume am Waldrand waren vor manchen der Buben nicht sicher.

Kinderspiele am Paintl

Ab und zu kamen einige Kinder vom nahen Neustifft über die Poststraße herüber zum Paintl. Auch Andre, den man den Trudenfanger[10] nannte, und Lorenz gehörten dazu, und einige Bettlerkinder, die sich meist für die Nacht irgendwo außerhalb der Stadt einen Unterschlupf suchten.

In den umliegenden Dörfern gab es kleinere Gruppen von Bettlerkindern, die sich in der Stadt hin und wieder ein Stück Brot oder Geld erbettelten. Sie lebten von kleinen Gelegenheitsarbeiten, bewachten die Gärten der Bauern, hüteten ihre Tiere oder machten hier und da für ein paar Heller Botengänge. Beliebte Bettelplätze waren an Kirchen und auf dem Marktplatz, und besonders begehrt waren die Wirtshäuser mit ihren Feiern und Festen. Dort konnte man auch gut einen Rest Bier ergattern. „Erzähl mir a' G'schicht, Kloana!". Die Kinder waren es gewohnt, dass sie mit lustigen kleinen und erfundenen Geschichten und Übertreibungen in den Wirtshäusern an die Reste eines Humpen Biers gelangen konnten. Ein bisschen angeheitert konnten daraus manch imaginäre Hirngespinste und Phantasiegebilde werden: „Da Jaga hot mi in da Nocht mi'm feurig'n Roß mitg'numma und grod schee war's wia a mi g'schwind durch d' Luft weg gritt'n hot". Auch Andre war geübt im Erfinden von Geschichten, die Fantasie und Realität für Zuhörer und Erzähler verschmelzen ließen. Für einen Schluck Bier oder einen Rest Schnaps waren manche leicht zum Reden und Erzählen zu bringen. Lachend konnte er sich wie ein kleiner Teufel über seine flüssige Beute freuen.

Mäusezauber

Ein paar Heller oder Pfennig waren Reichtümer für die Kinder. Kaum hatte einer der Buben ein paar Münzen verdient, versuchten andere ihm die kleinen Schätze mit allen Tricks aus der Tasche zu ziehen. Kleine Kunststücke, Kniffe und Tricks, von denen man versprach, sie anderen beizubringen, verlangten nach einem Gegenwert und schon wechselte das gerade erbettelte Geldstück wieder seinen Besitzer.

Mäusezauber

So vergingen Frühjahr und Sommer auf den moorigen Wiesen und Äckern um die Stadt. Auf den Feldern reifte das Getreide und die Ernte hatte begonnen. An den Obstbäumen um die Stadt waren Äpfel und Birnen reif geworden, beliebt, um sich den Magen zu füllen.

Andre, der Trudenfanger, trieb sich mit anderen Kindern am Paintl herum. Einige Felder waren schon abgeerntet. In diesen feuchten Jahren, besonders wenn es im Frühjahr Überschwemmungen gegeben hatte, wurden die Mäuse gerade zur Herbstzeit auf den Feldern regelrecht zur Plage.

Einer der Buben hatte ein paar Kreuzer in der Tasche. Kurbl kletterte auf einem alten knorrigen Apfelbaum herum und sah einer kleinen Gruppe um Andre von weitem beim Spielen zu. Bettlerkinder rannten auf dem abgeernteten Feld

Mäusezauber

herum. Kurbl riss einen Apfel vom Zweig, sprang vom Baum herab und schlenderte hinüber zu der kleinen Gruppe auf dem Stoppelfeld. „Für an Kreuzer du'r i dir a Maus zaubern!", hörte er aus einiger Entfernung Andre rufen.

Andre fingerte an seiner Hosentasche herum. Ein kleines Mäuschen sprang plötzlich aus seiner Hand und den Fingern in die Höhe und lief flink und verwirrt durch seine Füße. Andre sprang herum wie ein kleiner Zauberer und zertrat sie mit einem großen Sprung, mitten auf dem Feld. Die Kinder lachten und kreischten zugleich. Andre packte die tote Maus und warf sie über die Mauer am Gottesacker.

Kurbl hatte das alles aus einiger Entfernung mit angesehen. Einige der Kinder riefen wild durcheinander: „Andre ist ein Zauberer!", schrien sie im Chor. „Zeig mir, wie du das gezaubert hast!", einige andere. Die wilde Meute tanzte um Andre herum: „Der Andre macht Meis', der Andre macht Meis', der Andre macht Meis'".

Andre, der Trudenfanger aus Tuching, war ein stadtbekannter Bettlerbub. Meist trieb er sich im Umfeld der Stadt herum. Als Nachtquartier stieg er hier und da mit Freunden in einen Heustadel ein, bettelte um eine Schlafmöglichkeit in den Höfen rings um die Stadt oder fand Unterschlupf in einem der Gebäude in den Klöstern. Des Nachts träumte er laut und heftig, wachte schweißgebadet auf und wusste seine Träume nicht von den dunklen und schwarzen Gegenständen seines Nachtlagers zu

Mäusezauber

unterscheiden. In seiner nächtlichen Fantasie geisterten zwergenhafte Wesen durch sein Zimmer. Oft schrie er nächtens plötzlich und unvermittelt laut auf. Wegen seiner Träume nannte man ihn überall den „Trudenfanger", weil er im Dunklen von kleinen Zwergen träumte und sie im Halbschlaf einzufangen versuchte.

Bald sprach es sich unter den Kindern herum, dass der Andre Mäuse zaubern konnte. Aus den Mäusen wurden in den Geschichten und der Fantasie der Kinder auch Katzen und anderes Getier. Bei den Kindern war er nun nicht mehr nur der Trudenfanger, sondern auch ein Zauberer, einer, der hexen konnte. Im Spiel unter den Kindern wurde viel gehext: Einer der Buben wurde von allen anderen gefangen, in einem Kreis festgehalten und an einem Ort „festgehext", oder in ein Versteck gesperrt. Die Fantasie der Kinder war fast grenzenlos.

Die Kinder aus der Stadt trollten sich bei Einbruch der Dunkelheit wieder durch das Ziegeltor nach Hause. Die Bettlerkinder suchten wie immer einen trockenen, wärmenden Platz für die Nacht.

Auch der Trudenfanger brauchte wieder einen neuen Schlafplatz und machte sich um die Stadtmauer in Richtung Veitstor davon. In einem Heustadl beim Veitshof fand er zusammen mit Lenzl[11] eine ruhige Ecke. Im nahenden Herbst roch es überall gut nach frischem Gras und neuem Heu. Jetzt, wo man noch kein Feuer und nächtliche Wärme brauchte,

Mäusezauber

waren Heuschober unter den Buben und Mädchen sehr begehrte Nachtplätze.

Bei Dunkelheit streunten Hunde und Katzen durch die Höfe und durchs Heu. Selbst bei Mondlicht waren die finsteren Höfe nur spärlich erhellt. Im Herbst waren die schaurigen Rufe rolliger Katzen zu hören, die wie Kindergeschrei durch die Nacht hallten. Regelmäßige Rufe der Käuzchen hörte man weit in der Stille der Nacht. Mäuse und kleine Marder waren ständige Nachtbegleiter im Heu.

Nun, fast bei Neumond, konnte man kaum seine Hand vor Augen sehen. Die Bettlerkinder versuchten der Angst in nächtlichen kleinen Gruppen zu entgehen. Erste Begegnungen der Mädchen und Buben im Heu vertrieben die nächtlichen Ängste, die Hände der Kinder suchten nach warmen Stellen auf der nackten Haut. Auch in dieser Nacht träumte der Trudenfanger, sprang auf, schrie und schlug im Heu wild um sich. Als er langsam aus seinem beängstigenden Traum wach wurde, legte sich ein fast erwachsenes Mädchen, ein junges Bettelweib mit zerschlissenem Hemd, zu ihm, streichelte ihm den Kopf, sprach beruhigend auf ihn ein und wärmte ihn mit ihrem Körper. Ihre und seine Finger berührten sich an ihren Leibern. „Des war bloß a' Hex'ntraum", sagte sie zu ihm. „Du muasst an Pakt mi'm Deifi mocha! Dann host koa Angst nimma". Sie kratzte ihm mit den Fingern den Rücken und den Bauch auf. Wild packte sie ihn, warf ihn ins Heu und sie balgten sich beide in voller Erregung, bis sie kein Halten mehr fanden. Andre wusste nicht mehr, ob er im wilden Spiel eine junge Frau, eine Hexe oder gar den Teufel bei sich hatte. Sie stöhnte laut auf. „Da ist da' Schwarze!", schrie sie. „I pack di beim Zipfi, du Deifi". Andre war in wilder Extase, konnte Wirklichkeit, Traum, Ort und Zeit nicht mehr unterscheiden. „Da, unterschreib mit dein' Bluat unter mein' Fingernagel", hauchte sie ihn an, „mach an Pakt mi'm Deifi, dann lasst'r di in Ruah!". Andre wusste nicht mehr was Traum und was Wirklichkeit war. Er war müde vom nächtlichen Spiel mit dem Bettelweib. Verschwitzt und erschöpft warf er sich auf die Seite, und langsam kamen im spärlichen Schimmer der Nacht das Heu, die Bretterwände des Heustadels und seine wahre Umgebung in sein Bewusstsein zurück.

Korbiniansdult

Jedes Jahr im Herbst, um den Namenstag des Heiligen Corbinian herum, kamen allerlei Händler in die Stadt. Es war die Zeit der Korbiniansdult. Die Stadt war voller und viel lebendiger als sonst üblich. Händler und Bauern aus der Umgegend boten ihre Waren auf dem Marktplatz an. Die Bürger der Stadt deckten sich jetzt vor dem nahenden harten Winter mit lagerbaren Lebensmitteln ein, kauften auf dem Jahrmarkt Wolle und Stoffe, um daraus in der dunklen Jahreszeit Decken, Strümpfe und Kleidung zu stopfen, zu

Korbiniansdult

flicken oder neu herzustellen, oder Waren, die sonst im Haus und Haushalt benötigt wurden.

Die Dult war auch ein reger Umschlagplatz für allerlei Neuigkeiten aus der Gegend. Die Händler wussten aus der ganzen Region Wahres und weniger Wahres, Aufregendes und auch Lustiges zu erzählen. Manche Begebenheit aus einer Nachbarstadt wurde herumgereicht, ausgeschmückt und sie verbreitete sich rasch im Menschengewirr des Marktes. Auch Zaubereien waren in diesen Tagen in nah und fern Grund für Bezichtigungen, Anschuldigungen, Verleumdungen, Verhaftungen und Prozesse. In der Residenzstadt kam während der Korbiniansdult das Gerücht auf, dass Kinder „Meis g'macht" und gehext hätten und mit dem „Teufel im Bund" gewesen seien. Wie ein Lauffeuer machte es die Runde.

Kurbl besuchte die Armenschule vom Liebsbund[12] der Stadt. Sein Vater verdiente als Maurer gerade genug, um seine Familie mehr schlecht als recht ernähren zu können. Er war froh, dass er durch seine Arbeit genug verdiente, um seiner Familie ein trockenes Zuhause zu ermöglichen. Aber für die Schule war nicht genügend Geld da, und erst recht nicht, um Kurbl später auf das Lyceum zu schicken.

Die Gespräche und Gerüchte um das „Meis machen" hatten mittlerweile auch Kurbls Schule erreicht. Manche betrachteten die Geschichten als dümmliches, kindliches Geschwätz. Auch der Schulverwalter vom Liebsbund hörte davon. Der Liebsbund war eine bedeutsame Einrichtung der Stadt. Sowohl die Geistlichkeit als auch Adelige, Bedienstete am fürstbischöflichen Hof, Bürgermeister und Stadtrat, bis hin zu wohlhabenderen Bürgern, Bürgerfrauen und Mägden waren in diesem wohltätigen Bund vereint und kümmerten sich um die Armen der Stadt. Gerade auf die Armenschule wurde in der Residenzstadt besonders geachtet. Sie bot die Möglichkeit gerade für die Armen und die Bettlerkinder in der Stadt, etwas Lesen und Rechnen zu lernen, um dann mit etwas Glück einen einfachen Beruf zu erlernen oder im Tagelohn notdürftig sein Auskommen zu sichern.

Umso strenger achteten Geistlichkeit und Rat der Stadt darauf, die Bettlerkinder vom Land aus der Stadt fernzuhalten. Der Schulverwalter erstattete Bericht an den Stadtrichter über die Gerüchte vom Hexen und „Meis machen": Eines der Kinder habe

> *«ein kleines Meisl aus der ... Taschen herausgezogen, selbes auf die Höch und den Boden geworfen, und, da es ein wenig sich gerührt oder geloffen, ... es zertreten und in den Gottesacker hinüber geworfen»* [13]

Freiherr Siegmund von Lampfritzheim[14] kümmerte sich sogleich darum, und versuchte der Sache auf den Grund zu gehen. Es kam ihm gerade recht, das Treiben der Bettlerkinder einzudämmen, weil er in diesen Tagen eifrig damit beschäftigt war, die Stadt zum 1000-jährigen Jubiläum der Ankunft des Heiligen Corbinian herauszuputzen.

Stadtrichter von Lampfritzheim unterrichtete Fürstbischof Eckher[15] und den Hofrat über die eigenartigen Geschehnisse unter den Bettlerkindern. Der Beschluss, die Kinder der Armenschule zu vernehmen, war schnell gefasst. Widersprüchliche Erzählungen ergaben für den Stadtrichter ein diffuses, uneinheitliches Bild.

An der Schießstätte

Es war mittlerweile kalt, windig und regnerisch geworden. Die Herbstnebel lagen morgens bis lang in den Mittag hinein auf den Feldern. Bei den Vernehmungen hatten einige Kinder wirre Geschichten erzählt, dass am Paintl „Meis gezaubert" worden seien.

Schon bald darauf war aus dem nebeligen und regnerischen Herbst ein eisig kalter, schneereicher Winter geworden. Andre und Lenzl hatten sich an diesem windigen und frostigen Dezembertag bei den Mühlen unterhalb des Dombergs herumgetrieben. Ihnen war kalt. Ihre abgewetzten Mäntel waren klamm und nass von Regen und Schnee. In der Nähe des Isartors wärmten sie sich nun in der Schießstatt auf und überlegten, wo sie sich einen Unterschlupf für die Nacht suchen könnten. Plötzlich

An der Schießstätte

betraten zwei Amtmänner die Stube. Als man sie erkannte,
wurden sie kurzerhand verhaftet. Ohne weitere Umschweife
wurden die beiden zum Amtshaus in die Stadt gebracht und
in eine kalte, dunkle Zelle gesperrt. Plötzlich fanden sie sich
hinter dicken Mauern verschlossen. Bedrohliche Mauern,
die ihnen keine Möglichkeit des Entrinnens boten. Mauern,
von denen sie nicht wussten, was sie bedeuteten.

In den Mauern Roms

Ehrfürchtig betrat Corbinianus durch die Porta Flaminia, eines der Tore im Norden der Aurelianischen Mauer, die Ewige Stadt. Er war dankbar, das Ziel seiner langen Pilgerreise nach der anstrengenden Überquerung der Alpen unbeschadet erreicht zu haben. Ihn drängte es dazu, GOTT dafür im Gebet Dank zu sagen. „GOTT, Du Allmächtiger, mein Herz ist voll Ehrfurcht vor Dir, der Du mich Schritt für Schritt auf meiner Pilgerfahrt begleitet hast", stammelte er demutsvoll und leise in sich hinein, „jetzt begreife ich die wahre Demut vor Dir, meinem GOTT, die mich Ludger gelehrt hat", so dachte er bei sich gedankenverloren.

Rom hatte viel von seinem einstigen Glanz verloren. Manche Bereiche der Stadt waren zu Ruinen geworden und viele Bürger hatten die Stadt verlassen. Dennoch strahlte die Stadt auch weiter die imperiale Macht aus, die sie einstmals besessen hatte. Das gewaltige römische Reich mit seiner Macht war zwar längst Vergangenheit, aber die Stadt atmete noch immer diesen Geist eines Imperiums. Die Kirche und der Papst hatten längst das Erbe der Macht übernommen. Die Anziehungskraft Roms war ungebrochen.

Viele Pilger zogen durch die Stadt und bestaunten die einstigen Paläste, die teilweise zu Ruinen geworden waren, genauso, wie die neue, sich immer weiter ausbreitende kirchliche Macht, die sich in den prunkvollen Kirchen und kirchlichen Palästen, den Basilika und der Peterskirche manifestierte.

Corbinianus hatte das Bedürfnis zunächst eine der großen Kirchen Roms aufzusuchen. „Hier also hat der Heilige Apostel Paulus viele Jahre seinen Glauben verkündet und die Menschen mit Christus bekannt gemacht", dachte er bei sich, als er sich auf den Weg machte, um die Stadt zu erkunden.

Erst vor wenigen Jahren war im Pontifikat von Papst Konstantin die Basilika Sanctae Mariae Maioris vollendet und bald zu einer beliebten Pilgerstätte in der Ewigen Stadt geworden. Vom Stadttor aus ging er auf direktem Wege auf die Basilika zu und nun bestaunte er die Pracht dieser Kirche. Andächtig schritt er durch das mächtige Kirchenschiff zum goldverzierten Altar. Noch nie in seinem Leben hatte er zuvor einen solchen Reichtum erblickt. An den Stufen des Altars kniete er voll Ehrfurcht nieder und verrichtete sein langes Dankgebet. Er dachte an die Apostel Petrus und Paulus. An die Anfänge der christlichen Kirche. An die Berichte aus der Heiligen Schrift, die gefahrvollen Missionsreisen der Apostel und der ersten Christen. An ihre Verfolgung, die sie besonders hier in Rom erfahren hatten, wie sie sich in den Katakomben der Stadt heimlich versammelt hatten, an ihr Martyrium über viele Jahrzehnte und Jahrhunderte hinweg. Er, der einfache Pilger und Eremit aus Gallien, er, Corbinianus, war am Ziel, in der Ewigen Stadt,

In der Peterskirche

in der Petrus und Paulus gewirkt hatten, und in der der Heilige Petrus begraben lag.

Corbinianus machte sich endlich auf zur Peterskirche, die weithin sichtbar war. Dort in der Gegend, so hatte er von anderen Pilgern erfahren, waren Herbergen für die Pilger, die von Jahr zu Jahr mehr geworden waren. In Gedanken versunken suchte er sich seinen Weg durch die Ruinen der Stadt, über Wiesen und Felder, wo einst die Machtzentrale des römischen Reiches gewesen war, und wo nun die Päpste der Christenheit das Zentrum der Macht übernommen hatten.

In der Peterskirche

Einige Hundert Jahre war schon die Christenheit mit der Stadt Rom verwoben. Das römische Reich, das unter Kaiser Konstantin I. die christliche Religion zur Staatsreligion erhoben hatte, war längst Geschichte. Aber die alte Peterskirche zeugte noch immer davon, dass Konstantin den Ort der Kreuzigung und das Grab des Heiligen Petrus hatte suchen lassen. Am Platz des Circus Gai et Neronis hatte er damals diesen Platz gefunden. Hier hatte er die Basilika errichten lassen.

Corbinianus schritt durch das große Atrium und betrat ehrfürchtig die Kirche. Die Mosaike und Fresken, mit den

Darstellungen des Heiligen Petrus, beeindruckten ihn. Es war Sonntag. Die Heilige Messe wurde zelebriert. Hunderte von Menschen aus vielen Ländern, darunter viele Pilger, waren zugegen. Corbinianus fühlte sich in ihrer Mitte, als ob er Zeuge mit den ersten Christen in Jerusalem wäre, als zum Pfingstfest der Heilige Geist ausgegossen, und Menschen aus aller Welt Zeugen göttlicher Kraft und Macht geworden waren. Er war zutiefst angerührt und in seiner Seele machte sich das Gefühl breit, zum Dienst für Jesus weiter denn je bereit zu sein.

„Der erste Schritt zur Demut ist Gehorsam, ohne zu zögern. Es ist die Haltung derer, denen die Liebe zu Christus über alles geht", so erinnerte er sich an die Worte aus den Gesprächen mit Ludger und begab sich nach der Messe an die Stelle, an der man die Grabstätte Petri verehrte. Hier verharrte er eine ganze Zeit, in seine Gedanken versunken. Den Trubel um sich herum nahm er kaum wahr. Fast fühlte er sich allein mit dem Heiligen Apostel, der vor vielen hundert Jahren hier gekreuzigt und begraben worden war. Er hatte Mühe, sich auf den Weg durch die Stadt zu machen.

Papst Gregor II

Corbinianus hatte nach dem Ende der Heiligen Messe die Peterskirche verlassen, ging versonnen durch die Überreste des Circus am Vatikan und dann den Vatikanhügel hinab zum

Fluss. Auf der Ponte Aelius blieb er kurz stehen, blickte hinüber zur Stadt und überquerte schließlich den Tiber, um quer durch Rom zum päpstlichen Lateranpalast zu kommen, der sich am südlichen Ende der Stadt unweit der Porta Asinaria befand.

So bald wie möglich wollte Corbinianus um eine Audienz im päpstlichen Palast ersuchen. Er schloss sich einer größeren Pilgergruppe an, die in der nächsten Woche eine Audienz bei seiner Heiligkeit, Papst Gregor II, bewilligt bekommen hatte.

Gregor unterhielt enge Beziehungen ins Frankenreich zum Hofe Pippins. Von dort hatte er schon von Corbinianus, dem Eremiten und Wanderprediger, gehört und wusste um die Pilgerstätte des Einsiedlers nahe der fränkischen Hauptstadt und um seine Pilgerreise. Er war neugierig auf den einfachen Eremiten, von dessen Weisheit man in weiten Teilen Galliens sprach und dessen Name weit im Land bekannt war.

Corbinianus verneigte sich tief vor dem Papst. „Corbinianus!", sprach ihn der Heilige Vater an, „Dein Name ist schon bis zu mir in die Ewige Stadt gedrungen". Corbinianus sah ihn etwas verwundert an und antwortete: „Heiliger Vater, ich bin nur ein einfacher Eremit, unwürdig vor Eurer Heiligkeit das Antlitz zu heben." Gregor wollte mehr von ihm hören, befragte ihn voll Neugierde zu seiner Klause bei Chastres, seinem Leben als Einsiedler, den Menschen, die ihn dort um Ratschläge aufgesucht hatten, und zu seinem langen Pilgerweg, der ihn eine Zeitlang zu den Benediktinern geführt hatte.

„Warum, Corbinianus, hast Du Dich nicht vom Abt in den Orden der Benediktiner aufnehmen lassen?", fragte er ihn interessiert im Laufe der ausführlichen Unterhaltung. Corbinianus erzählte ihm von den langen Gesprächen mit Ludger im Kloster, von ihrem Austausch über die Ordensregeln, seinen inneren Fragen um die Regeln des Gehorsams und um die vielfachen und langen Unterhaltungen über die Stufen der Demut.

„Ich war noch nicht würdig und bereit, der Aufforderung von Bruder Ludger zu folgen und das Ordensbekenntnis abzulegen", äußerte er demutsvoll gegenüber Papst Gregor, der ihm aufmerksam zugehört hatte. „Ich möchte mir, in aller Ehrfurcht vor GOTT und dem Heiligen Vater, einen stillen Platz erbitten, um dem HERRN zu dienen."

Papst Gregor überlegte einen kurzen Augenblick, ehe er sich wieder Corbinianus zuwandte: „Bist Du denn bereit, in Demut dem Ruf Deines HERRN zu folgen?". Nach ein paar weiteren Worten entließ er Corbinianus mit dieser Frage aus der Audienz.

Lange fand Corbinianus in dieser Nacht auf dem Lager seiner Herberge, die er nahe dem Lateranpalast gefunden hatte, keinen Schlaf. Er grübelte über die Frage des Papstes nach. Im tiefsten Herzen wünschte er sich in die Einsamkeit seiner Klause zurück und doch spürte er zugleich, dass ihm die Gabe zu missionieren gegeben war. Er wollte die Liebe Gottes zu den Menschen bringen, es war sein Wunsch, das Evangelium, die frohe Botschaft Jesu Christi, weiterzuverbreiten und in die Welt zu tragen.

Auch der Papst war vom Gespräch mit Corbinianus tief beeindruckt. Er hatte erlebt, mit welcher Wortgewandtheit dieser schlichte Eremit die Herzen erreichen konnte, dass das Evangelium wahrhaftig in seinem Herzen brannte, und er spürte die aufrichtige, tiefe und demütige Frömmigkeit seiner Seele.

Die nächsten Tage im Lateranpalast waren angefüllt mit Beratungen. Papst Gregor konsultierte die Kurie und seinen Sekretär. Immer wieder dachte Gregor an den einfachen und doch wortgewaltigen Eremiten aus Gallien, von dem ihm schon Pippin berichtet hatte.

Gregor ließ Corbinianus erneut zu sich rufen und eröffnete ihm, dass er ihn zum Priester und Bischof weihen wollte. „Wie Du weißt", so begann er, „ist der Glaube an unseren HERRN Jesus Christus zwar im Reich der Franken nun seit zwei Jahrhunderten verankert. Doch noch immer liegt die einheitliche Verkündigung des Evangeliums im Argen. Ich weiß um Deinen untadeligen Wandel, Deine Tugend und Deinen guten Ruf, den Du Dir in Gallien erworben hast. Ich bitte Dich, mit dem priesterlichen Amt in Deine Heimat zurückzukehren, die Lehre Jesu Christi in Gallien mit Deinen geistigen und geistlichen Gaben reinzuhalten und zu festigen."

Corbinianus spürte, dass er diesen Wunsch des Papstes erwidern musste und damit den Sinn seiner Pilgerreise gefunden hatte.

„Ich werde Dich nach reiflicher Beratung auch als Bischof in die christliche Mission nach Gallien entsenden", eröffnete ihm nun der Heilige Vater. „Ich habe über Dich schon länger mit Pippin korrespondiert, den Du ja in Deiner klösterlichen Klause schon kennengelernt und weise beraten hast. Du sollst als Nachfolger der heiligen Apostel und als Missionsbischof den Menschen auf dem Land behilflich sein, den wahren und reinen Glauben zu erfahren und in den Dörfern und Städten Kirchen aufzubauen."

Er berichtete ihm ausführlich von den Gebräuchen der Germanen an den östlichen Grenzen des fränkischen Reiches, von den Gottheiten der Alamannen, ihren heidnischen Riten, Zaubereien und Hexereien. Gregor steigerte sich bald in eifrige Rage, als er von Wotan, Donar und den vielen germanischen Gottheiten erzählte, die dort weiter verehrt wurden.

Auf diese Worte hin hatte ihn der Heilige Vater gefragt, ob er diese Ämter der Kirche annehmen wolle. Corbinianus fühlte sich innerlich zerrissen zwischen dem Wunsch, in der Abgeschiedenheit weiter seinen Glauben zu leben und der Bereitschaft, in Demut dem Ruf Christi zu folgen. Nach einer langen Pause und immer noch innerlich zögernd antwortete er: „Ja, Heiliger Vater, mit Gottes Hilfe bin ich dazu bereit."

Nach wenigen Wochen weihte der Papst bei der sonntäglichen Messe in der Peterskirche Corbinianus zum Priester und Bischof. Feierlich und in Ehrfurcht kniete er in seinem Messkleid vor dem Papst nieder, erhielt seinen Bischofsstab und die Segnungen des Heiligen Vaters. Nun ging das Kirchenjahr langsam seinem Ende zu. Corbinianus verbrachte das Weihnachtsfest und den Winter in der Ewigen Stadt, nachdem ihm der päpstliche Sekretär eine Herberge im Lateranpalast zugewiesen hatte.

Abschied aus Rom

Nachdem die dunkle Jahreszeit zu Ende gegangen war und mit den wärmeren Tagen das nächste Frühjahr begonnen hatte, war es für Papst Gregor Zeit geworden, seinen neu gewonnenen Bischof Corbinianus aus Rom zu verabschieden. Ein letztes Mal besuchte Corbinianus die Heilige Messe in der Peterskirche. Ihm war eigenartig zumute. Die Monate in der Ewigen Stadt hatten ihn beeindruckt. Die einstige Macht des römischen Reiches, die in den Ruinen, Straßen, Plätzen und Mauern noch immer zu spüren war und die nun durch die prachtvollen Kirchen in gewisser Weise weiterlebte, erblühte in anderer Gestalt. Er

Abschied aus Rom

empfand, wie diese geistliche und kirchliche Macht von Rom Besitz ergriffen hatte.

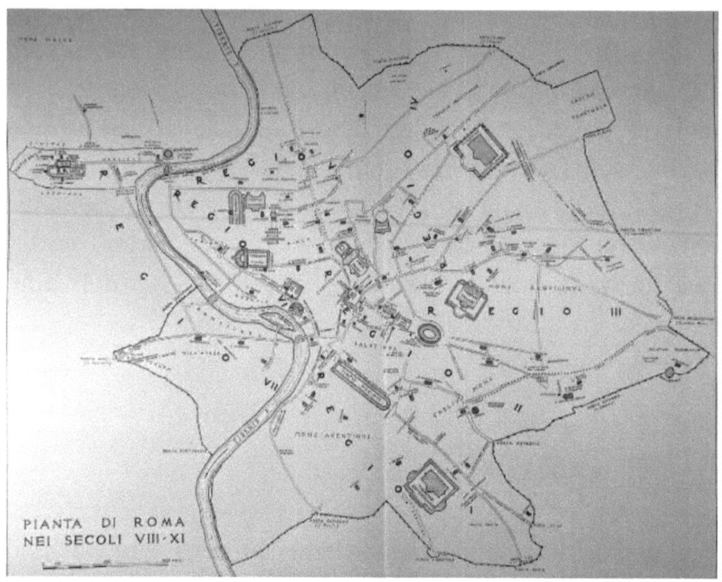

**Abbildung 4:   Stadtplan von Rom im Laufe
der Jahrhunderte VIII – XI**

Nun verließ er diese Stadt wieder und schritt erneut durch die Porta Flaminia. Von einem nahen Hügel außerhalb der Stadt blickte er noch einmal zurück auf die hohen Mauern, die die Ewige Stadt umgaben. Er hatte fast ein wenig das Gefühl, von dieser Macht der Mauern befreit und erlöst zu sein.

Hinter Gefängnismauern

Die erste frostig kalte Nacht hinter Gefängnismauern war für den Trudenfanger wie ein Alptraum.

Er war unehelich irgendwo in der Nähe von Wasserburg geboren worden. Als Bettlerkind war er seit einiger Zeit in der Bischofsstadt umhergezogen. Nun fand er sich mit seinen 11 Jahren plötzlich hinter den festen Mauern im Turm des Amtshauses wieder.

Stadtrichter Lampfritzheim hatte nach einigen Tagen des Einkerkerns zunächst den Lenzl vernehmen lassen und inzwischen war Andre, der Trudenfanger, an der Reihe. Er wurde nach seiner Herkunft befragt, wer seine Eltern seien, und wie er in die Domstadt gekommen war. Über seinen Vater, der Hausierer und Topfflicker gewesen war, wusste er nicht viel zu sagen, da er schon früh verstorben war. Nachdem auch seine Mutter Eva vor 4 Jahren gestorben war, musste er sich seinen Unterhalt selbst zusammenbetteln und er war über verschiedene Dörfer und Städte schließlich in die Domstadt gekommen.

Andre war verängstigt. Krampfhaft versuchte er sich einen Reim darauf zu machen, warum man ihn in das Gefängnis gesteckt hatte. Bettelei war zwar bei Strafe verboten, aber gang und gäbe. Ihn fröstelte. Das nasse Winterwetter saugte sich in die kalten Mauern des Amtshauses und seiner Zelle. Durch die Gitterstäbe des dunklen Verlieses pfiff der eisig kalte Dezemberwind und in den Nächten hatte er mit düsteren Träumen zu kämpfen.

Lampfritzheim hatte einen ausführlichen Katalog an Fragen ausarbeiten lassen, um der Prozessordnung Genüge zu leisten. Er wollte wissen, wo sich Andre mit den anderen Bettlerkindern aufgehalten hatte, wo sie sich Almosen erbettelt und in welchen Höfen und Scheunen sie ihr Nachtlager und Unterschlupf hatten, mit welchen Kindern der Stadt sie Umgang pflegten und wozu sie sich auf dem Paintl getroffen hatten.

Andre erteilte bereitwillig Auskunft in der Hoffnung und Erwartung, dass seine Einkerkerung nun bald ein Ende finden würde, wenn er nur alles erzählt hätte.

Noch vor dem Weihnachtsfest informierte der Stadtrichter Fürstbischof Johann Franz Eckher von Kapfing und seinen gesamten Hofrat über die verhafteten Bettelbuben und zu Anfang des neuen Jahres begann er akribisch damit, den Prozess vorzubereiten. Der Hofrat beauftragte einen Kommissar mit der Inquisition. Lampfritzheim witterte endlich die Gelegenheit, die Domstadt vom Unrat bettelnder vagabundierender Kinder zu befreien, um der Stadt mehr Ordnung und ein freundliches Gesicht zu verleihen. Auch wenn der Liebsbund sich um die Armen der Stadt kümmerte, so war es dem Stadtrichter dennoch ein Gräuel, dass sich trotz des Bettelverbots ständig Fremde in die Domstadt einschlichen. Tag für Tag führte er einen Kleinkrieg gegen das lästige Gesindel, der bisher scheinbar nicht zu gewinnen war.

Andre saß weiter im kalten Turm des Amtshauses ein. Zu Lenzl hatte er, getrennt durch die dicken undurchlässigen Gemäuer, keinen Kontakt. Tag für Tag setzte ihm die Angst zu, und Nacht für Nacht plagten ihn Träume. Seine Verhaftung war in der Stadt nicht verborgen geblieben. Durch die Vernehmungen waren zwischenzeitlich weitere Bettlerkinder verhaftet worden. Angst machte sich breit. Auch Kurbl wusste nicht, warum einige seiner Freunde verhaftet worden waren. Am Paintl waren die Kinder jetzt um diese Jahreszeit ohnehin nur noch selten. Gelegentlich trafen sich aber einige der Kinder weiter in der Ziegelgasse, um sich eine wärmende Armensuppe zu holen oder im Kammerhof, gleich vor dem Ziegeltor, wo in der Küche immer wieder etwas für die Armen abfiel.

Kurbl konnte die Geschehnisse nicht einordnen. „Ob sie wegen der Bettelei eingekerkert worden sind?", fragte er sich. Viele Gerüchte machten die Runde unter den Kindern. Kurbl versuchte etwas mehr in Erfahrung zu bringen. Es war schwer, konkrete Einzelheiten zu erfahren.

„Der Andre sitzt ei' im Turm am Amtshaus" war das Gesprächsthema dieser Wintertage geworden. „Und den Lenzl ham's a verhaf't in der Schießstätt" wurde unter den Kindern auf den Gassen geraunt. Aber mehr wussten auch die Zieglerbuben und der Schuri nicht.

Das Verhör beginnt

Zwischenzeitlich hatte Lampfritzheim durch die Verhöre anderer Kinder einiges in Erfahrung gebracht. Andre wurde aus seinem Kerker im Turm in die Verhörstube gebracht. Dort sah er sich dem Stadtrichter, einem Gerichtsschreiber und deren Gehilfen gegenüber.

Lampfritzheim hielt sich wegen der eigentlichen Anklage bedeckt, und wollte zunächst etwas mehr über die Aufenthaltsorte der Bettlerkinder erfahren. „In di Heustadl'n hob i übernacht", erklärte Andre. „Mal beim Veitshof, dann drüben in Neustifft, beim Krauthüter sei'm Kuhstall am Isartor und in andre Dörfer bin i a g'west", gab er zu Protokoll. Mit wem er Umgang gehabt habe, wo sie sich tagsüber aufgehalten hatten – Lampfritzheim wollte sich ein umfassendes Bild von den Bettlerkindern in und um die Domstadt machen. Er durfte sich diese einmalige Gelegenheit einfach nicht entgehen lassen, das verhasste Gesindel aus der Stadt zu verbannen und zu vernichten.

Der Stadtrichter hatte von anderen Kindern von den Träumen des Trudenfanger und seinen nächtlichen Schreien, seinen ekstatischen Anfällen und seiner Angst vor Dämonen, Hexen und Teufeln gehört. Was er in der Nacht gesehen habe, wollte Lampfritzheim von ihm wissen und ließ ihn ausführlich reden.

Das Verhör beginnt

Andre erzählte von Festen, auf denen er gewesen war. Von Feiern auf Bauernhöfen, von Trinkgelagen, an denen auch für die Kinder der eine oder andere Rest Bier übriggeblieben war. Er erzählte von langen sommerlichen Nächten, nach denen sie sich in Ställen und Heuschobern miteinander im Rausch vergnügt hatten und danach erschöpft eingeschlafen waren. Er hoffte, dass er schnell entlassen würde, wenn er nur erst alles erzählt haben würde.

Er berichtete von seinen Ängsten in der Nacht, als er von Träumen schweißgebadet aufgewacht war. Von den Gestalten, die er nie zuvor gesehen hatte, und die ihm wie Gespenster, Hexen, Dämonen und Teufel erschienen waren. Träume, Fantasien und reale Menschen verschwommen in seinen kindlichen Vorstellungen. „A Moo hat mi' ab'ghoid in a Kutsch'n mit zwoa Pferd, die Feuer gschpeit' ham" gab er einen seiner offensichtlichen Träume und seine Wahnvorstellungen zu Protokoll.

Ob es der Teufel gewesen sei, wollte Lampfritzheim wissen. „Mag scho a Trud oder der Deifi g'wesen sei", antwortete Andre in seiner naiven Unschuld. Der Stadtrichter bohrte weiter und wollte mehr über die Zusammenhänge erfahren. Wer denn noch zugegen gewesen sei, wollte er wissen. „A jungs Weib, hot si auf mi g'legt bis da Zipfi hart worn is, hot mi mit de Krall'n bös' zugricht bis i bluadig war am Rück'n und am Bauch. Hot mi am Herz druckt und g'sagt soi mi mit'm Bluat beim Deifi ei'schreib'm, dass der nimma kimmt.

Im Verhör

Und g'fürcht hob i mi, grad schrei'n hob i miass'n bis i nass war vo'm Kreisch'n!"

Andre erzählte von seinen sexuellen Abenteuern in aller Ausführlichkeit. Er schien fast in einem wahnhaften Redefluss zu sein. In Wirklichkeit hoffte er inständig, dadurch endlich aus seinem Verhör erlöst zu werden, bevor auch seine kindlich sexuellen Spiele mit seinen gleichgeschlechtlichen Freunden zum Ziel der Befragung werden würden. Er fürchtete das harte und lebensbedrohliche Strafmaß, das auf Sodomie stand und oft auf dem Scheiterhaufen endete.

Solche und viele andere Verhöre nutzte der Stadtrichter geschickt, um die Träume des Trudenfanger zu einem Mosaik aus Zauberei und Hexerei, eines Paktes mit Dämonen und mit dem Teufel werden zu lassen. Ob er Mäuse gezaubert habe, wollte Lampfritzheim schließlich wissen. Andre stritt das vehement ab. Er habe „keine Meis g'macht!" gab er zu Protokoll und ließ sich nicht dazu bewegen, seine Aussage zu ändern.

Im Verhör

Der Stadtrichter sah sich auf einem guten Weg, durch die Verhöre, die Aussagen und gegenseitigen Beschuldigungen der Bettlerkinder schon bald eine Anklage zur Hexerei erstellen zu können. Verhör um Verhör rundete sich für ihn das Bild. Es war ihm gleichgültig, ob die Aussagen teils aus Träumen des Trudenfangers resultierten. Einzig bedeutend für ihn war, eine hieb- und stichfeste Anklageschrift gegen die Bettlerkinder in der Hand zu haben und die Stadt mit Unterstützung des Fürstbischofs und seines Hofrats von diesem Gesindel zu säubern.

Er erstattete dem Fürstbischof nun offiziell Bericht vom Erfolg der ersten Verhöre der Kinder, die in der Zwischenzeit als Beschuldigte und Angeklagte galten. „Der Trudenfanger, so wird er von den anderen Bettlerkindern gerufen, wird beschuldigt, Mäuse gezaubert zu haben. So bezeugen es einige der Kinder. Seine eigenen Berichte von dämonischen Begegnungen in der Nacht belegen, dass er Umgang mit Dämonen, Hexen und gar mit dem Teufel hat".

Der Stadtrichter hatte nun von Fürstbischof Eckher, dessen gesamtem Hofrat und dem Stadtrat freie Hand, weitere Verhaftungen zu veranlassen, die Inquisition auszuweiten, und weitere Nachweise für die Anschuldigungen zu finden. Lampfritzheim war guter Dinge, damit der Bettelei in seiner Stadt den entscheidenden Schlag zu versetzen. Das Mäusemachen war ihm ein willkommener Straftatbestand und überall im Land ein anerkannter Grund für die Verfolgung von Hexenkindern und Menschen, die mit Dämonen und dem Teufel im Pakt standen. Stadtrichter Lampfritzheim konnte deswegen die scheinbaren Vergehen der Inhaftierten als sehr gefährliche Sache ausgeben, die sich auszudehnen im Gange war. Er war guter Dinge. Seine Stimmung wurde fast täglich heiterer. Der Prozess konnte nun seinen Lauf nehmen. Die Anklage wurde formuliert: „Besuche des bösen Feindes, Hexentanz, Teufelspakt, Verleugnung Gottes, geschlechtliche Vermengung mit dem Bösen".

Andre ahnte in seinem Verlies noch nicht, wie sich die Schlinge der Anklage langsam um seinen Hals legte.

Kurbl wusste nicht, welche Anklage bereits im Gange war.

Die Kinder der Domstadt waren aufgeschreckt von der um sich greifenden Welle von Verhaftungen. Tag um Tag und Woche um Woche vergingen, mehrere Monate gingen ins Land. Andre verblieb in seiner kalten, feuchten Zelle. Er ahnte nicht, dass andere Bettlerkinder aus eigener Angst begonnen hatten, ihn des Mäusemachens zu bezichtigen. Die Aussagen waren widersprüchlich. Lampfritzheim nutzte die Aussagen geschickt, um dem Wunsch des Bischofs und des Hofrats nachzukommen, und mehr und mehr Beweise zu liefern. Beweise, die klar genug waren, den Tatbestand der Hexerei und der Teufelspakte zu untermauern. Die Ängste der Kinder brachten sie zunehmend dazu, die Geschehnisse bei den kindlichen Spielen am Paintl und anderswo immer mehr anderen Kindern zuzuschreiben, um sich selbst zu entlasten. Sie begannen sich wie in einem Netz gegenseitig zu verstricken. Das Netz des Stadtrichters wurde immer enger. „Meis werd' ich euch zaubern!", so die Aussage des

Im Verhör

einen über Andre, oder, ein anderer, „er hot was schwarzes g'zaubert, a weng klaona wia a Katz, mit zwoa Hörn'dl am Kopf und feurige Aug'n", und „bei dr' Nacht hot er g'schrian weg'an Dämon". Wenn der Ankläger nicht weiterkam, versuchte er es mit dem Angebot, es doch einfach nur zuzugeben, was einige Kinder unter dem Druck des Verhörs als scheinbar einfacheren Ausweg annahmen. „Der is a mit beim Hexentanz g'wen", oder Beschuldigungen zu Teufelspakten erzwang der Stadtrichter geschickt durch wechselnde Verhöre und durch den Druck, dass andere Bettlerkinder das ja auch längst zugegeben hätten.

Ein Dutzend Kinder war in Haft. Lampfritzheim fühlte sich nahe an seinem Ziel. Immer mehr Bettlerkinder verschwanden hinter Gefängnismauern und bezichtigten sich gegenseitig, an den Hexereien beteiligt zu sein.

Kurbl sah immer mehr seiner Freunde im Gefängnis und im Hexenturm verschwinden. Des Sonntags ging er zur Messe und betete verzweifelt für seine Spielkameraden. Auch er selbst spürte die steigende Angst, verhaftet und vernommen zu werden. Der Trudenfanger und viele andere Kinder hatten die Freiheit verloren. Ihre Freiheit hatten sie längst gegen schreckliche, lähmende Angst getauscht.

Kurbl versteckte sich.

Kurbl vermied die Kontakte zu seinen Freunden.

Kurbls Furcht wurde immer beklemmender.

Freiheit

Corbinianus nahm seinen Weg zurück in die Heimat in Angriff. Es fühlte sich eigenartig frei an, seitdem er Rom und den Lateranpalast verlassen hatte. Er fühlte sich selbst zwar eng mit Christus verbunden, aber seltsam befreit von den mächtigen Mauern der Ewigen Stadt. Bei jedem Schritt und jeden Tag löste er sich mehr von dem Gefühl der Enge und des Eingesperrtseins hinter den Mauern der Stadt und der Kirche. Er genoss die wärmenden Sonnenstrahlen, das verbunden sein mit der Natur. Er sog den Duft der Wiesen und Wälder in sich auf. Die Farbenpracht der Blumen am Wegrand erinnerte ihn an seine Klause.

Der Weg ließ ihm viel Zeit, um seinen Gedanken nachzugehen. Seitdem er Ludger verlassen hatte, gingen ihm die Gespräche um die Ordensregeln der Benediktiner nicht mehr aus dem Kopf. Immer wieder kamen ihm auch die abendlichen Gespräche mit seiner Mutter in den Sinn, als sie ihm von den 12 Aposteln von Éire erzählt hatte, von Sankt Columban und Sankt Attala, und wie die beiden Mönche von der fernen Insel im Norden das Kloster bei Bobbio im Reich der Langobarden gegründet hatten. Der Wunsch in ihm wurde immer mächtiger, das Kloster auf seinem Rückweg nach Gallien aufzusuchen. „Dort lebten Abt und Mönche nach den Regeln des Heiligen Columban", dachte er bei sich. „Und nun kommen doch die Klöster zu der Erkenntnis der Regula Benedicti, den Regeln von Gehorsam,

Freiheit

Schweigsamkeit und Demut, anstelle der Strenge Columbans und seinen Strafen, wenn Mönche gegen die Disziplin der Klosterregeln verstoßen haben, und die selbst Prügel und Kerkerhaft gegen die Brüder verhängt".

In der Gegend um Luna und Puntreme, als er das Meer und die Küste hinter sich gelassen hatte und den Anstieg über die Berge des Apennins begonnen hatte, pilgerte er auf den alten Pfaden der Mönche, die wohl schon der Heilige Columban begangen hatte, auf der Via degli Abati, und die ihn nach Pamphica führen sollte. Zügig gewann er an Höhe und er blickte zurück auf die Weite des Meeres, die nun hinter ihm lag, auf die Weite, die für ihn so viel Freiheit symbolisierte.

Der Weg war anstrengend. Nach fast einer Woche erblickte er von den Hügeln aus das Kloster Columbans. „Wie friedlich und still es hier im Tal liegt". Hier wollte er einige Tage Rast einlegen.

Am Sarkophag des Heiligen Columban kniete er lange nieder. „Hier also hast du deine letzte Ruhe gefunden", schweiften seine Gedanken durch den dunklen Raum. „So weit hat dich dein Weg mit den Brüdern geführt, von der fernen Insel des Nordens, von Éire und Dál Riata, über das stürmische Meer nach Gallien, und weiter über die Berge bis hierher in den Süden". Er dachte an den mühsamen Aufbau der Klöster, das Belehren der Brüder, das tägliche Gebet und die beschwerliche Arbeit um das tägliche Brot.

Freiheit

Immer wieder dachte er in darauffolgenden Tagen an die Regula Benedict, die auch im Kloster des Heiligen Columban die ursprünglichen Regeln ablösten. Er spürte, dass sich das Leben der Mönche und der Geist der Abtei dadurch verändert hatte.

Er wollte die warmen Tage nutzen, um aufzubrechen.

Bald lagen wieder die Berge vor ihm und er tauchte ein in die Meditation des Anstiegs. Auch jetzt hatte er trockene, sonnige Tage, als er das Reich der Langobarden verließ, den höchsten Wegpunkt bei der Überquerung der Alpen überschritt und bald zügig wieder die Herberge am Lacus Lemanus erreichte.

Das milde Klima und sonnige Wetter am Lacus Lemanus taten ihm nach dem weiten Weg aus Rom und den anstrengenden Tagen über die hohen Pässe der Alpen wohl. Hier im Burgund des Frankenreiches, unweit der Grenze zum Reich der Germanen entlang des Rhenus, den die Alamannen Ry nannten, fühlte er sich seiner Heimat plötzlich wieder nah und vertraut.

„In wenigen Tagen könnte ich zurück in meiner Klause sein", dachte er sehnsüchtig, als er in Lousonna ein paar Tage Rast machte, um sich etwas zu erholen und neue Kraft zu schöpfen. Auf dem langen Weg seiner Wanderschaft war ihm langsam, aber immer deutlicher, bewusst geworden, welche Aufgabe und hohe Verantwortung er mit dem Bischofsamt übernommen hatte.

Freiheit

„Was werde ich dann im Namen Christi machen, wenn ich zurück in Chastres bin?", fragte er sich. „Ich kann mich nicht einfach wieder in meine Klause zurückziehen!", dachte er weiter. Während seiner Wanderschaft hatte er ausgiebig Zeit sich darüber Gedanken zu machen, wie er seine Mission als Bischof ausfüllen wollte. Als Missionsbischof hatte er keinem Bistum vorzustehen. Er wusste um die Freiheiten, die er damit hatte. Er setzte es sich zum Ziel, den Menschen Galliens und des Frankenreiches die frohe Botschaft des Evangeliums, die Botschaft der Liebe Jesu Christi, in die Herzen zu legen, um ihre Sitten und ihr Leben am wahren Christentum auszurichten. Die wahre Freiheit, die Freiheit von Sünde, die Freiheit von der Bindung der Menschen an Satan – das sah er als seine Aufgabe als Bischof an.

Bald jedoch wuchs in ihm der Wunsch, auch auf seiner Rückreise von Rom seinen Freund Ludger zu besuchen. Gerne würde er dafür einen Umweg von einigen Tagesreisen in Kauf nehmen und die Route der Via Francigena verlassen.

Die Begrüßung war voll herzlicher brüderlicher Liebe.

„Sieh, in aller Demut komme ich zu Dir, geweiht vom Heiligen Vater als Bischof in der Mission in Gallien, meinem HERRN zu dienen", eröffnete er Ludger im Gespräch des ersten Abends. „Ich habe Deine Worte nicht vergessen, als Du gesagt hast, dass ich dem HERRN meinen Weg anvertrauen soll und ihm ein Bekenntnis abzulegen habe". Ludger staunte etwas darüber, dass Corbinianus sich noch so genau an seine

Freiheit

Worte erinnerte. „Nun, ich hatte gehofft, Du würdest hier bei uns Benediktinern bleiben! Aber nun ist es wohl anders bestimmt."

In den Tagen danach setzten sie ihre Gespräche über die Stufen der Demut fort, die sie vor einigen Monaten unterbrochen hatten.

„Der Mönch ist zufrieden mit dem Allergeringsten und Letzten und hält sich bei allem, was ihm aufgetragen wird, für einen schlechten und unwürdigen Arbeiter", so erklärte ihm Ludger die sechste Stufe der Demut. „Genauso fühle ich mich in meiner zukünftigen Aufgabe als Bischof", sinnierte Corbinianus leise, „als unwürdiger Arbeiter für den HERRN". „Und das erklärt der Mönch nicht nur mit dem Mund, sondern er glaubt dies auch aus tiefstem Herzen!", ergänzte Ludger, „und er tut nur das, wozu ihn die gemeinsame Regel des Klosters und das Beispiel der Väter ermahnen."

So nutzten sie jede freie Stunde, um sich fast täglich weiter und tiefer über die Stufen der Demut zu unterhalten.

„Der Mönch hält seine Zunge vom Reden zurück, verharrt in der Schweigsamkeit und redet nicht, bis er gefragt wird."

„Siehst du, hier unterscheidet sich mein Auftrag als Bischof von den Regeln Eures Ordens! Ich soll vom Evangelium unter den Menschen zeugen, soll nicht schweigen, sondern die Lehre Jesu in die Häuser und Dörfer tragen, und ich will auch den Menschen Freude bringen!"

Freiheit

Sie unterhielten sich Abend für Abend weiter über die Stufen der Demut. Auch bei der Regel, dass man nicht leicht und schnell zum Lachen bereit sein solle, waren sie sich nicht ganz eins geworden. Corbinianus dachte an die vielen Abende zurück, an denen der Fremde in seiner Klause bei einem Becher Wein bewirtet hatte, an denen über Erlebnisse gesprochen, aber auch viel gelacht worden war. „Lachen ist vom Teufel!", versuchte ihn Ludger zu überzeugen.

„Der Mönch spricht, wenn er redet, ruhig und ohne Gelächter, demütig und mit Würde, wenige und vernünftige Worte, und macht kein Geschrei, da geschrieben steht: Den Weisen erkennt man an den wenigen Worten", erläuterte Ludger die elfte Stufe der Demut.

So vergingen die Tage und Wochen bei Ludger und den Brüdern in Autun fast wie im Flug. Langsam nahte der Abschied, den Corbinianus von den Benediktinern und ihrem Kloster nehmen musste. Ludger gab ihm die zwölfte Ordensregel der Benediktiner mit auf den Weg: „Der Mönch sei nicht nur im Herzen demütig, sondern seine ganze Körperhaltung werde zum ständigen Ausdruck seiner Demut für alle, die ihn sehen. Das heißt: Beim Gottesdienst, im Oratorium, im Kloster, im Garten, unterwegs, auf dem Feld, wo er auch sitzt, geht oder steht, halte er sein Haupt immer geneigt und den Blick zu Boden gesenkt. Wegen seiner Sünden sieht er sich zu jeder Stunde angeklagt und schon jetzt vor das schreckliche Gericht gestellt. Immer wiederhole er im Herzen die Worte des Zöllners im Evangelium, der die Augen zu Boden senkt und spricht: HERR, ich Sünder bin nicht würdig, meine Augen zum Himmel zu erheben. Wenn also der Mönch alle Stufen auf dem Wege der Demut erstiegen hat, gelangt er alsbald zu jener vollendeten Gottesliebe, die alle Furcht vertreibt. Aus dieser Liebe wird er alles, was er bisher nicht ohne Angst beobachtet hat, von nun an ganz mühelos, gleichsam natürlich und aus Gewöhnung einhalten, nicht mehr aus Furcht vor der Hölle, sondern aus Liebe zu Christus, aus guter Gewohnheit und aus Freude an der Tugend. Dies wird der HERR an seinem Arbeiter, der von Fehlern und Sünden rein wird, schon jetzt gütig durch den Heiligen Geist erweisen.“

Corbinianus fühlte sich eins mit Ludger und seinen guten Wünschen und er spürte, dass ihn die Gespräche mit Ludger über die Stufen der Demut sein Leben lang begleiten würden. In seinem Herzen fühlte er sich den Mönchen der Benediktiner sehr nahe und verbunden.

Es war an der Zeit, weiterzuziehen. Die Verabschiedung war brüderlich und herzlich. Ludger und Corbinianus fühlten, dass es ein Abschied für immer sein würde.

Mission in Gallien

Corbinianus überquerte das kleine Flüsschen an der Stelle, an der sich schon so oft Pilger seiner Klause genähert hatten, und öffnete die Türe zu dem Ort, der lange Jahre seine Heimstatt gewesen war. Trotz der Enge fühlte und atmete er sofort die Freiheit, die er schon immer hier gefühlt hatte. Die Befreitheit, die er in seinem Christsein durch den Kreuzestod Jesu und sein sündloses Opfer für die Menschen empfand. Die Freiheit, die Jesus seinen Jüngern gepredigt hatte, die Freiheit der Menschen vor GOTT, wenn sie ihn über alle Dinge liebten und wenn sie die Goldene Regel der Liebe auch gegenüber ihrem Nächsten beherzigten.

Herrliche Tage des Frühlings waren längst vergangen und die Hitze des Sommers machte sich breit. Der Baum neben seiner Klause spendete ihm wieder wie jeher wohltuenden Schatten vor der Sonne.

Bald darauf sah er eines Morgens von Norden her Reiter kommen. Als sie nähergekommen waren, erkannte er an ihrer Standarte Gesandte vom Hof des fränkischen Hausmeiers Pippin und dessen Sohn Karl.

„Ehrwürdiger Bischof" – die Kunde von der Ernennung von Corbinianus hatte offensichtlich die Frankenfürsten bereits erreicht – „unser Herrscher Pippin, bat uns noch kurz vor seinem Hinscheiden Euch an seinen Hof zu holen", eröffneten sie ihm feierlich.

Mission in Gallien

Bei dieser Begegnung spürte Corbinianus schnell, dass eine Veränderung stattgefunden hatte. Er war nun nicht mehr Eremit in der kleinen Klause am Fluss, er war Bischof, und damit aufgestiegen in den Kreis der Mächtigen der Kirche, in den Kreis derer, die mit den Regenten des Frankenreiches Umgang pflegten.

Wenige Tage später machte er sich mit einigen seiner Gefährten auf zur Burg Novum Castellum, um dem Ruf Karls, dem unehelichen Sohn Pippins, Folge zu leisten. Sein Gefolge, seine kirchliche Tracht und das Pallium zeugten inzwischen von seiner Stellung und seinen Machtbefugnissen als Bischof.

Eines Tages kamen sie an einer Stadt vorbei. Außerhalb der Stadtmauern war ein Galgen aufgerichtet. Das rege Treiben der Menschen vor der Stadt zeigte ihm sofort, dass eine Hinrichtung vorbereitet wurde. Corbinianus stieg schnell vom Pferd und flehte den Henker um Gnade für den zum Tode Verurteilten, der des Raubmordes beschuldigt war.

„Gewähret ihm Gnade, um der Gnade unseres HERRN willen!", so fleht er den Henker an. Corbinianus fühlte, dass er sich stellvertretend für Christus für den Verurteilten einsetzen musste. Lange wurde verhandelt. Er flehte die Vollstecker des Urteils an, die Hinrichtung aufzuschieben, bis er als Bischof um Gnade beim Fürsten ersucht hätte, aber die Männer wagten nicht, die Hinrichtung abzubrechen. Er war an den Grenzen der Freiheit und der Macht angelangt, die ihm als Bischof verliehen worden waren. „In die Freiheit entlassen", so dachte er resigniert, „vermag ich ihn nicht." Unter Tränen nahm er dem Delinquenten die Beichte ab, sprach ihn los von seinen begangenen Sünden, segnete ihn mit dem Zeichen des Kreuzes, und musste den Verurteilten seiner Strafe und seinem Schicksal überlassen.

Er wagte nicht, der Vollstreckung beizuwohnen, schwang sich auf sein Pferd und setzte mit seinem Gefolge die Reise fort. „Freiheit" – lange dachte er über wahre Freiheit nach. „Was nützt mir die Freiheit auf Erden, wenn ich in meinen Sünden ein Gefangener bin", so dachte er unterwegs, „und wem steht es zu, andere ihrer Freiheit zu berauben?" Er kam für sich zu dem Schluss, dass seine Mission darin bestand, anderen durch die Gnade Christi die Freiheit zu schenken.

Die Henker verknoteten das Seil am Galgen nahe einem großen Baum. Sie knüpften die Schlinge für den Kopf des Delinquenten Adalpert[16], so hieß der wegen Raubmordes Verurteilte, führten eine lange Schlaufe über den Querbalken des Galgens, fesselten seine Hände auf den Rücken, verdunkeltem ihm mit einer Binde sorgfältig die Augen, zogen die Schlinge fest um seinen Hals, und führten ihn zur Exekution.

Karl versuchte in den Gesprächen mit Corbinianus die Zukunft seines Reiches im Auge zu behalten, das er durch viele Feldzüge vergrößerte, ständig versuchte abzusichern, und dabei die Ausbreitung des Christentums in seinen östlichen Besitztümern voranzubringen. So wie Papst Konstantin eine intensive Korrespondenz mit seinem Vater Pippin gepflegt hatte, so war auch Karl, der Anspruch auf die Herrschaft im Frankenreich erhob, in regem Kontakt mit dem Heiligen Stuhl in Rom. In seinem wachsenden Machtbereich, der sich im Westen vom Frankenreich bis in den Osten zum Land der Bajuwaren erstreckte, wollte er die Völker missionieren, zum Christentum bekehren und damit seinen Machtbereich festigen. „In den Gebieten der Alamannen und Sueben herrschen weiterhin viel unchristlicher, heidnischer Glaube und germanische Gebräuche. Das Land hat viel Not am wahren Glauben an Christus, denn statt unserem HERRN werden immer noch germanische Gottheiten verehrt. Edler Bischof Corbinianus erfülle mir die Bitte, in meinem Ostreich die Menschen im Glauben an Jesus Christus zu festigen."

Doch Corbinianus schlug Karl den Wunsch aus, um wieder in die Einsamkeit seiner Klause zurückkehren zu können.

Wieder und wieder kamen die Gläubigen in Scharen, um bei ihm Weisheit zu suchen. Jahr um Jahr verging, und Corbinianus spürte, dass er seinem bischöflichen Auftrag in seiner Einsiedelei nicht gerecht wurde. Schließlich fasste er den Entschluss, eine zweite Pilgerreise nach Rom zu unternehmen. Um dem Wunsch Karls nachzukommen, wollte er dieses Mal zunächst im Machtbereich Frankens den Weg in Richtung Alemannien und zu den Bajuwaren nehmen.

Zu den Bajuwaren

Seine Klause hatte er hinter sich gelassen. Erneut war er zum Wanderer und Pilger geworden.

Sein zurückgezogenes Eremitenleben hatte er nun, in der Blüte seines Lebens, eingetauscht gegen das beschwerliche Leben eines Wanderbischofs. Adalpert, den er vor einigen Monaten auf seiner Rückreise in seine Klause noch lebend unter dem Galgen vorgefunden hatte und seitdem sein Begleiter war, war bald zu seinem treuen Freund geworden.

Zügig gelangten sie auf den alten Straßen der Römer nach Rheims und weiter im Frankenreich gen Osten, der Stadt Mettis entgegen, dem Sitz der Fürsten der Merowinger, der Stadt Pippins und Karls.

Von dort zog es ihn bald weiter, auf alten römischen Wegen, die inzwischen unter dem Schutz des Frankenreichs standen, um bei der Bischofsstadt Moguntia den großen Fluss Rhenus zu überqueren, und weiter auf den Spuren des Bischofs Emmeram nach Radaspona am Danubius, dem Sitz der Agilulfinger, den Herzögen der Bajuwaren, zu gelangen.

Er bevorzugte, solange es möglich war, die sicheren Straßen des Frankenreiches, auf denen Händler unterwegs waren, um mit ihren Waren von den Gebieten am Rhenus bis weit über die Grenzen Frankens Handel zu treiben; zunächst am Rhenus entlang ein Stück weit in Richtung Süden, nach Spira.

Zu den Bajuwaren

Er suchte das Gotteshaus auf, das an der hier seit Jahren umkämpften Nahtstelle zwischen dem Frankenreich, dem Herrschaftsgebiet der Merowinger, und dem Alamannenreich lag. Bischof Sigwin von Spira empfing ihn mit großer Freude: „Willkommen, ehrwürdiger Bischof! Boten aus Warmatia haben mir bereits von Eurer Pilgerschaft berichtet. Auch von Eurem Auftrag, die frohe Botschaft des Evangeliums bei den Alamannen und Baiern zu verkündigen, wurde mir erzählt. Ihr seid sicher müde von Eurem weiten Weg aus Gallien, hierher, an den Rhenus."

Corbinianus erzählte am abendlichen wärmenden Feuer in der bischöflichen Residenz, wie er nach Rom gepilgert war, dort von Papst Gregor seinen Missionsauftrag erhalten hatte, und wie schwer es ihm gewesen war, die Einsamkeit seiner Klause zu verlassen.

„Nun bin ich hier, werde bald das Frankenreich verlassen, und weiter zu den Alamannen und Sueben wandern, um zu den Herzögen nach Baiern zu ziehen", erläuterte er seine Pläne. „Wie ich höre, hat sich in diesen Gegenden das Christentum noch nicht in allen Herzen festgesetzt."

Sie redeten noch lange an diesem Abend über die Menschen hier und weiter im Osten, ihre alten germanischen Gebräuche, ihren Glauben und über die beschwerlichen Wege und Pfade der Hohen Straßen entlang der Bergrücken jenseits des Rhenus.

Am nächsten Morgen drängte er bald zum Aufbruch.

Zu den Bajuwaren

Jenseits des Rhenus durchzog er nun die herzoglichen Gebiete der Alamannen und streifte den Machtbereich der Sueben.

Nach dem Tod des Herzogs Gotfrid herrschten in Alemannien nun dessen beide Söhne, Lantfrid und Theudebald. Corbinianus musste täglich auf der Hut sein, denn die beiden germanischen Herzöge standen den fränkischen Hausmeiern in erbitterter Feindschaft gegenüber und strebten ständig nach mehr Selbstständigkeit. Überall an den Grenzen kam es zu Reibereien und auf den Straßen zu Überfällen. Karl Martell und Bischof Sigwin hatten ihn gewarnt.

Vom Tal des Rhenus aus, und entlang eines wilden Flusses, den die Römer Nicer genannt hatten, gelangte er an die alten Befestigungen des ehemaligen römischen Machtbereiches, den Limes, und pilgerte hinein in das ihm bisher unbekannte Gebiet der Alamannen und Sueben.

Nun hatte sich scheinbar alles verändert: Bequeme Straßen des Frankenreiches, die schon die Römer angelegt hatten, wurden durch alte schlechte Wege abgelöst, die meist über die Berge und Hügel führten, um die sumpfigen Täler und Wälder zu meiden, in denen in den regenreichen Zeiten des Frühjahrs ein Vorwärtskommen sehr beschwerlich und manchmal für viele Wochen fast unmöglich war. Tag für Tag mühte er sich auf den schlechten Pfaden neben Eseln, Pferden und wenigen anderen Reisenden über die engen, steinigen und unbefestigten Routen der Germanen. Auch die Siedlungen hatten sich verändert. Hier schien es keine Städte zu geben, wie er sie aus dem Frankenreich kannte. Stattdessen fand er hier und da vereinzelt Ansammlungen bäuerlicher Behausungen vor, kleinere bewohnte Orte an den Flussläufen, und gelegentlich ein Dorf.

Seine Reise barg immer die Gefahr, überfallen und ausgeraubt zu werden. Es waren unruhige Zeiten, in denen die Herrscher des Frankenreiches gegen aufständische alamannische Herzöge ins Feld zogen, um ihre Macht zu sichern. In den Dörfern und Städten Alamanniens fand er dennoch eine tägliche Herberge.

Wie ihm Karl berichtet hatte, bestanden überall noch viele heidnische Gebräuche. In den Siedlungen und auf dem Land der alamannischen Herzogtümer wurden noch immer die germanischen Gottheiten, Wotan und Donar, verehrt und gefürchtet. Die Göttermutter Freyja war in den Vorstellungen der Menschen eng mit der Kraft der Zauberei verwoben. Überall begegnete Corbinianus dem alten germanischen Aberglauben, Zaubereien und unchristlichen Riten.

Er erinnerte sich an die Zeit seiner Kindheit und Jugend, als ihm seine Mutter oftmals von der fernen Insel Irland erzählt hatte, von den Mönchen um Columban und ihrer Mission in Gallien, um das Christentum zu verbreiten. Er dachte an die abendlichen Gespräche mit den Brüdern und Jüngern

Zu den Bajuwaren

Columbans im Kloster von Luxeuil, als er sich einige Tage dort nach der Überquerung der Alpen erholt hatte. „Die Alamannen und Germanen opfern noch immer ihren heidnischen Göttern, und gehen ihren althergebrachten Gebräuchen nach", hatten sie ihm erzählt. „Sie verehren ihren germanischen Gott Wotan, den König der Götter". Corbinianus erinnerte sich noch gut daran, wie entsetzt er gewesen war, als sie ihm davon berichtet hatten, dass die Alamannen und Sueben diesem heidnischen, wütenden Geist und Gott noch immer übernatürliche Heilungskräfte und eine übermenschliche Natur zusprachen. Die Sagen der Germanen, ihre Götter, Hexen, Dämonen und Gebräuche vermischten sich dort scheinbar überall mit dem Glauben an den einen GOTT der Christenheit.

Jetzt im Frühjahr feierten die Germanen überall den Sieg des Lichtes über die Finsternis des langen Winters. Trotz des Glaubens an den einen GOTT der Christenheit glaubten sie auch weiterhin an Geister und geheimnisvolle Kräfte, die den Kampf über die langen, dunklen Nächte, über die Mächte des Winters, über Riesen und Gnome, gewonnen hätten.

Während der Zeit des Fastens vor dem Osterfest war ihm das Pilgern nun zunehmend schwerer geworden und er freute sich sehr auf das Auferstehungsfest Jesu.

Die Menschen in den alamannischen Dörfern und kleinen Städten verehrten in diesen Tagen ihre germanische Göttin Ostara, die Göttin der Fruchtbarkeit. Sie hatte nach ihren

Zu den Bajuwaren

Vorstellungen die Vögel ebenso erschaffen, wie die fruchtbaren Hasen auf den weiten Feldern und Wiesen. Wilde Fratzen verscheuchten auf ihren Festen unter lautem Geschrei und Lärm die letzten dunklen Tage der Winterzeit, und in den Gehöften sprühte alles vor Freude auf die Wiederkehr der Sonne und des nahenden Frühlings.

Corbinianus predigte auf seinem Weg durch die alamannischen Lande überall vom auferstandenen Jesus Christus, dass er den Tod überwunden hatte und zu neuem Leben erstanden war, dass diese Osterzeit den Sieg Jesu über den Tod bedeutete. „Was werde ich alles in den Herzen der Menschen verändern müssen", fragte er sich oft, und „wie schwer wird es sein, sie von der Anbetung ihrer alten Gottheiten abzubringen".

Das Frühjahr wurde mehr und mehr durch sommerlich heiße Tage abgelöst. Gewitter, Blitz und Donner lagen in der schwülen Luft. Hin und wieder musste er in der manchmal scheinbar menschenleeren Gegend Schutz vor Unwettern suchen. Heidnische Ruinen und alte römische Siedlungsreste boten ihm nicht selten einen Unterschlupf vor Sturm und Regen.

Es wurde Hochsommer. Die längsten Tage des Jahres erleichterten das zügige Vorwärtskommen erheblich. Zur Sommersonnenwende feierte man überall in den Dörfern ein viele Tage dauerndes heidnisch germanisches Fest um große, glühende Feuer und Flammen. Um die Feuerstellen

Zu den Bajuwaren

legten die Menschen ihre Opfergaben, Früchte, Stoffe und andere für sie kostbare Dinge.

Sie beteten die Göttin Freyja an, ihre Göttin der Fruchtbarkeit, der Liebe und Schönheit, mit der sie geheimnisvolle und rätselhafte Kräfte der Sonne verknüpften.

Der Spätsommer nahte. Seit er seine Klause verlassen hatte, waren schon einige Monate vergangen. Auf seinem Pilgerweg hatte er in Alamannien Bekanntschaft mit den vielerlei alten germanischen heidnischen Bräuchen gemacht. Vor dem Herbst wollte er unbedingt wieder von den schlechten Pfaden der Alamannen auf die besseren alten Römerstraßen gelangen. Bei Valeria erreichte er ein verlassenes Kastell der Römer an den Ruinen des Limes und wenig später das Tal der Alcmona.

Corbinianus war erstaunt über die vielen Feste zu Ehren der alten germanischen Götter, die in Alamannien gefeiert wurden und weiterhin lebendig waren. Sie brachten Erntegaben dar und opferten sie Freyja, der Gattin Odins, ihrem mächtigsten Gott, dem Gott des Krieges und der Toten, der Weisheit, der Runen und der Magie. An geheimnisvollen Orten verehrten sie ihre Toten, so wie die Germanen die Kraft ihrer toten Krieger in magischer Zauberei verehrt hatten.

Mitte August suchte Corbinianus einen Ort, an dem er der Himmelfahrt Mariä gedenken könnte. Der christlichen

Zu den Bajuwaren

Legende nach hatte man Maria nach ihrem Tod in einem Grab niedergelegt, es mit einem schweren Stein verschlossen, und Jesus Christus war erschienen und hatte sie mit sich in den Himmel genommen.

Corbinianus nutzte die Legende, um die Menschen von ihrem germanischen Aberglauben abzubringen, verbot ihre alten Sitten und Gebräuche und predigte ihnen stattdessen den auferstandenen allmächtigen Jesus. Wo immer sich ihm die Gelegenheit bot, predigte er mit Eifer vom wahren christlichen Glauben und versuchte den Menschen das Evangelium von Jesus Christus nahezubringen. Doch wenn in den Dörfern ein Neugeborenes in die Sippe aufgenommen werden sollte, wurde es in den Dörfern noch immer nach ihrem althergebrachten Glauben und nach keltischen Riten im Wasser untergetaucht. Corbinianus war entsetzt. Er drohte ihnen mit Hölle und Fegefeuer und taufte Kinder, wo immer es ihm möglich war, auf Jesus Christus.

Er erinnerte sich an den Auftrag des Papstes, der darüber geklagt hatte, dass die Verkündigung des Evangeliums noch immer im Argen lag, und ihn aufgefordert hatte: „Ich bitte dich mit dem priesterlichen Amt in Deine Heimat zurückzukehren, die Lehre Jesu Christi in Gallien mit Deinen geistigen und geistlichen Gaben reinzuhalten und zu festigen." Nun hatte er längst Gallien verlassen, und widmete sich diesem Auftrag in Alamannien und wohl bald auch bei den Bajuwaren.

Zu den Bajuwaren

Nach einigen Wochen erreichte er endlich den Fluss Danubius, das Herzogtum der Bajuwaren und die eindrucksvolle Stadt Radaspona, die die Menschen hier Reganespurc nannten. Herzog Theodo empfing ihn mit großer Freude. „Willkommen am Hofe der Agilulfinger, ehrwürdiger Bischof!". Corbinianus bedankte sich höflich und freundlich für den warmherzigen Empfang. „Ihr werdet müde sein, von der weiten Reise, verehrter Bischof", fuhr Theodo sogleich fort, „ich habe Euch bereits ein Gemach bereiten lassen", und er beschenkte ihn mit einem wertvollen Obergewand aus Samt und mit Seide bestickt. „Ich bitte dich, ehrwürdiger Bischof, an meinem Hofe mein Gast zu bleiben!". Wieder spürte Corbinianus, dass er nunmehr in den Zirkel der Mächtigen aufgestiegen war.

Theodo hatte als einer der ersten Herrscher des Landes den christlichen Glauben angenommen und war durch Bischof Rupert getauft worden. Er stand im regen Austausch mit den päpstlichen Regenten jenseits der Alpen und versuchte, sein bajuwarisches Reich zu ordnen. „Papst Gregor II gedenkt weitere Bischöfe in mein Reich zu entsenden und Bistümer zu gründen", führte er das begonnene Gespräch fort und hatte im Sinn, Corbinianus zum Bleiben zu bewegen. „Er hat mit mir nach meiner Reise nach Rom bereits weiter schriftlich korrespondiert. Er gedenkt Bischof Bonifatius alsbald als päpstlichen Legat nach Germanien zu entsenden, um das gute Werk von Bischof Emmeram fortzuführen, welches er in Reganespurc segensreich begonnen hat", ergänzte er nicht ohne Hintergedanken. „Auch Bischof Rupert war vor ein paar Jahren zu Gast an meinem Hofe. Durch seine Hand wurde ich höchstselbst mit dem Heiligen Sakrament der Taufe zum Christen, bevor er weiter entlang des Danubius und dem Fluss En nach Luvarum reiste, das man nun Salzburg nennt. Er hat dort die Absicht, auf Geheiß des Papstes ein Bistum zu errichten".

Corbinianus nutzte den Aufenthalt am Hofe des Theodo, um nach seiner weiten Wanderung durch das Reich der Franken wieder etwas Kraft zu schöpfen. Er stand nun in der Blüte seines Lebens. Er blickte zurück. Dachte zurück an die Zeit seiner Jugend, sein Leben als Einsiedler, seine vielen Gespräche in seiner Klause am Fluss, an seinen Aufbruch nach Rom und den weiten, beschwerlichen und gefahrvollen Weg über die Alpen. Er dachte an seine Gespräche mit dem Heiligen Vater in Rom, die Stadt der Apostel Petrus und Paulus, die ihn so beeindruckt hatte. Er dachte aber auch an die Mauern, die einerseits Macht und andererseits Enge ausgestrahlt hatten, und er dachte an das beflügelnde Gefühl der Freiheit, als er Rom wieder hinter sich gelassen hatte. Er fühlte, dass er seine Bestimmung noch nicht gefunden hatte. Er fühlte Unruhe in sich, und er wusste in seinem Innersten, dass er noch ein weiteres Mal nach Rom musste, um zu einer Antwort auf die Frage nach der Bestimmung für sein Leben zu gelangen.

Nach etlichen Tagen drängte er zum Aufbruch. Herzog Theodo nahm das Gespräch über die Korrespondenz mit

Zu den Bajuwaren

dem Papst noch einmal auf: „Hier in meinem Herzogtum gedenke ich in Übereinstimmung mit Papst Gregor weitere Bistümer zu begründen. Auch in Frisinga leiden die Menschen Not an christlicher Unterweisung!“.

Herzog Theodo erkannte, dass er Corbinianus nicht zum Bleiben bewegen konnte. Er vertraute ihm einen Brief an seinen Sohn Grimoald an, der vor einigen Jahren seine Pfalz und Residenz in Frisinga an der Isura erbaut hatte.

Grimoald war erst vor einigen Wochen mit seinem Gefolge von seinen Pfalzen an Danubius und En wieder nach Frisinga gezogen, um hier Hof zu halten und die anstehenden Amtsgeschäfte seines Herzogtums und wichtige Rechtssachen zu regeln. Durch die Einnahmen der Salzbergwerke ad salinas und durch die Zölle des Salzhandels auf den Handelsstraßen und an den Brücken über die Flüsse hatte er seine Burgen und Pfalzen mächtig vergrößern lassen.

Grimoald nutzte jede Möglichkeit, die Macht des herzoglichen Geschlechts der Agilulfinger weiter auszubauen. Schon sein Großvater Tassilo, der ein Nachkomme von Garibald, dem König der Langobarden und seiner Frau Walderada war, hatte sein Herzogtum im Land der Bajuwaren stetig um wertvolle Besitztümer erweitert und das Herzogtum aus dem Einfluss der mächtigen Herrscher im Frankenreich weitgehend entziehen können. Die Bande zwischen dem Hause der Agilulfinger und dem

Zu den Bajuwaren

Langobardenreich Italiens waren nie abgebrochen, nachdem sich die bairische Prinzessin Theudelinda vor über hundert Jahren mit dem langobardischen König Agilulf vermählt hatte. Seitdem bestanden rege kulturelle, religiöse und familiäre Beziehungen mit den Langobarden südlich der Alpen. Theudelinda hatte nach Kräften Abt Columban unterstützt, der sich um die Verbreitung des christlichen Glaubens bei den Langobarden, bei den alamannischen Völkern nördlich der Berge und auch in ihrer Heimat verdient gemacht und Klöster gegründet hatte. Die Bande zwischen den Bajuwaren, den Langobarden, bis hin zum Papst nach Rom, waren seitdem immer sehr eng und vertraut geblieben.

Auch Grimoald versuchte vergeblich Corbinianus nach einiger Zeit Rast zum Bleiben zu bewegen, um den christlichen Glauben in Frisinga zu festigen. Zu Pferde führte Grimoald ihn am Fluss Isura entlang und um seine Pfalz, die er auf dem Berg zu Frisinga errichtet hatte. „Papst Gregor hat Euren Freund Wynfreth von der englischen Insel zum Missionsbischof bei den Heiden ernannt. Seitdem er in Rom war, nennt er sich nun Bonifatius; er soll den Menschen hier das gute Schicksal in Christus verkündigen und nahebringen.“

Corbinianus erkannte schnell, dass in den Dörfern der Umgebung trotz aller Mühen erst wenig christliches Leben zu erkennen war. „Hier wäre viel Arbeit für mich, um den Menschen die wahre Liebe und Gnade unseres HERRN Jesus

Rückkehr nach Rom

Christus ins Herz zu schreiben", dachte er bei sich, als er sich am Abend in sein Gemach zurückgezogen hatte. Er war unschlüssig.

Rückkehr nach Rom

Doch Corbinianus drängte seine Gefährten und sein Gefolge bald zum Aufbruch. Wie ihn sein Vater Theodo im Brief aufgefordert hatte, stellte Grimoald mit Pferden und Reitern ein Geleit auf, um seinen hohen Gast sicher über die Berge der Alpen nach Rom zu führen.

Bald hatte Corbinianus mit seinem Tross entlang des Flusses Isura, und, weiter zu den Grenzen des bajuwarischen Herrschaftsbereichs, den Fluss Licca erreicht, der Baiern von Alamannien trennte. Nun folgten sie den Straßen der alten Via Augusta hinein in die Berge. Sie kamen zügig voran und Corbinianus dachte daran zurück, wie beschwerlich doch seine erste Pilgerreise zu Fuß auf mühsamen Bergpfaden gewesen war. Zu Pferde ritten sie nun auf der ehemals von den Römern befestigten Straße, erreichten an der Festung Vestmezza die Grenze zwischen dem Engiadina Bassa und dem Gebiet der Venostes.

Sie gönnten ihren Pferden ein wenig Rast, versorgten sich mit Proviant für die weitere Reise, und ruhten sich gründlich aus, bevor sie sich in den nächsten Tagen auf den Weg über

Rückkehr nach Rom

die Höhen der Alpen gen Süden machten, um bald den Herrschaftsbereich der Langobarden zu erreichen.

Nun war es wieder leichter vorwärtszukommen. Entlang der Adisch gelangten sie zügig in wärmere Gegenden, passierten Kuens und Tridentum und machten sich von hier auf gen Westen, um nach Pavia und dort auf die Via Francigena zu gelangen.

Die Reste des römischen Amphitheaters in Pavia, das die Langobarden fast gänzlich zerstört hatten, zeugte noch von der einstigen prachtvollen Vergangenheit. „Wie sehr sich doch die Machtverhältnisse nach den Römern verändert haben", dachte er bei sich. „Und nun kämpft Byzanz mit dem Papst in Rom, mit den Langobarden und den Franken um die Macht", folgte er weiter seinen Gedanken.

Liutprand, der König der Langobarden, begrüßte ihn in Pavia mit allerhöchster Ehrerbietung: „Verehrter Bischof, welch eine Gnade Euch in der Hauptstadt meines Reiches zu empfangen! Bleibt mein Gast und erholt Euch von Eurem beschwerlichen Weg über die Berge."

Weit über die Grenzen seines Königreiches hinaus war Liutprand für seine Gottesfurcht bekannt und dafür, dass er die Ausbreitung und Festigung des Christentums unterstützte und förderte - besonders in Germanien, jenseits der Alpen. Corbinianus blieb nun für einige Tage in der Residenz des Königs, ließ sich reich bewirten und nutzte die Zeit für viele Gespräche am Hof des Königs.

Rückkehr nach Rom

Sehnsüchtig pilgerte Corbinianus jetzt Tag für Tag der Ewigen Stadt entgegen. In wenigen Tagen würde er nun wieder vor den Toren Roms stehen, und sein erster Weg würde ihn erneut zu den Gräbern der Apostel Petrus und Paulus führen. „Wie wenig vermag ich Eurem Vorbild zu folgen!", klagte er bei sich selbst. „Ihr habt in weiten Ländern, bei Heiden, Griechen und Römern, das frohe Evangelium von Jesus Christus verkündet und seid nicht davor zurückgeschreckt, Euer Leben für Christus zu opfern!", so betete er wortlos. „Und ich, ich vermag nicht mein Bischofsamt auszuführen, wie mir der Heilige Vater befohlen hat", ging er weiter mit sich selbst ins Gericht.

Schon auf dem Pilgerweg war er in sich zum Schluss gekommen, dass er Papst Gregor sein Bischofsamt zurückgeben wollte. Er fühlte sich nicht würdig, diese hohe Aufgabe weiter auszuführen.

Gregor II empfing ihn alsbald nach seiner Ankunft in Rom, und Corbinianus warf sich dem Heiligen Vater zu Füßen. Der Papst befahl ihm aufzustehen, und suchte sogleich ein vertrauliches Gespräch in einem geheimen Zimmer seiner Residenz: „Geliebter Bischof, willkommen in der Ewigen Stadt Rom", so empfing er ihn voll Freude und in christlich brüderlicher Verbundenheit. „Berichte mir, wie ist es Dir in den Jahren in Deinem Bischofsamt ergangen?".

Corbinianus erzählte ihm von der Zeit, die er im Reiche Karls in Franken zugebracht hatte, davon, dass es ihn immer

Rückkehr nach Rom

wieder in sein Kloster zurückgezogen hatte, dass er ob der göttlichen Wunder noch mehr als je zuvor von den Menschen seiner Gegend um Rat und Fürbitte aufgesucht und bedrängt worden war. Unter Tränen zog an seinem inneren Auge der Tag vorbei, als er seine Einsiedelei wohl für immer verlassen hatte, um durch das Reich Karls zu den Bajuwaren zu ziehen und wie er dort genötigt worden war, zu bleiben. „Heiliger Vater, erlaubt mir, mein Amt eines Bischofs wieder in Eure Hände zu legen! Weist mir nur hier in der Heiligen Stadt einen kleinen ruhigen Ort, ein kleines Kloster an, in dem ich zurückgezogen GOTT in Demut zu dienen vermag!".

Papst Gregor hatte dem Bericht von Corbinianus in aller Ruhe zugehört, erhob sich mit Bedacht von seinem Platz und entgegnete ihm mit der ganzen Autorität seines Amtes: „Corbinianus! Du Mann Gottes und demütiger Bischof! GOTT hat große und wertvolle Gaben in Dich gelegt! Entwürdige diese Gaben Gottes nicht durch dein Verlangen nach Zurückgezogenheit. Du stehst vor einer hohen und verantwortungsvollen Aufgabe. Ich entsende Dich zurück ins Land der Bajuwaren. Dort sollst Du Dein Bischofsamt entfalten unter den Menschen, die noch immer im Unglauben und heidnischen Gebräuchen folgend ein GOTT nicht gefälliges Leben führen."

Der Heilige Vater lehnte den Wunsch von Corbinianus entschieden, fest und entschlossen ab.

Rückkehr nach Rom

Corbinianus löste sich nur schwer von dem Gedanken, nun sein Leben als Einsiedler aufzugeben. Sein ganzes bisheriges Leben hatte er in Einsamkeit und auf Wanderschaft zugebracht. Als junger Mann hatte er sein Klösterchen erbaut, hatte dort viele Jahre gelebt und war selbst nach seiner ersten Pilgerreise dorthin sehnsüchtig zurückgekehrt. Nach mehr als zwei Jahrzehnten war er dann erneut auf Pilgerschaft gegangen, und nun sollte er dieses Leben als Wanderprediger auf Geheiß des Heiligen Vaters für immer beenden. Der Gedanke erschreckte ihn zutiefst in seinem Innersten.

„Die Schrift spricht: Bete und arbeite, und wir sind keineswegs deswegen in der Welt, dass wir nur bei einer geruhigen, faulen Lebensart für unsere Seligkeit Sorge tragen sollen. Vielmehr heißt es auch: Lasset euer Licht leuchten vor den Leuten, dass sie eure guten Werke sehen und den Vater im Himmel preisen." Mit diesen Worten sandte ihn der Heilige Vater in seine erneute Mission als Bischof.

Auch in den nächsten Tagen rang Corbinianus mit sich selbst. Immer wieder suchte er die Grabstätte der alten Apostel auf, um im Gebet um Hilfe für seinen Auftrag zu bitten.

Über die Alpen nach Frisinga

Der Tag des Aufbruchs nahte. Mit dem Segen des Papstes begann er nun seine Rückreise ins Land der Bajuwaren.

Durch die Stadt Tridentum und entlang eines Flusses, den die Einheimischen Adisch nannten, folgte der Tross den alten Römerstraßen hinein in die südlichen Bergtäler. Corbinianus genoss jede Tagesreise, die ihn auf die herrlich sonnigen Berge zuführte. Auf der Straße, die sie nach Sueben und ins Land der Bajuwaren führen sollte, gelangten sie vorbei an der alten römischen Zollstation Statio Majensis zur Valentinskirche und der Burg Castrum Majensis.

Herzog Grimoald hatte wichtige Pläne. Er wusste um die Machtverhältnisse im bajuwarischen Reich und die Gefahr des Machtverlusts, die überall lauerte. Bei jeder Gelegenheit suchte er seinen Machtbereich auszuweiten und abzusichern. Längst hatte er erkannt, dass er dringend die Nähe zu den Bischöfen der Kirche dazu brauchte. Vor einiger Zeit hatte er sich mit der Witwe seines Bruders vermählt und sich so dessen verwaisten Herrschaftsbereich gesichert. Nun wollte er sichergehen, dass Corbinianus in seine Pfalz nach Frisinga zurückkehrte. Er suchte ihn auf dem Rückweg an den Grenzen seines Herzogtums am Castrum Majensis abzufangen und auf dem Weg nach Norden zu eskortieren.

Eine bewaffnete Wachmannschaft empfing Corbinianus auf der Burg und setzte ihn dort sogleich fest. „Herzog Grimoald erwartet Euch auf seiner Pfalz in Frisinga!", wurde ihm unmissverständlich verdeutlicht. „Wir haben den Auftrag, Euer Hochwürden dorthin sicher zu geleiten. Solange Ihr jedoch beliebt, hier auf der Burg zu bleiben, werden wir Euch gegen alle fremden Mächte hier beschützen und von allen Besuchern zu Eurem Schutze fernhalten. Es ist Euch nicht gestattet, den Bereich um die Burganlage zu verlassen!"

Corbinianus erkannte, dass er im Machtbereich des Herzogs, auf dessen Gunst angewiesen war, wollte er dort den Missionsauftrag des Papstes erfüllen. Missgelaunt fügte er sich nach einigem Zögern. „Freiheit! Bin ich nun frei? Bin ich gefangen?". „Bin ich Gefangener des Herzogs? Bin ich Gefangener der Liebe in Christus?". „Was ist wahre Freiheit?". „Kann ich meinen Auftrag als Bischof erfüllen, wenn ich mich nicht ganz frei fühle?", solchen und anderen Gedanken grübelte er in diesen Tagen ständig nach. Er spürte, dass er nicht gewillt war, seine innere Freiheit, seine Freiheit in der Verkündigung des Evangeliums, aufzugeben. Widerwillig ließ er sich über die Berge nach Frisinga eskortieren.

In all den Jahren seines Lebens als Einsiedler und Wandermönch hatte er sich immer frei gefühlt in der Verkündigung des Evangeliums. Nichts und niemand hatte ihm gegenüber Macht ausüben können. Nichts und niemand hatte ihn daran hindern können, nach seinem Verständnis und seinen Überzeugungen des Christseins zu leben und davon zu zeugen. Ihm widerstrebte die Heirat von Grimoald mit der Witwe seines Bruders, die dieser wohl schon sehr lange begehrt hatte, und die er, Corbinianus, als sündhaft betrachtete. Wie wollte er in Frisinga in seinem Bischofsamt beginnen, ohne die Gunst des Herzogs? Er war in seinem Innersten nicht bereit, seinen Überzeugungen dafür untreu zu werden. Er spürte in sich Gefühle, die er bisher nicht gekannt hatte. Großer Zorn stieg in ihm auf. Zorn darüber, dass er sich dem Herzog ausgeliefert fühlte. Die Herrscherpersönlichkeit in ihm regte sich stürmisch. Er wusste mit dieser gefühlten Ohnmacht nicht umzugehen und sie machte ihn innerlich wütend. „Woher stammt dieser Zorn und diese Wut in mir", so fragte er sich, „und kommt diese Wut aus mir selbst, oder kommt sie aus meiner Berufung als Bischof und Diener Gottes?". Seine seelische Wut war auf der Rückreise nach Frisinga nicht abgeflaut, im Gegenteil, sie war weiter angewachsen und er wusste nun, was zu tun war.

Der Prozess beginnt

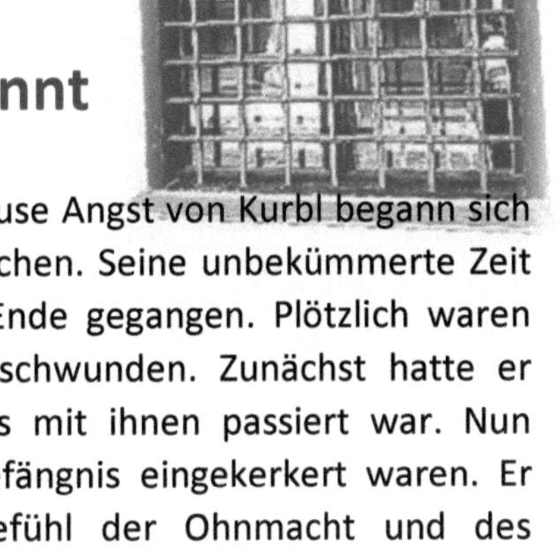

In die schwer greifbare diffuse Angst von Kurbl begann sich ein Anflug von Wut zu mischen. Seine unbekümmerte Zeit am Paintl war abrupt zu Ende gegangen. Plötzlich waren einige seiner Freunde verschwunden. Zunächst hatte er keine Ahnung gehabt, was mit ihnen passiert war. Nun wusste er, dass sie im Gefängnis eingekerkert waren. Er verspürte in sich das Gefühl der Ohnmacht und des Ausgeliefertseins. Er fühlte Angst, weil er nicht wusste, was hier in der Stadt plötzlich vor sich ging. Und er fühlte aufkeimende Wut und Verzweiflung, weil er nicht wusste, wie er dieser neuen Situation begegnen musste und ob er nicht selbst sogar in höchster Gefahr war.

Immer mehr Kinder verschwanden. Am Paintl war kaum noch einer seiner Freunde anzutreffen. Kurbl entwickelte Strategien, um sich so weit wie möglich unsichtbar zu machen. Das gemeinsame Spielen war durch die Verhaftungen ohnehin kaum noch möglich. Der Kreis der Freunde war wie durchschlagen. An Betteln war nicht zu denken. Jetzt, in den Wintertagen des neuen Jahres, war es ohnehin bitterkalt. Seen, Bäche und Flüsse waren, wie in den vergangenen Jahren, fest zugefroren. Die Winter waren schon seit vielen Jahren eisig und lang. Auf den Feldern und Wäldern lag hoher Schnee. Wann immer möglich, versuchte Kurbl trotzdem nicht in der öffentlichen Suppenküche aufzutauchen. Nur wenn er zu lange nichts zu essen

Der Prozess beginnt

ergattern konnte, dann siegte der Hunger über Vorsicht und Angst, und er nutzte eine Zeit, wenn möglichst wenig los war in der wärmenden Stube. Aber es gab auch keinen besseren Ort, um alle Arten von Neuigkeiten zu erfahren. Seine Informanten wählte er nun sehr umsichtig aus. Einerseits musste er sorgfältig darauf achten, nicht aufzufallen, andererseits konnte er nur hier in Erfahrung bringen, was sich in der Stadt über den anstehenden Prozess herumsprach.

Tagsüber versuchte er sich ansonsten wenig in der Stadt blicken zu lassen. Außerhalb der Stadtmauern konnte er sich bei den Mühlen verstecken, und dort fand er auch immer wieder Reste von Getreide, das er mit etwas aufgetautem oder notdürftig erwärmtem Wasser für sich als Notreserve nutzte.

Wenn es dunkel wurde, machte er sich auf die Suche nach einem wärmenden Platz für die Nacht. Sein Vater hatte als Maurer in der Winterzeit ohnehin keine Arbeit. Seine Mutter flickte die Kleidung, die übers Jahr Löcher und Risse bekommen hatte. Reste von Holz aus dem Wald oder etwas Torf aus dem Moos zu beschaffen war in der langen Winterzeit keine einfache Angelegenheit. Meist war das Holz so feucht, dass es das ganze Haus verqualmte. Und das Feuermachen mit Torf nahm ihnen in ihrem engen Heim fast die Luft zum Atmen. Kurbl versuchte sich für die Nacht nun mehr und mehr von daheim fernzuhalten. Nur wenn er bei den umliegenden Bauern, in den Viehställen und

Der Prozess beginnt

Heuschobern, keinen trockenen, geschützten Platz finden konnte, tauchte er so spät wie möglich zu Hause auf.

Überall ging das Gerücht, weitere Kinder seien verhaftet worden. Der Trudenfanger Andre und der Lenz waren als erste schon vor Weihnachten arretiert worden. Seither hatte Lampfritzheim seine Freunde Antoni Wachsmacher, und die Bettlerkinder Balthasar, Michael und Georg ins Gefängnis geworfen und ins Verhör genommen. Die Haftbedingungen in den feuchten Gemäuern waren trotz der spärlichen Wärme, die kleine Holzöfen spendeten, erbärmlich. Die Ungewissheit, die andauernden Verhöre und die Trennung von den Eltern, Geschwistern und Freunden, setzten den Kindern täglich mehr zu. An einem kalten Novembertag schlugen Veit, der Schustermiedl[17], Lenzl und der Zesi[18] ihre Öfen in der Zelle ein; ihnen schien der Tod durch Ersticken der einzige Ausweg zu sein. Nun standen sie unter strenger Bewachung.

Erste zaghaft wärmende Sonnenstrahlen des Spätwinters begannen den nahenden Frühling anzukündigen. Andre und Lenz waren nun seit Monaten in Haft. In der Zwischenzeit waren sie vom Amtshaus in getrennte Gefängniszellen im neu erbauten Gefängnis unterhalb des Dombergs verlegt und mit Sprechverbot belegt worden, um Absprachen untereinander zu verhindern. Die Gefangenen fanden dennoch immer wieder, meist des Nachts, Gelegenheit, Informationen untereinander und mit der Welt außerhalb auszutauschen. Streiche mit der Rute oder andere schmerzhafte Bestrafungen ihrer Bewacher waren die unausweichliche Folge. Fetzen von Verhörfragen, Bruchstücke von Beschuldigungen, Aussagen und gegenseitigen Belastungen gelangten durch die Gefängnismauern, wurden zu weiteren Gerüchten und waren im Umlauf von Mund zu Mund.

Der Stadtrichter ging in seinen Verhören inquisitorisch geschickt vor. Immer wenn er ein neues Detail erfahren hatte, versuchte er damit die Denunziation der verängstigten Kinder untereinander anzufachen. Jede Kleinigkeit wurde damit zur Gefahr für andere. Für die angeklagten und verhörten Kinder ging es immer mehr darum, die Schuld von sich selbst auf andere zu übertragen. Wirklichkeit, Traum und erzwungene Aussagen unter Angst, begannen miteinander zu verschwimmen. Teilweise Geständnisse für scheinbare Nebensächlichkeiten begannen zur gefährlichen Falle zu werden. Widersprüchlichkeiten in den Aussagen nutzte Lampfritzheim für seine Zwecke gnadenlos zum Kreuzverhör.

Der Stadtrichter hatte den Trudenfanger zum Verhör, der das „Meismachen", standhaft leugnete. Lampfritzheim verlegte seine Vernehmung auf andere Anschuldigungen und nutzte geschickt die Aussagen anderer Angeklagter, um zum Erfolg zu kommen.

Der Prozess beginnt

Wie sich das zugetragen habe, als er mit dem Bettelweib im Heu gewesen, und wie dieser Pakt mit dem Teufel entstanden sei, wollte er wissen.

Andre wollte sich die Anklage des Mäusemachens vom Hals halten. Er wusste, dass diese Zaubereien in den Hexenprozessen der umliegenden Städte schon manchen im wahrsten Sinne Kopf und Kragen gekostet hatten, oder auf dem Scheiterhaufen geendet waren. Er hatte furchtbare Angst. Seine Nächte waren voll von wahnhaften Träumen. Er schrie. Er wachte schweißgebadet auf. Wirklichkeit und Traum waren für ihn oft nicht mehr voneinander zu unterscheiden. Jedes Verhör versetzte ihn in Panik. Er wusste nicht, wie er den Fängen seiner Ankläger entkommen sollte. Er suchte nach Auswegen. Er wusste zwischenzeitlich selbst nicht mehr, was an seinen Träumen wahr oder vielleicht vom Teufel zu sein schien.

Wo er denn damals übernachtet hätte, wollte Lampfritzheim wissen: „Glei' drauss'n vorm Veitstor über d' Wies'n am Veitshof war's, do glei bei oam vo de Heustadl", gab Andre zu Protokoll. Der Stadtrichter versuchte mit unverfänglichen Fragen eine Atmosphäre der Unschuld zu erzeugen. „Und do war'st über Nacht im Heu?". Andre antwortete geflissentlich und hoffte damit dem Thema des Mäusemachens ausweichen zu können. „Jo, im Heu", bestätigte er so kurz wie möglich. Lampfritzheim wollte jedoch mehr. Er suchte nach Namen, nach Aussagen, die er als Hexerei deuten und werten konnte. „Da Lenz war a dabei, und no a paar andre

Der Prozess beginnt

Buam und Madel'n, di i ned kennt hob", antwortete er wahrheitsgemäß auf die Frage des Stadtrichters. Andre war erleichtert, dass das Thema Mäusemachen scheinbar ausgespart blieb. Das Verhör drehte sich nun um das nächtliche, unzüchtige Treiben im Heu. Woher das Weib gekommen sei, wo er sie angefasst hätte und wie weit ihre Unzucht gegangen war, wo die Bettlerin ihn genau bis aufs Blut gekratzt habe und wie sein eigenes Blut auf den Federkiel und zu Papier gekommen sei.

Andre begriff nicht, wie sich das Verhör nach und nach zum Vorwurf des Teufelspakts verdichtete. Auf wen er geschworen habe, wollte der Stadtrichter wissen. „Am Deifi hob I unterschriab'm, damit er mi in Ruah lasst bei dr' Nacht", versuchte er sein Handeln zu erklären.

Immer wieder wechselte Stadtrichter Lampfritzheim das Thema, nutzte sein Wissen aus anderen Verhören und verwirrte den kindlichen Angeklagten.

Was ihn denn des Nachts so geängstigt hätte, wenn er so aufgeschrien habe, wollte der Inquisitor wissen, und wie diese nächtlichen Gestalten denn zu ihm gekommen seien und wie sie ausgesehen hätten. Der Trudenfanger erzählte von seinen Träumen, die er halb schlafend, halb wach, erlebt hatte. Von den Momenten, in denen er Traum und Wirklichkeit nicht mehr zu unterscheiden vermochte. Er berichtete von seinen Schlafstätten, seinen Begleitern, und beschrieb die Gestalten, die er gesehen hatte, er erzählte

Der Prozess beginnt

von seinen nächtlichen Kämpfen mit den beängstigenden Ungeheuern, und wie er sie durch Schreie zu vertreiben versuchte.

Andre, der Trudenfanger, begann sich im Netz des eigenen Verhörs, der Aussagen anderer angeklagter Kinder, der geschickten Unterstellungen des Anklägers und den Vorstellungen über Dämonen, Hexen und des Teufels, zu verstricken.

Wieder musste er nach dem Verhör zurück in das feuchte Gefängnis am Arm der Moosach unter dem Domberg. Weitere Tage und Nächte vergingen. Der Trudenfanger versuchte bei Dunkelheit Kontakt mit den anderen Bettlerkindern zu halten. Er erfuhr so, wer verhaftet worden war. Er wusste um die Angst der anderen. Er versuchte sich ein Bild davon zu machen, was ihm in den Verhören zur Gefahr werden konnte, und er kannte einige der Aussagen aus den Befragungen des Stadtrichters mit anderen Kindern.

Auch Kurbl traute sich gelegentlich in der späten Dämmerung oder bei mondheller Nacht und im Schatten der Häuser in die Nähe des Gefängnisturms. Im Zwielicht der frühen Nacht fühlte er sich am sichersten. Er scheute die absolute Dunkelheit. Leise rief er nach dem Trudenfanger, wartete einige Zeit auf Antwort und versuchte sich so unauffällig und versteckt wie möglich zu halten. Die Antworten aus den Zellen kamen niemals sofort. Zur Sicherheit kamen die Antworten leise und verzögert.

Der Prozess beginnt

„Andre, wo bist?", so versuchte Kurbl den Raum zu orten, in der der Trudenfanger gefangen gehalten wurde. Kurbl suchte sich ein dunkles Eck hinter dem Lyceum am Hang des Dombergs, von wo er einen guten Überblick in die Gassen der Stadt rund um das Gefängnis hatte. „Zu wos bist g'fragt worn?", wollte er wissen. „Wos is mi'm Lenz?". Aus einer anderen Ecke des Gefängnisgebäudes kam dessen leise Antwort. So versuchte sich Kurbl ein Bild davon zu machen, wer inhaftiert war, zu welchen Punkten der Anklage die Fragen der Verhöre gestellt wurden und ob er selbst in Gefahr wäre.

Die Bettlerkinder der Stadt wechselten sich mit den heimlichen nächtlichen Begegnungen ab, getrennt durch die dicken Gefängnismauern. Sie versuchten, die Inhaftierten nicht zusätzlich in Gefahr zu bringen. Jede entdeckte heimliche Unterredung mussten die Gefangenen mit empfindlichen, harten und schmerzhaften Strafen teuer bezahlen. Mehrmaliges Züchtigen mit Rute und Peitsche waren die unabwendbare Folge. Ihre Schreie hallten durch die Dunkelheit der Nacht.

Nicht nur Lampfritzheim hatte ein Netz gesponnen, ein sich verdichtendes Netz von Anklagepunkten, sondern auch die Bettlerkinder hatten mittlerweile ein funktionierendes Netz des Austauschs von Nachrichten untereinander geflochten.

Der Prozess beginnt

Kurbl wusste nun, wer alles im Gefängnis saß. Er wusste um die Orte, wo man sich unauffällig treffen konnte, um Neuigkeiten zum Prozess auszutauschen.

Jetzt, wo der Winter endlich etwas an Kraft verlor, der Schnee und das Eis der Tümpel, Bäche und Flüsse schmolz, aber die Wiesen und Moorflächen an vielen Stellen überflutet waren, hatten die Bettlerkinder kaum Möglichkeiten sich außerhalb der Stadt heimlich zu treffen. Hinter dem Veitstor und dem Münchner Tor hatte die Moosach alles unter Wasser gesetzt. Und auch auf der anderen Seite des Dombergs, am Isartor, waren die meisten sumpfigen Wiesen überschwemmt, und die Schießstätte mieden die Kinder seit der Verhaftung von Andre und Lenz ohnehin. Nur oberhalb des Ziegeltors, hinter dem Gottesacker und oberhalb des Büchl, außerhalb des Judentors bei den Kellern der Brauereien an den bewaldeten Hängen zwischen Stadt und Kloster Neustifft, wähnten sie sich einigermaßen sicher.

Die Verhöre des Stadtrichters waren lang, gründlich und ausführlich. Er spielte mit der Angst der Kinder, verstand es, von einem Moment zum anderen in einen vertrauenerweckenden Ton zu wechseln, um sie dann wieder mit einer langen Liste von Fragen zu ermüden, die im Vorfeld des Prozesses sorgfältig zusammengestellt worden waren. Lampfritzheim wusste, dass er unbedingt Geständnisse der Bettelkinder brauchte, um sie verurteilen und für immer aus der Stadt verbannen und vertilgen zu

Der Prozess beginnt

können. Ihm war klar, dass er für ein Urteil den Stadtrat und den Hofrat mit widerspruchsfreien Geständnissen überzeugen und gewinnen musste. Erforderliche Gewalt war dabei kein Hindernis.

Andre, der Trudenfanger, und Lenz mussten es mit angelegten Fußschellen in ihren Zellen büßen, wenn sie bei Gesprächen untereinander, oder mit der Welt außerhalb der Gefängnismauern, erwischt wurden. Neben den Streichen mit der Rute waren die eisernen Schellen für die wunden Knöchel eine schmerzhafte Qual. Jeder Schritt zog immer wieder neu blutende und eiternde Wunden nach sich. Isolation und Kälte taten das Ihre, lösten Verzweiflung aus und führten zu ständigen nächtlichen Halluzinationen, Schreien und Getöse in der Gefängniszelle. Lampfritzheim bekam damit fast täglich weiteres Material für bohrende Befragungen über die Bedrängnisse durch Hexen und den Satan.

In den Verhören der Bettlerkinder ging es mittlerweile in den Aussagen wild und widersprüchlich hin und her. Einmal hatten die Hexereien um das Mäusemachen am Paintl stattgefunden, und dann wieder an der Schießhütte oder unter der Isarbrücke. Einzelne wollten kleine Viecher wie schwarze Mäuse mit drei Beinen und spitzen Mäulern mit eigenen Augen gesehen, andere nur aus Erzählungen davon gehört haben. Mal sahen die Tiere aus wie Katzen, mal gar wie Ferkel, oder wie ein winziger Geißbock mit Bart und feurigen Augen. Ein Teil der Kinder wollte Andre dabei

Der Prozess beginnt

gesehen haben; andere, die auch zugegen gewesen waren, konnten das nicht bezeugen oder gaben widersprüchliche Aussagen zu Protokoll. Lampfritzheim sah sich einem Gewirr an Aussagen gegenüber, das er nun zu einer hieb- und stichfesten, widerspruchsfreien Anklage bringen musste. Er brauchte Geständnisse.

Die Zeit des reinen Verhörs war vorbei. Die Methoden wurden rauer. Die kleinen Leiber der Buben waren ohnehin schon durch die Auspeitschungen geschunden, die als gütliche Methoden zur Erlangung von Geständnissen betrachtet wurden. Zum ersten Mal wurde dem Trudenfanger nun der Scharfrichter angedroht und damit kamen Galgen und Scheiterhaufen plötzlich bedrohlich nahe. Der Stadtrichter wollte endlich Geständnisse sehen.

Ob er nicht endlich die Wahrheit sagen wolle, wurde Andre unter Androhung schärferer, sogenannter peinlicher und schmerzhafter Strafen weiter zugesetzt. Andres' Angst steigerte sich, das Mäusemachen konnte ihn an den Galgen bringen. Die Gegenwart von Dämonen und Hexen, des Satans und Teufels, schien ihm die geringere Gefahr. Nächte und Träume, Feiern und Feste, in denen der Teufel ihn in seinen wahnhaften Vorstellungen bedrängt und an andere Orte entführt hatte, war er nun unter schlimmsten Bedrohungen bereit zu gestehen. „Ja des is gwiss wahr!", so bestätigte er die gezielten suggestiven Anschuldigungen und Tathergänge, die sich Lampfritzheim aus den Verhören mit Andre und den anderen Bettlerkindern zurechtgelegt hatte.

„Ja, i bin mi'm Deifi auf'm Wong'n in d'Luft auffi g'forn", gab er voller Angst zu Protokoll, in der Hoffnung dafür nicht mit dem Tod bestraft zu werden, und in der Meinung, die Hexerei des Mäusemachens sei damit vom Tisch des Richters. „Ja, i sog' d' Wahrheit, i hob am Deifi mit mein Bluat unterschriab'm, damit er mi bei der Nacht ned weiter plogt", so suchte er die Flucht nach vorn, um endlich durch ein Urteil aus den Vernehmungen entlassen zu werden.

Lampfritzheim versuchte erneut das Geständnis der Hexerei des Mäusemachens zu erpressen und drohte mit Henker, Scharfrichter und Scheiterhaufen. „I hob keine Meis' ned g'macht!". Andre, der Trudenfanger, blieb bei seiner Aussage und der Stadtrichter wütete innerlich und tobte.

Qualen im Kerker

Lampfritzheim hatte noch immer kein Geständnis des Angeklagten, was das Herbeizaubern von Mäusen betraf. Das, was Ausgangspunkt aller Ermittlungen gewesen war, konnte noch immer nicht mit einem Geständnis bewiesen werden. Die Aussagen der Kinder widersprachen sich. Seine Anklage stand auf wackeligen Beinen.

Das Jahr zog sich endlos hin, mit weiteren Verhören, Androhungen, Auspeitschungen und immer noch schmerzhafteren und qualvolleren Folterungen. Der Frühling

Qualen im Kerker

war längst in den Sommer übergegangen. Monat für Monat verging. Nie wussten Andre und Lenz, was als Nächstes an Qualen auf sie zukommen würde. Wann immer der Stadtrichter eine Möglichkeit erkannte, eine scheinbar bewiesene Aussage durch ein Geständnis zu untermauern, wandte er grausamere Methoden des Verhörs an, um endlich weitere Geständnisse vorweisen und schließlich Anklage erheben zu können.

Längst wurden die zerschundenen kleinen Körper der Kinder nicht nur mit der Rute, sondern mit Peitschen und Riemen gemartert. Auch mit der Zahl und Heftigkeit der Streiche wurden die Qualen je nach Belieben sorgfältig gesteigert.

Andre fühlte sich völlig schutzlos. Ohne Aussicht auf Fürsprache, verwaist und von den Freunden getrennt, gab es für ihn keine Aussicht auf Zeugen, die ihn hätten entlasten können.

Für den Trudenfanger und für Lenz blieben nur die gelegentlichen nächtlichen Kontakte mit Kurbl und den Freunden. Erwischt zu werden bedeutete schmerzhafte zusätzliche Strafen. Ihre Niedergeschlagenheit schlug nun in das Gefühl der Ausweglosigkeit um. Endlose leere Tage in der Dunkelheit des Kerkers und unter der Angst, weiter gefoltert zu werden. Die Gemäuer waren trotz des Sommers durch die nahe Moosach feucht. Krankheit und Fieber waren ständige Begleiter. Das Gefühl für Zeit hatten sie längst verloren. War der Sommer schon vorbei? Sie wussten es nicht mehr. Nur die früher einsetzende Dunkelheit und die feuchtere Herbstluft am Morgen und am Abend kündigten die nahende kühlere Jahreszeit an.

Alle Inhaftierten waren nun schon seit Monaten im Gefängnis isoliert. Einige hatten wütende Tobsuchtsanfälle. Andre war depressiv und resigniert. Er phantasierte. In seiner Welt der Angst vermengten sich Traum und Realität. In seinen Tagträumen flog er mit Dämonen durch die Lüfte in die Freiheit, ritt mit feurigen Rossen und Wagen von Ort zu Ort und war doch in seiner Zelle und an seiner Kette gefangen wie ein räudiger Hund.

Mehr als hundert Kinder und Erwachsene waren mittlerweile im Visier der Ermittler. Auch Kurbl war nun in höchster Gefahr, verhaftet zu werden. Ein gutes Dutzend Kinder war längst im Gefängnisturm verschwunden.

Andre, der Trudenfanger, hatte nun bald ein Dreivierteljahr im Gefängnis zugebracht, nur unterbrochen von Verhören, Auspeitschen und Folterungen. Mal war ihm durch die Befragungen suggeriert worden, es gebe ein Entkommen aus den Fängen des Stadtrichters, dann folgten wieder neue schmerzhafte Züchtigungen, um ein Geständnis zu erpressen. Ständig wurde er mit den Aussagen anderer Bettlerkinder konfrontiert, die ihn beim „Meismachen" gesehen haben wollten. Unter der Folter gab er manche Begebenheiten zu, dann widerrief er seine erzwungenen Geständnisse wieder. Woche für Woche ging es unerbittlich weiter. Das „Meismachen", den Vorwurf der Zauberei und Hexerei, bestritt er weiter, unverändert, unbeirrt, und auch unter Peitschenhieben und Rutenschlägen auf dem wunden Rücken war von ihm kein Geständnis dazu zu erpressen. Man besprengte ihn mit Weihwasser, um ihn zum Bekennen der Wahrheit zu bewegen. Er bekannte sich nicht.

Der Scharfrichter wurde vom Scharfrichterhaus geholt und führte ihm seine Marterinstrumente vor Augen. Er zeigte ihm den Pranger, den Strick für den Galgen, das scharfe Messer, um Zunge und Ohren abzuschneiden. Mit der Schneide des Schwerts ritzte er an der Haut des Buben und erklärte ihm, wie er geköpft würde. Scharfrichter Hörmann[19] zeigte ihm das glühende Brenneisen und tauchte es in den Wassereimer, dass das Wasser zischend verdampfte. Andre sah das ganze Arsenal an Folterwerkzeug, das Hörmann zur Verfügung stand. Wieder fragte Lampfritzheim, ob er nicht endlich gestehen wolle.

Scharfrichter Hörmann entblößt den Rücken des Trudenfangers. Er wird auf einer Holzbank festgebunden. Hörmann zeigt ihm die Spitzrute und beginnt mit den ersten zehn Streichen über den Rücken. Andre schreit auf. Das Blut läuft ihm über den Rücken und tropft auf den Boden. Eine kurze Pause. Weitere, noch härtere und festere Streiche folgen: Elf, zwölf, dreizehn, vierzehn, zählt Hörmann weiter. Nach jedem Streich ein lauter Aufschrei. Pause. Nächster Streich, fünfzehn, ein Schrei und sechzehn, Schrei und Pause. Siebzehn, ein Schrei und Pause. Achtzehn, ein weiterer

Qualen im Kerker

Schrei und Pause. Andre wird ohnmächtig. Der Scharfrichter bindet ihn los und schüttet ihm einen Eimer kaltes Wasser über den Kopf. Halb tot wird er auf den Examinierstuhl gebunden. Neue Fragen zum Mäusemachen. Mit „No nia mei Lebtag ned hob i Meis g'macht" widersetzte er sich tapfer weiter einem Geständnis. Mit Schlägen schickte man Andre zurück in das Gefängnis.

Jede Nacht wird er von teuflischen Träumen und Erlebnissen heimgesucht. Er schreit, tobt und beginnt sich selbst zu verletzen. Er reißt an der Fußschelle. Er tritt gegen Tür und Wände. Er hämmert mit dem Kopf gegen Holz. Er ruft um Hilfe und versinkt in Resignation. Tag für Tag und Nacht für Nacht.

Die Fußfessel an seinem wunden Knöchel ist eine fürchterliche Qual. Sie ist lang genug, damit er sich in der Zelle bewegen kann. Sie ist auch lang genug, um in der Zelle auf den Tisch zu steigen, durch die Gitterstäbe des Zellenfensters eine Schlinge zu legen und um den Kopf zu ziehen. Den grausamen, langen Kampf übernimmt sein nur noch geringes Gewicht.

Anno 1717, am 12. August, findet man den Trudenfanger tot in seiner Gefängniszelle. Er hatte sich selbst mit der Kette erdrosselt. Einige Tage später rief Kurbl in der Dämmerung am Gefängnisturm nach ihm.

Es kam keine Antwort mehr.

Die Anklage

Stadtrichter Lampfritzheim war alarmiert. Seine Ergebnisse der Verhöre standen auf wackeligen Beinen und waren voll von Widersprüchen. Das Gebäude seiner Ermittlungen gegen die Bettlerkinder drohte auseinanderzubrechen. Erneut wurde der Hofrat eingeschaltet. Bischof Eckher wurde dringend um Weisung ersucht. Ein totes Bettlerkind, das sich im Kerker das Leben genommen hatte, war das Letzte, was sie alle brauchen konnten. Sie fürchteten Aufruhr in der Stadt. Eile war geboten. Jetzt musste endlich eine Anklage her.

Der Fall wurde von Stadtrichter Lampfritzheim eilig an Bannrichter Rumpfinger[20] übergeben. Seine Aufgabe war es nun, aus den Ergebnissen der Verhöre eine stichhaltige Anklageschrift zu verfassen und ein Strafmaß vorzuschlagen.

Rumpfinger machte sich an die Arbeit. Lampfritzheim der Stadtrichter, der Hofrat und Fürstbischof Eckher von Kapfing erwarteten schnell ein Ergebnis und die Anklageschrift.

Bannrichter Rumpfinger ordnete die ihm vorgelegten Informationen. Er brauchte Belege für das Alter der Bettlerkinder. Verlässliche Unterlagen wie Taufzeugnisse lagen nicht vor. Nur einige der Kinder hatten genaue Aussagen zu ihrem Geburtsdatum machen können. Mit den wenigen Zeugnissen, die er hatte, legte er das Alter der angeklagten Kinder auf etwa neun bis vierzehn Jahre fest.

Die Anklage

Er wertete die Aussagen aus. Widersprüche waren unübersehbar. Beweise oder gar Geständnisse für das „Meismachen" waren darin nicht zu finden. Die Kinder hatten sich wechselseitig mit Geschichten belastet, die auf Umgang mit Dämonen gedeutet werden konnten. Der Verdacht der Hexerei und des Umgangs mit dem Teufel musste zu einem Strick formuliert werden. Rumpfinger hatte viel Arbeit vor sich und Stadtrichter, Hofrat und Fürstbischof drängten.

Rumpfinger war sich der Brisanz seiner Anklage bewusst.

Lampfritzheim wollte so viele Bettlerkinder wie möglich in den Tod schicken.

Der Fürstbischof und der Hofrat brauchten eine stichhaltige Anklage wegen Hexerei, um die Zustimmung des Stadtrates zu bekommen.

Der Stadtrat wollte keinen Aufruhr in der Stadt und einen Prozess, der für Ruhe und Ordnung in den Stadtmauern sorgt.

Rumpfinger war als Bannrichter von Fürstbischof, Hofrat und Stadtrichter in die Rolle des Vollstreckers gedrängt, damit sie alle ihre Unschuld an der Verurteilung beteuern konnten.

Es war Ende Oktober. Der Herbstwind fegte gerade die letzten bunten Blätter von den Bäumen. Sonnige Herbsttage wechselten mit hartnäckigen und widerspenstigen Nebeltagen. Stadtrichter, Hofrat und Fürstbischof drängten

Die Anklage

auf ein Urteil und dessen Vollstreckung, bevor es kalt wurde und der strenge Winter einkehrte.

Wen sollte er als Bannrichter anklagen?

Auf welche Vergehen sollte die Anklage lauten?

Welche Strafen sollte er fordern?

Anklage oder Freisprüche?

Der Bannrichter legte seine wackelige Anklage vor.

Corbinianus in Frisinga

Corbinianus verbarg seine Wut. Er kam mit der kirchlichen Anklage gegen Grimoald nicht zurecht. Waren Grimoald und Pilitrud gegen das Evangelium anzuklagen? Was hätte Jesus zu dieser Anklage gesagt? Welche göttliche Strafe sollte er den Angeklagten auferlegen? Corbinianus begann zu zweifeln. Legte er nur seine eigenen Maßstäbe an? Hatte nicht Jesus der Sünderin und Ehebrecherin vergeben?

Er haderte mit sich selbst. Seine Zweifelsgedanken plagten ihn fast Tag und Nacht. Er fühlte, dass er sich für einige Tage des Nachdenkens zurückziehen musste. Immer und immer wieder dachte er nach, über Sünde, Buße und Reue, und über Schuld. Corbinianus fand keine befriedigende Antwort auf seine Zweifel. Sagte nicht das mosaische Gesetz „Du sollst nicht ehebrechen", forderte es nicht, „Du sollst nicht begehren deines Nächsten Weib"? und hatte Jesus doch gesagt, dass er nicht gekommen sei, das Gesetz aufzuheben, sondern es zu erfüllen! Jesus hatte doch auch selbst einen strengen Maßstab angelegt, als er sagte: „Wer ein Weib ansieht, ihrer zu begehren, der hat schon mit ihr die Ehe gebrochen in seinem Herzen". Und dennoch hatte Jesus die Ehebrecherin vor ihren Anklägern in Schutz genommen und sie vor der Steinigung bewahrt. „Wie passt das zusammen?", fragte er sich immer wieder. „Die Ehebrecherin ist sündig geworden!", aber „Welche Schuld hat sie damit auf sich geladen?". Er marterte sich selbst mit diesen Fragen. Er fand keine schlüssige Antwort. Innerlich fühlte er heftige Wut über die Dreistigkeit, das kirchliche Recht so offensichtlich zu brechen.

Er wünschte sich zurück in das einfache, asketische Leben in seiner Klause am Fluss. Dort in der Einsamkeit war es ihm leichter gefallen, gründlich nachzudenken. Hier fand er keine Ruhe. Nur auf dem kleinen Bergrücken über der Moosach, gegenüber der Pfalz des Grimoald, fand er einen Ort der Abgeschiedenheit. Von dort aus blickte er über die weite Ebene hinaus auf die Berge. „Ein weites offenes Herz haben, das hätte Jesus von mir gewollt", dachte er bei sich, „und doch hat auch er den Ehebruch als Unrecht und Sünde erkannt und die Ehebrecherin zur Umkehr und Buße aufgerufen", überlegte er weiter. „Unrecht verurteilen, dem Sünder Gnade anbieten und ihn zur Buße und Umkehr aufrufen!". Das war nun das Ergebnis seiner wochenlangen Zweifel und Kämpfe.

Er hielt noch einige Tage weiter innere Einkehr, bis sich dieser Gedanke in ihm gefestigt hatte. Er sehnte Ludger herbei, mit dem er sich so lange über die Stufen der Demut unterhalten hatte. „Den Eigenwillen zu tun, verwehrt uns die Schrift, wenn sie sagt: Von deinem Willen wende Dich ab! Dass aber Gottes Wille in uns geschehe, darum bitten wir ihn im Gebet. Mit Recht werden wir also belehrt, nicht unseren Willen zu tun, sondern zu beachten, was die Schrift sagt", so erinnerte er sich an die benediktinische erste Stufe der Demut, die ihm Ludger so ans Herz gelegt hatte.

Corbinianus in Frisinga

„Ich werde meinen Ort in Sankt Veith nicht verlassen und Euch nicht aufsuchen, es sei denn, Ihr gelobt Buße und kehrt um von Eurem verkehrten Weg und Leben!", so ließ er Herzog Grimoald und Pilitrud nun ausrichten. Wochen gingen ins Land. Von Sankt Veith aus hatte er die Pfalz Grimoalds immer vor Augen. Wochen des stummen Machtkampfes zwischen der irdischen Macht des Herzogs und der geistlichen Macht des Bischofs, ehe sich Grimoald und Pilitrud den Mahnungen des Bischofs und seinen unverhohlenen Drohungen mit dem verschlossenen Himmel beugten.

Er verließ seinen spirituellen Rückzugsort und Nachbarberg, der dem Heiligen Stephan geweiht worden war, machte sich auf zur herzoglichen Pfalz, diesem von ihm weitgehend gemiedenen Ort agilolfingischer Politik und der Intrige. Pilitrud und Grimoald legten sich ihm im Bußgewand in der Marienkirche, die sein Vater Theodo erbaut hatte, zu Füßen, bekannten ihre Sünde vor dem Bischof und baten um göttliche Gnade. „Erhebt Euch", so forderte Corbinianus sie nun auf und sprach sie von ihren Sünden los. „Ihr sollt fortan ein Leben in Keuschheit führen und der Lust des Fleisches abschwören!", verlangte er als Zeichen und Werk ihrer Buße und segnete sie sodann in ihrem Vorsatz.

Seit diesem Akt spürte Corbinianus in sich, dass er hier am Sitz des Herzogs nun bereit war, sein Bischofsamt anzutreten und es auszufüllen. Er fühlte, dass er mit der Anklage der Sünde im Sinne Jesu, und erfüllt mit göttlicher Gnade, umgegangen war. In diesem Sinn wollte er sich weiter seiner Aufgabe als Bischof annehmen. Er wählte seinen Sitz am geweihten Ort Sankt Veith, gleich gegenüber der Anhöhe, auf der die Pfalz des Herzogs erbaut war. Er beschloss, dort in Zukunft die Heilige Messe nach den Regeln der Benediktiner zu halten.

Etwas oberhalb von Sankt Veith, auf dem kleinen Bergrücken, stand eine kleine Kirche, die dem Heiligen Stephanus geweiht war. Dorthin zog sich Corbinianus immer wieder zum Gebet, in die inspirierende Stille und Einsamkeit, zurück. Mit seinen Gefährten rodete er dort am Abhang etwas Wald, um freien Blick in die Berge zu gewinnen. Er baute an einer kleinen Mönchsklause, einem Rückzugsort, beinahe so, wie er sie in seiner Jugendzeit bei Chastres gekannt hatte.

Corbinianus war glücklich. Hier hatte er etwas Abstand vom weltlichen Machtbereich des Herzogs. Hier hatte er sich einen Rückzugsbereich geschaffen, in dem er auch einen freien Blick über das Land bis zu den Alpen hatte. Dieser Ausblick inspirierte ihn. Er vermochte an diesem Ort in Ruhe über seinen Glauben und die Kirche nachzudenken und begann die Ordensregeln der Benediktinerabtei aufzuschreiben, die er zu bauen gedachte.

Er formulierte die Regeln zum Zusammenleben in der benediktinischen Ordensgemeinschaft und dabei flossen die vielen Gespräche ein, die er in Autun mit Ludger geführt hatte und die Grundlage der praktizierten Frömmigkeit im Kloster werden sollten. Er beschrieb die Anweisungen des Gebets und die Regelungen zur Aufnahme von Brüdern in die klösterliche Gemeinschaft. Er war glücklich, seine Vorstellungen zum christlichen Zusammenleben unter Glaubensbrüdern nach dem Gebot der Liebe Christi umsetzen zu können.

Die Erweiterung des kleinen Kirchengebäudes oben am Berg sollte in seinen Vorstellungen einmal ein Kloster werden. Der Bau schritt voran. Bald schon konnte er seinen Wohnsitz von Sankt Veith hierhin, an den Ort, an dem er von nun an nach den Regeln Benedikts leben und lehren wollte, verlegen. Mauer um Mauer wuchs und nach und nach wurde der erste Flügel fertiggestellt. Er begann Gärten anlegen zu lassen und ein Obstgarten wurde gepflanzt. Hier in seinem neu erstehenden Kloster spürte er wieder den geistigen Hauch der Enklave aus seiner Jugend im Frankenreich. Corbinianus genoss die Abgeschiedenheit von der Pfalz, den Blick in die Ferne und die Gemeinschaft mit seinen benediktinischen Glaubensgefährten.

Einige seiner Gefährten auf dem Heiligen Berg beklagten sich eines Tages über die Mühsal, ausreichend Wasser aus der nahen Moosach auf den Berg zu bringen. Tag für Tag war es erforderlich, Wasser aus dem Bach den steilen Berg herauf ins Klösterchen zu tragen. Wie durch ein göttliches Wunder entdeckte Corbinianus eines Tages am Abhang eine kleine Wasserquelle, als er mit seinem Stock im feuchten Wald unterwegs war und etwas Ruhe zum Gebet suchte. Fast täglich machte er kleine Spaziergänge und erfreute sich an der schönen Natur seiner Umgebung und am freien Blick über das Land und in die Berge.

Corbinianus ahnte jedoch, dass er sich mit seinem Handeln in Pilitrud und Grimoald keine Freunde gemacht hatte. In seinem Eifer um den christlichen Lebenswandel des Herzogs und seiner Gemahlin und in dessen Herzogtum standen ihm immer wieder seine Wutausbrüche im Weg. Er hatte sich einfach nicht im Griff. „Woher kommt meine Wut?", fragte er sich, wenn ihm wieder einmal die Kontrolle über sich selbst entglitten war. An der Tafel des Herzogs hatte er wutentbrannt den Tisch umgestoßen, als Grimoald seinen Hunden ein Stückchen gesegnetes Brot zugeworfen hatte. Auf dem Weg zur Marienkirche an der herzoglichen Pfalz war er einer mit Geschenken bepackten Bauersfrau begegnet, die von der Herzogin kam. Als sie berichtete, dass sie den Sohn der Herzogin mit Zaubersprüchen geheilt hatte, geriet er außer sich vor Wut: „Du widerliche Hexe!", schrie er sie an. „Der Teufel steckt in dir! Du treibst die Dämonen mit dem obersten Teufel Beelzebub aus!". Voll Wut begann er auf sie einzuschlagen. Er ohrfeigte sie. Wutentbrannt schlug er ihr mit der Faust ins Gesicht. Sie blutete und begann zu schreien. Er ließ nicht von ihr ab, bis sie wehrlos, blutend und laut schreiend davonlief. Wieder war er nicht Herr über seine Gefühle geblieben. Erneut hatte sein rastloser Einsatz und sein Übereifer für die Ausbreitung der christlichen Lehre dazu geführt, dass ihm seine innere Wut zu einem Gewaltausbruch entglitten war. „Diese Hexe verdient die harte Strafe Gottes!", rechtfertigte er sich vor sich selbst, als er an die Götter, Hexen und Dämonen der Germanen dachte, die er auf seiner Wanderschaft in Germanien kennengelernt hatte. „Sie treibt den Teufel mit Teufeln aus". Aber er zweifelte. Er steckte in einem Zwiespalt zwischen dem Eifer um das Evangelium und dem Herrschen mit Gewalt. Kompromisslos und engherzig kämpfte er für die in ihm verankerten Grundwahrheiten christlicher Lehre und den hochmütigen Kampf zwischen GOTT und dem Teufel. Um seine Wut und Gewalt vor sich selbst zu rechtfertigen, verteilte er die erbeuteten Geschenke an die Armen der umliegenden Häuser und Gehöfte.

Er wusste um das Schicksal des Bischofs Chilianus[21] im Bistum und Castellum Virteburch, der eine Bußforderung an seinen Herzog mit seinem Leben bezahlt hatte. Und auch in Vicus Leodicus war der dortige Bischof Lambertus[22] aus ähnlichen Gründen ermordet worden. Bald wurde ihm durch seine klösterlichen Brüder zugetragen, dass auch Pilitrud nach einer günstigen Gelegenheit suchte, ihn aus dem Weg zu räumen.

Corbinianus spürte, dass sich die Gefahr um sein Leben immer näher in sein Umfeld schlich. Sein Misstrauen wuchs von Tag zu Tag. Noch schützten ihn die Mauern von Kirche und Kloster. Er begann die Unbekümmertheit in seinem Leben zu verlieren. Zeit zum Nachdenken fand er kaum noch.

Corbinianus in Frisinga

Er ertappte sich, dass er die Brüder im Kloster misstrauisch beäugte und ihr Verhalten beobachtete. Er verschloss seine Türen.

„Pilitrud lässt Dich vergiften. Der Meuchelmörder ist schon bestellt!" hatte ihm kürzlich sein treuer Gefährte und Bruder Erembert zugetragen. „Du bist hier nicht mehr sicher", drängte ihn einer seiner engsten Gefährten.

Vor einiger Zeit hatte er von Grimoald das Kloster Kuens jenseits der Alpen erworben, eine Kirche erbauen, Obstgärten und Weinberge anlegen lassen. Hierhin gedachte er sich zurückzuziehen, wenn er in Gefahr geraten sollte. Heimlich bereitete er nun mit seinen engsten Vertrauten seine Flucht vor.

Dichter nächtlicher herbstlicher Nebel lag auf den Wiesen rund um die Burg. Den Turm von Sankt Veith konnte man zu Beginn der Abenddämmerung nicht mehr erkennen, und auch das neu erbaute Kloster war kaum zu sehen. Corbinianus bereitete sich zu Beginn der Nacht mit einigen wenigen getreuen Eingeweihten um Adalpert auf die heimliche Abreise vor. Nun war es so weit.

Leise führten sie in der Dunkelheit und im Schutz des Nebels die Pferde mit ihrer Last durch das Klostertor und den Hang hinab an den Bach. Der Weg durch die sumpfigen Wiesen um die Stadt war ihnen wohlbekannt. Am Fluss entlang suchten sie so schnell wie möglich und unbemerkt im Schutz der Dunkelheit voranzukommen. Jetzt in den dunkleren

Corbinianus in Frisinga

Herbsttagen lag der Nebel zäh auf den Feldern und Wiesen entlang des Tales. Selbst die morgendliche Sonne vermochte die feuchte Luft nicht gänzlich zu erwärmen und durchzudringen.

Sorgsam mieden sie zunächst die Wege und Straßen auf der Flucht in Richtung der Berge. Nach einigen Tagen wechselten sie auf die alten Römerwege und Straßen entlang des Lecha und mischten sich schnell unter die Reisenden auf der alten Via Augusta. Hier fühlten sie sich bald sicherer. Vorsichtig vermieden sie größere Herbergen. „Ich verstecke mich auf dem Weg wie ein feiger Dieb", dachte Corbinianus bei sich, „und wieso straft mich GOTT mit Verfolgung, wo ich doch seine frohe Botschaft in die Welt trage?". Die Mühen des Weges über die Höhen der Berge hinab in den Süden empfand er als eine tägliche ungerechte Strafe.

Der Bannrichter

Bannrichter Rumpfinger war es nicht wohl. Er spürte täglich den Druck, der auf ihm lastete. Ihn allein hatte man nun in Verantwortung genommen, das Strafmaß für das Urteil zu finden. „Reicht die Anklage für ein Urteil wirklich aus?", fragte er sich immer wieder. „Und wenn die Kinder der Hexerei schuldig sind, so sind sie doch noch immer zu jung, um verurteilt zu werden!", quälte er sich weiter.

Andre, den Trudenfanger, hatte der Scharfrichter am Galgenanger unweit des Ziegeltors am Tag nach seinem Selbstmord verscharren lassen. Auch Antoni war nicht mehr am Leben und kurz nach der Beichte grauenvoll im Knast an einer Krankheit verendet.

Bannrichter Rumpfinger sah keine Wahl. Fürstbischof, Hofrat und Stadtrichter drängten nervös nach einem Urteil und der Vollstreckung. Fast täglich erkundigte sich einer von ihnen nach den Fortschritten des Rechtsgutachtens.

Heimlich besprach er sich mit einigen der vierzig Stadträte. Sie würden das Urteil fällen müssen, nachdem er die Empfehlung im Rechtsgutachten vorgelegt hatte. Er versuchte den Zuspruch für ein milderes Urteil vorsichtig ausloten. In Anbetracht des geringen Alters der Kinder versuchte er die Todesstrafe abzuwenden, denn selbst bei schwersten Verbrechen verlangte das gültige Strafrecht der Constitutio Criminalis Carolina[23] für Minderjährige unter 20

Der Bannrichter

Jahren Strafminderung und dass man bei Angeklagten unter 16 Jahren auf die Todesstrafe verzichten sollte.

Nach dem Tod von Andre, dem Trudenfanger, und Antoni Kastner sollte nun das Urteil über die 14-jährigen Lenzl Niederberger, Hausl Miesenbeck[24] und Veit Adlwart, den 12-jährigen Michael Zesi und den erst 9-jährigen Schustermiedl gesprochen werden.

In der Stadt begannen nach dem Tod von Andre und Antoni Gerüchte über ein baldiges Urteil und mögliche Hinrichtungen zu kursieren. Kurbl spürte die Unruhe in der Stadt. Der Kontakt zu den anderen Inhaftierten war abgebrochen. Ab und zu hatte man noch etwas von den Verhören und Folterungen gehört. Nun aber drangen aus den Verliesen kaum noch Neuigkeiten.

Kurbl kam oft spät in der Nacht nach Hause. Auch dort war kaum Neues zu erfahren. Vor Anbruch des Tages verschwand er wieder. Die meisten der Bettlerkinder von auswärts waren in Haft und ebenso viele der bettelnden Stadtkinder. Die Zellen waren mit Inhaftierten längst überfüllt. Auf den Listen des Stadtrichters standen viele Dutzend Namen, die zum erweiterten Kreis der Beschuldigten zählten. Ein lähmender Nebel der Angst hatte sich in der ganzen Stadt ausgebreitet.

Kurbl hatte heimlich beobachtet, wie der Scharfrichter den Trudenfanger am Galgenanger notdürftig hatte verscharren lassen. Aber auch dort hatte es keine Möglichkeit gegeben,

Der Bannrichter

etwas Neues über die bevorstehende Anklage zu erfahren. Selbst von den Kindern der wenigen ihm bekannten Stadträte war nichts Verlässliches zu hören. Das Warten und die Unsicherheit machten ihn rasend.

Bannrichter Rumpfinger stellte sein umfangreiches Rechtsgutachten fertig und überstellte es dem Fürstbischof und seinem Hofrat. Er legte dar, welche Straftaten er aus den langen Verhören und den Protokollen für erwiesen hielt. Er verwies auf das geringe Alter der Angeklagten. Er bemühte die Rechtslage bei der Bemessung des Strafmaßes. Der schmähliche Galgen und unehrenhafte Tod durch den Strang sollten Mördern vorbehalten bleiben, und auch vor der Forderung nach Verbrennung auf dem Scheiterhaufen schreckte er zurück. Für drei der Bettelbuben schlug er die Enthauptung durch das Schwert vor, oder, als andere Möglichkeit, die neuerdings praktizierte Öffnung der Adern und das in den Augen der Gerichte schonende Ausbluten der Kinder in einer wassergefüllten Wanne.

Noch war das Urteil nicht gefällt. An einem nebligen Novembertag tagte das geheime Malefizgericht, dem neben dem Bannrichter, der das Rechtsgutachten erstellt hatte und vortrug, der Bürgermeister und sein Stadtrat angehörten.

Viele votierten für den Tod durch Aderlass. Andere Stadträte verlangten den ehrenhaften Tod durch das Schwert, einige, die toten Leiber hernach zu verbrennen. Für Adlwart und den kleinen Schustermiedl schlugen sie vor, das Leben zu schonen, und sie stattdessen ordentlich auszupeitschen und dadurch empfindlich zu züchtigen und zukünftig vor weiteren Untaten zu bewahren und in der Hoffnung, dass sie das nicht lebendig überstehen würden.

Lenzl, Hausl und der Zesi wurden zum Tod durch das Schwert und das anschließende Verbrennen verurteilt und nach dem Verlesen der Anklageschrift und ihrem abschließenden Geständnis wieder in den Hexenturm gesperrt. Einige Tage vergingen, bis ihnen der Priester die letzte Beichte abnahm. Auf dem Galgenanger bereitete der Scharfrichter inzwischen alles vor für die getrennte Exekution der drei verurteilten Buben.

Kurbl erfuhr bald vom Urteil auf dem Malefizgerichtstag. Die ganze Stadt war in Aufregung. Lähmende Stille in den Gassen.

An einem kalten, nebligen Freitagmorgen, dem 12. November 1717, wurde der erste Delinquent auf dem Wagen durch das Ziegeltor hinaus auf den Galgenanger gefahren. Die beiden vom Tode freigesprochenen, Veit Adlwart und der kleine Schustermiedl, wurden in Schellen gefesselt auf ihren Wagen vor den Richtblock gestellt, um der Enthauptung zur Abschreckung in nächster Nähe beizuwohnen. Der Tag der Hinrichtung hatte sich auch in der Stadt längst herumgesprochen. Auf dem Hügel versammelten sich die Bürger, um der Hinrichtung zuzusehen. Auch Kurbl hatte sich versteckt und heimlich

Der Bannrichter

unter die Menge gemischt. Lenzl waren die Hände auf dem Rücken gebunden. Der Scharfrichter führte ihn vom Wagen herunter zum Richtblock. Daneben lag das Beil des Scharfrichters. Mit einem festen Hieb enthauptete er den Lenzl. Die Prozedur wiederholte sich. Auf weiteren Wagen standen der Zesi und der Hausl.

Der Scharfrichter führte auch sie, einen nach dem anderen, zum Richtblock.

Zwei weitere Hiebe folgten. Die leblosen Körper wurden auf den bereits seit Tagen vorbereiteten Scheiterhaufen geworfen und das Feuer entfacht.

Noch lange leuchteten die lodernden Flammen in den kalten und nebligen Himmel vor den Toren der Stadt.

Sicherheit in Kuens

Die Überquerung der Berge lag hinter ihnen. In der Herbstsonne folgte der Tross dem Fluss weiter talabwärts. An einer Biegung gen Süden erblickten sie das einstige römische Kastell. Auf einem alten Handelsweg stiegen sie das kleine Seitental hinauf, versorgten die Tragtiere und entzündeten hinter den schützenden Mauern ein wärmendes Feuer. Hier fühlte sich Corbinianus nach der anstrengenden Flucht durch die herbstlich eingeschneiten Berge wieder sicher. Die lodernden Flammen im Kamin wärmten ihn. „Wie gut in Sicherheit zu sein", dachte er bei sich, „und Schutz vor Feindseligkeit zu haben". Zusammen mit seinen Gefährten trocknete er seine feuchte Kleidung und die wenigen mitgebrachten Habseligkeiten. Sogleich fühlte er sich hier geborgen. Die Abgeschiedenheit auf dem Berg erinnerte ihn erneut an seine Jugend in seiner Einsiedelei. „Eigenartig! In der Einsamkeit und fern der Städte fühle ich mich am wohlsten und dem Himmel am nächsten", sprach er in sich hinein. „Hier bin ich fern von Zwietracht, Hass und Verfolgung", so dachte er weiter, „und das wärmende Feuer hält Kälte und den Tod fern".

Dem Herbst folgte südlich der Alpen ein kurzer, milder Winter. Sobald die Wärme des Frühlings es zuließ, widmete sich Corbinianus mit Freude dem Bau einer kleinen Kapelle. Er begann, einen kleinen Klostergarten anzulegen. Hier im Süden gediehen selbst auf der Anhöhe Pflanzen, Sträucher

Sicherheit in Kuens

und Bäume, die in Frisinga einen Winter nicht überlebt hätten. Gemeinsam mit seinen Gefährten legte er Weinberge an. Äpfel und Birnen hatten schon seit jeher an den sonnigen südlichen Hängen ihren festen Platz. Weiter unten im Tal wuchsen auch Feigenbäume und trugen im Sommer reichlich Früchte.

Die Zeit schien hier bei der Arbeit weit schneller zu vergehen. Die Mauern mussten erneuert werden. Er beschloss, um die Kapelle ein kleines Kloster zu erbauen, das er dem Heiligen Zeno widmen wollte, der sich einst unweit in Verona als Bischof besonders den Armen zugewandt hatte.

Einige Jahre vergingen hier südlich der Alpen mit mühevoller Arbeit. Zur Bewässerung der Gärten, der Obstbäume und Weinberge mussten Bewässerungsgräben angelegt werden. Selbst an den steilen Hängen ließ Corbinianus kleine Weideflächen abgrenzen, damit einige Kühe, Schafe und Ziegen gehalten werden konnten, um die Brüder im kleinen Kloster mit Milch zu versorgen. Weiter unten am Fluss gediehen Weizen und Gerste. Zügig verbesserte sich die Versorgung des Klosters und der Menschen im Tal.

Aus den sicheren Mauern des Klosters begann Corbinianus eine Korrespondenz mit Karl im Frankenreich, den man wegen seinen vielen erfolgreichen Kriegszügen inzwischen als Hausmeier des Frankenkönigs, Karl Martell, den Hammer, nannte.

Sicherheit in Kuens

Er erfuhr, dass Hugbert vor seinem Onkel Grimoald ins Frankenreich hatte fliehen müssen. Karl Martell hatte gegen das bajuwarische Stammesherzogtum Grimoalds einen Feldzug begonnen. Grimoald war in der Zwischenzeit einem Mörder zum Opfer gefallen.

Leise flammte im Herzen von Corbinianus der alte Streit mit Pilitrud wieder auf.

Er mochte sie nicht.

Ihre hochmütige Art und Verderbtheit widerten ihn an.

„Die Strafe Gottes wird sie treffen für ihre Unzucht und ihre Untaten!", hoffte er inbrünstig und war sich doch dabei bewusst, dass seine Wut und sein heftiger Zorn in ihm einen Kampf gegen die Milde des Evangeliums führten. „Sie wird ihre Macht verlieren", dachte er bei sich, „und wird eines Tages ihr Leben in Armut fristen". Er verfasste einen drohenden Brief und ließ ihn von einem Boten über die Alpen bringen. Er spürte Genugtuung in sich und erlangte mit dem Brief wieder seinen inneren Frieden zurück.

Karl Martell hatte den Feldzug gegen die agilolfingischen Herzöge gewonnen und Pilitrud mit ins Frankenreich genommen. Sie hatte gehofft, mit ihrer Schönheit zur mächtigen Gemahlin Karls zu werden, doch Karl Martell hatte der Jugend ihrer Nichte Swanahild den Vorzug gegeben. Pilitruds Würde war verloren. Sie hatte ihre ganze

Sicherheit in Kuens

Macht eingebüßt und hatte den Hof auf einem Eselskarren verlassen müssen.

Ein Bote ritt eines Abends auf dem steinigen Weg vom Tal herauf zum Kloster. Corbinianus empfing ihn am Tor und erkundigte sich nach dem Grund seines Besuchs. „Ich bringe Botschaft von Herzog Hugbert aus dem Geschlecht der Agilulfinger und Herzog der Bajuwaren", antwortete er ihm sogleich. „Er entbietet Eurer Exzellenz, ehrwürdiger Bischof, seine ergebensten Grüße und allerbesten Wünsche". Corbinianus bat den Boten ins Kloster und ließ ihm Wasser und eine Stärkung bringen.

„Karl Martell hat den Feldzug gegen die Bajuwaren beendet, Grimoald ist eines gewaltsamen Todes gestorben und seine Frau Pilitrud ist Karl Martell ins Frankenreich gefolgt", berichtete der Bote weiter. „Hugbert ist nun Herzog der Bajuwaren an Stelle seines Oheims Grimoald. Er entbietet Eurer Exzellenz seine allerbesten Wünsche. Es ist ihm ein sehr großes Anliegen, das Christentum in seinem Herzogtum weiter zu festigen. Der Heilige Vater wird Bischof Bonifatius in die Missionierung des Landes Germanien und zu den Bajuwaren entsenden."

Corbinianus nahm die Neuigkeiten mit großem Behagen auf. Er war sehr erleichtert, dass damit die Bedrohung seines eigenen Lebens ein gutes Ende genommen hatte. Er wusste, dass der Papst in diesen Dingen in regem Kontakt mit Karl Martell stand. Das gab ihm nun zusätzliche Zuversicht.

Sicherheit in Kuens

„Verehrter Bischof Corbinianus", so fuhr der Bote nun fort, „Herzog Hugbert bittet Euch ergebenst nach Frisinga zurückzukehren und im Schutze seiner herzoglichen Pfalz die Missionierung seines Herzogtums zu vollenden. Um das christliche Leben in den Dörfern und Städten seines Herzogtums ist es gar böse bestellt und es bedarf Eurer Weisheit und Umsicht, um die Männer, Frauen und Kinder wohl und klug, mit viel christlicher Hingabe, im Glauben zu erziehen."

Corbinianus dachte zurück an den Missionsauftrag, den er vom Heiligen Vater in Rom erhalten hatte: „Du sollst im Land der Bajuwaren unter den Menschen Dein Bischofsamt entfalten. Sie leben noch immer im Unglauben und huldigen heidnischen Gebräuchen", so hatte der Papst ihm bedeutet, bevor er ihn über die Alpen zurück ins Frankenreich und nach Germanien gesandt hatte.

Im Kloster wurde dem Boten eine Unterkunft für die Nacht vorbereitet. Es war Zeit für die Vesper im Kloster, das Gebet des Abendlobs.

Corbinianus dachte an diesem Abend lange nach. Mit seinem inneren Ohr hörte er noch einmal alles, was er an Neuigkeiten erfahren hatte. Er verspürte erneut den Ruf in seinem Herzen, seine Mission weiterzuführen und zu vollenden. Schon vor dem Gang zur Komplet, dem Abendgebet und Abschluss des Tages, hatte er seinen Entschluss gefasst, nach Frisinga zurückzukehren.

Sicherheit in Kuens

„HERR, vergib mir meine Fehler und meine Schuld. Vergib mir meine Versäumnisse. HERR führe mich durch die Nacht und in die Zeit, bereite mir meinen Weg und schütze mich. HERR, schenke Gnade zur Vollendung meines Auftrages, in Christus", so beschloss er den Tag und schöpfte Mut für die Zukunft.

Schweigend suchte er die Nachtruhe auf.

Vorbereitungen

Stadtrichter Lampfritzheim war erleichtert und besorgt zugleich.

Der Prozess war zu Ende. Nach den nicht enden wollenden Verhören, peinlichen Befragungen und Folterungen, um die Geständnisse zu erzwingen, dem Druck von Fürstbischof Eckher und seinem Hofrat, die sowohl dem Prozess als auch der Bettelei in der Stadt ein Ende setzen wollten, der langen und zermürbenden Erstellung des Rechtsgutachtens durch Bannrichter Rumpfinger, waren die Delinquenten schließlich verurteilt und enthauptet worden.

Ein Aufruhr in der Stadt war mit Mühe umgangen worden. Der Jüngste, Schustermiedl, war dem Tod ebenso knapp entronnen, wie Veit Adlwart.

Lampfritzheim war unzufrieden mit dem Ausgang des Prozesses. Viele Bettlerkinder außerhalb und innerhalb der Stadt waren weiter in Freiheit. Sein Ziel, die Stadt von diesem Gesindel zu säubern, war nur unzulänglich erreicht. Einige von ihnen hatte man verbannt und sie durften die Stadt durch ihre Tore nicht betreten.

Den kleinen unehelichen Schustermiedl hatte er durch den Liebsbund bei einem Korporal der städtischen Wachgruppe untergebracht. Dort sollte er in Lesen und Schreiben unterrichtet werden und ein Geistlicher des

Vorbereitungen

Franziskanerordens sollte für seine gestrenge religiöse Unterweisung und Erziehung sorgen.

Bei Veit Adlwart lag die Sache ähnlich. Auch für ihn konnte sein Vater, der Korbmacher war, kaum sorgen und war auf die Hilfe des Liebsbunds angewiesen. Er wurde in die Obhut eines Schneidermeisters gegeben. Hier sollte er gut aufgehoben sein.

Lampfritzheim ließ den Umgang der Buben genauestens beobachten. Alle Bettlerkinder der Stadt hatten die Exekutionen verfolgt, und scheuten seitdem verängstigt die größeren Straßen und Plätze der Stadt. Hunger trieb sie alle um. Selbst eine trockene Schlafstatt zu finden, wurde jetzt im nahenden Winter immer schwerer. Krankheiten breiteten sich aus. Die Furcht vor Verrat schürte das Misstrauen.

Für Kurbl, der nun wegen des beendeten Prozesses etwas erleichtert und wieder ruhiger war, schien sein Zuhause in der Nähe des Ziegeltors wieder ein sicherer Ort zu sein.

Der erste heftige Schneefall kündigte einen strengen Winter an.

Weihnachten, das Fest der Geburt Jesu, stand vor der Tür. Am letzten Adventssonntag stand die Sünde im Mittelpunkt der Bauernpredigt des benediktinischen Professors in der Stadtkirche:

Vorbereitungen

> **«Nunmehr ist die Stund / von dem Schlaff
> aufzustehen»**

So begann er seine Predigt zum vierten Advent und
erläuterte der Gemeinde:

> *«Der vierte Seelen-Wecker - die Hesslichkeit der
> Sünde!»*

Wortgewaltig predigte er nach der Zeit der Prozesse über die
Schläfrigkeit, die die Sünde unter die Menschen bringe und
die Gewalt des Teufels über die sündhaften Menschen:

> *«Wie mancher ist durch das Schlaffen seinen
> Feinden in die Hände kommen /
> ein armer Gefangener worden /
> seine Freyheit verlohren /
> und hat als ein Sclav sein Leben mühselig zubringen
> müssen!
> Läst sich der Mensch in den Sünden-Schlaff ein /
> so geräth er in des Teufels Gewalt /
> verliehret die edle Freyheit der Seelen /
> und wird ein Leibeigener der Höllen»* [25]

Fürstbischof Eckher verließ seine Residenz und ging
schnellen Schrittes durch den Fürstengang an der
Stiftskirche Sankt Johannes vorbei zum Freisinger Dom.

Vorbereitungen

Nasser Schnee peitschte gegen die Scheiben des Fürstengangs. Eckher war froh, dass er trockenen Fußes durch diese Verbindung den Dom erreichen konnte. Er war stolz darauf, diese bauliche Verbindung zwischen seiner Residenz als Fürst und seiner kirchlichen Wirkungsstätte als Bischof, dem Dom, gebaut zu haben. Für ihn hatte dieser Fürstengang eine bedeutende Symbolik, indem sie seine weltliche Macht mit kirchlicher Machtfülle verband und ihn als alleinigen Machthaber in seinem Fürstbistum und der Domstadt manifestierte.

Das Jubiläum des Heiligen Corbinian rückte nun immer näher. Fürstbischof Eckher hatte jetzt Wichtigeres zu tun, als sich um kleine, schmutzige Bettlerkinder zu kümmern.

Die Erneuerung des Doms musste nun zügig in Angriff genommen werden.

Der Dom erschien ihm zu kahl.

Ihm fehlte Lebendigkeit und Farbenpracht.

In Zukunft sollte der Dom die Macht der Kirche ausstrahlen und prunkvoll seine fürstbischöfliche Regentschaft hervorheben.

„Mit dem erneuerten Dom soll man für immer in einem Atemzug den Namen Fürstbischof Eckher von Kapfing und Liechteneck verbinden", so war seine klare Vorstellung.

Abbildung 5:   Hochstift Freising im Norden und Grafschaft auf dem Yserrain östlich der Isar

168

Vorbereitungen

Fürstbischof Eckher blickte hinauf zum Gewölbe des Doms, das einst vor vielen Jahrhunderten im gotischen Stil erbaut und Sankt Maria und dem Heiligen Corbinian geweiht worden war. Sein Blick schweifte durch das gesamte Kirchenschiff, die Wände entlang. Für die Umgestaltung und gründliche Renovierung des ehrwürdigen Gebäudes stellte sich der Fürstbischof reichhaltige farbenprächtige Malereien vor, die das Leben des Heiligen Corbinian herrlich hervorheben sollten.

Nach dem harten Winter folgten langsam das Frühjahr und der kurze warme Sommer. In der Stadt war wieder etwas mehr Ruhe eingekehrt. Mit der Wärme kam auch wieder neues Leben in die Stadt. Argwöhnisch verfolgten Fürstbischof, Hofrat und Stadtrichter Lampfritzheim die Entwicklung der Bettelei in ihrer Stadt. Ständige Scherereien beschäftigten vor allem den Stadtrichter, der sich für Ruhe und Ordnung in der Stadt in der Pflicht sah.

Der Hofrat ging wieder seinen üblichen Aufgaben nach.

Der Stadtrat war froh, dass die Prozesse zu Ende waren.

Die Planungen für das tausendjährige Jubiläum der Ankunft des Heiligen Corbinian in der Domstadt duldeten keinen Aufschub mehr. Allzu lang waren die Prozesse der Bettlerkinder das omnipräsente Thema in den Ratssitzungen gewesen. Nun endlich konnte man sich wieder angenehmeren Aufgaben widmen. Schon in wenigen Jahren sollte die Stadt und der Domberg in neuem Glanz erstrahlen.

Vorbereitungen

Der Fürstbischof betrat den Sitzungssaal seines Hofrats. „Ich habe beschlossen, die Gebrüder Asam mit der malerischen Neugestaltung des Doms zu beauftragen. Sie haben mir schon beim Bau des Lyceums hervorragende Dienste geleistet und sich in der jahrzehntelangen Bautätigkeit in unserer Stadt viele Verdienste erworben", verkündete er seinen Beschluss. Die Hofräte waren froh, dass es nun endlich vorangehen sollte mit den Arbeiten am Dom. „Der Heilige Corbinian soll zum tausendjährigen Jubiläum seiner Ankunft in unserem Fürstbistum besondere Würdigung erfahren!", fuhr er fort. „Ich werde eine umfassende Renovierung des Doms beauftragen. Wie sie wissen, habe ich ja vor einigen Jahren den Grundstein für die Klosterkirche in Weltenburg gelegt und auch den Bau geweiht. Ich schätze dieses ehrwürdige Kloster sehr, das schon die iroschottischen Mönche und Nachfolger Columbans vor über tausend Jahren mit strengen Regeln begründet haben. Wie ich höre, sind die beiden Brüder Asam in diesen Tagen dabei, die Kuppel im dortigen Kloster Sankt Georg zu stuckieren und die Malerei des Deckenfreskos zu entwerfen. Ich werde mich in Kürze vor Ort persönlich über die Arbeiten in Weltenburg informieren!".

Der Hofrat nahm die Ausführungen des Fürstbischofs mit Wohlwollen zur Kenntnis. Nun endlich hatten sie wieder angenehmere Aufgaben zu erledigen. Bald würde der Fürstbischof wissen wollen, wann mit den Arbeiten begonnen werden könnte. Die Erneuerung des Doms würde einige Jahre in Anspruch nehmen. Die Kosten mussten abgeschätzt und die finanziellen Mittel beschafft werden. Bald würde auch der Stadtrat über die Planungen Bescheid wissen wollen.

„Welche Kosten sind denn durch die Stuckarbeiten im letzten Jahre entstanden?", wollte er von seinen Hofräten wissen. „Ich möchte, dass sie diese Kosten als Grundlage für die Planungen am Dom in Betrachtung nehmen. Und weiter möchte ich wissen, wie der Bau des Kanzlerbogens vorankommt. Ich möchte, dass dieser Anbau nächstes Jahr fertiggestellt werden kann! Zum Jubiläum sollen alle Arbeiten auf dem Domberg zu Ende gebracht sein und der ganze Domberg soll in neuem Glanz erstrahlen!".

Fürstbischof Eckher war zufrieden, dass es nun mit den Vorbereitungen des Jubiläums vorangehen konnte. Mit dem Jubiläum zu Ehren des Heiligen Corbinian sollte nicht nur der gesamte Domberg in neuem Glanz erstrahlen, sondern er gedachte auch, seinem 50-jährigen Priesterjubiläum einen prunkvoll feierlichen und festlichen Rahmen zu geben. Er hatte fest im Sinn, sich durch das Jubiläum als Fürst und Bischof vom Volk gebührend feiern zu lassen und sich als Erneuerer der Kirche in ein strahlendes Licht zu stellen.

Zufrieden verließ Eckher schnellen Schrittes die Sitzung und den Domberg durch die Baustelle am Kanzlerbogen, um hinunter zum Rathaus der Stadt zu gelangen. Bei Stadtrichter Lampfritzheim wollte er sich noch einmal über die

Vorbereitungen

Fortschritte beim Säubern der Stadt von den Bettlerkindern erkundigen.

„Nun, den Adlwart mussten wir in Kost und Obhut eines Schneiders geben. Der Liebsbund kommt für die Kosten auf, weil der Vater des lumpigen Bettlers, der Kerblmacher Niklas, seine Frau und Kinder nicht wohl ernähren kann" erklärte er ihm. „Früher war der Kerblmacher draußen bei den Bauern als Viehhirte in Arbeit. Seit ein paar Jahren sind sie in der Stadt und wohnen in Zins. Wie man hört, hat der Vater die Lungensucht und geht auf Almosen. Und die Mutter sieht man täglich bei der Armensuppe." Die Verhältnisse ließen den Fürstbischof nichts Gutes ahnen und raubten ihm seine euphorische Stimmung.

„Nach dem Prozess haben wir den Adlwart ja ordentlich aushauen lassen. Die Lektion sollte er hoffentlich gelernt haben", ergänzte der Stadtrichter seine Unterrichtung.

„Und wie steht es um den anderen, den wir freilassen mussten?", wollte der Fürstbischof wissen. „Das war doch der kleine Schustermiedl?". Lampfritzheim erläuterte auch hier, dass der Liebsbund für die Kosten der Kost und Unterbringung einspringen musste. „Der Schustermiedl ist beim Steinberger, einem alten Korporal der Wachtruppe untergekommen. Er schaut darauf, dass der Bub Lesen und Schreiben lernt. Und die Franziskaner kümmern sich darum, dass auch die geistliche Lehre ordentlich bei dem Buben eingebläut wird."

Unter Beobachtung

„Das Fürstbistum und die Stadt müssen von diesem Gesindel gesäubert werden", darüber waren sich der Fürstbischof und der Stadtrichter einig. „Zum Jubiläum will ich keine Bettlerkinder auf den Straßen herumlungern sehen", schloss der Fürstbischof die Unterredung.

Unter Beobachtung

Veit Adlwart war klug genug, um zu wissen, dass die Gefahr nach dem Prozess und seiner schmerzhaften Aushauung nicht vorüber war. Auch der Schustermiedl, mit seinen kaum zehn Jahren, getraute sich zuerst nicht, sich irgendwo zu zeigen. Zu lang war die Kerkerhaft gewesen und zu qualvoll die vielen Hiebe.

Kurbl war froh, der Gefahr einer Verhaftung entgangen zu sein.

Je weiter die Hinrichtungen zurücklagen, umso mehr kehrte in der Stadt nach und nach wieder so etwas wie Normalität ein. Überall in der Stadt war seit dem Frühjahr wieder Leben zu spüren.

Ab und zu suchte Kurbl wieder vorsichtig die alten Plätze auf, an denen sie vor einigen Jahren gemeinsam gespielt hatten. Am Paintl, draußen vor dem Ziegeltor, nicht weit vom Galgenanger und dem Haus des Scharfrichters, traf er kaum noch andere Kinder an. Zu sehr war dieser Ort mit den Hinrichtungen der Kinder verbunden.

Mit dem Älterwerden weiteten sich auch ihre Wege, und fernab der Stadt fühlten sich Adlwart und seine Altersgenossen sicherer. Vom Veitstor aus waren die umliegenden Dörfer im Moos schnell erreicht. Auf den Höfen und in den Gaststätten unweit der Stadt war auf Feiern und Festen immer etwas zu Trinken und Reste von etwas Essbarem zu erwischen. Durch das Münchner Tor waren sie gleich draußen auf den Wiesen der Moosach vor dem Domberg. Von dort war es nicht weit zu den Mühlen am Bach und zu den Gehöften unweit vom Fluss. Auch hier konnte man ab und zu etwas ergattern, was sich in der Stadt in ein paar Heller oder Pfennige eintauschen ließ. Jetzt, in der heißesten Zeit des Sommers, war die nahe Isar ein beliebter Treffpunkt, um sich abzufrischen. Bei heimlichen kleinen Geschäften fanden die Kinder unter der Isarbrücke Schutz vor den Blicken neugieriger Erwachsener und der Obrigkeit in der Stadt. Über die Isarbrücke kamen immer wieder Reisende ins Fürstbistum, denen man hie und da für einen kleinen Gefallen auch ein paar Münzen abbetteln konnte. Nicht weit, am Isartor, und auch etwas weiter am Judentor, war am meisten los. Viele Fuhrwerke kamen über die Poststraße am Fluss herauf, und mit etwas Geschick war mit Botengängen, der Versorgung der Zugpferde oder kleinen Reparaturen an den Wagen etwas Geld zu verdienen. Auch bei den Brauern am Büchl gab es immer wieder kleine

Unter Beobachtung

Arbeiten für einen Tagelohn, wenn die schweren Fässer zu verladen waren, oder aus den Bierkellern geholt werden mussten.

Adlwart und der Schustermiedl hatten sich regelmäßig bei den Franziskanern im Kloster einzufinden, nicht weit von den Brauereien am Büchl. Die Patres der Franziskaner hatten die Buben schon in der Zeit ihrer Kerkerhaft in der Zelle aufgesucht. Ihnen waren die Vorwürfe der Hexerei wohlbekannt. Eifrig mühten sie sich um die Edukation der Buben, um sie dem Machtbereich des Bösen zu entreißen und sie wieder den Gnaden der Kirche zuzuführen.

„Schustermiedl, du solltest zum Beichten kommen!". Sie legten dem Kleinen ein geweihtes Kruzifix um den Hals. Die Patres wollten aufrichtige Reue für die alten Hexereien erkennen und in der Beichte die Abkehr vom Bösen hören. „I kimm ned zum Beicht'n und i ko ned beicht'n, und i woa's a ned, dass i wos zum Beicht'n hätt!", weigerte sich der Bub standhaft vor den Mönchen. Zu oft hatte er bei den Verhören nur die Wahl zwischen einem erzwungenen Geständnis und den Qualen des Auspeitschens gehabt. Er wollte keine Aussagen mehr machen. „I hob nix g'seng vom Meismach'n, und i hob g'long, wei's mi imma wieda mit der Peit'schn bluadig gschlong hätt'n. I los mi nimma frong'!".

Wenn er weiter so verstockt und widerspenstig sei, werde man ihn bald wieder verhaften lassen, erklärte ihm hernach einer der Patres. Das Gerücht, Fränzl der Schustermiedl habe sich ungesittet aufgeführt, spielte Lampfritzheim in seine Karten. Er erkundigte sich im Kloster nach den Fortschritten der Erziehung und ließ sich Adlwart und Schustermiedl persönlich vorführen: „Ich weiß, dass ihr beide dabei gewesen seid, wie der Trudenfanger Meis' gemacht hat. Es ist besser, wenn ihr euch bei der Beichte von der Last eurer Sünde befreien lasst. Auch wenn ihr dem Beil des Scharfrichters gerade noch entkommen seid, weiß ich nicht, was ich von eurer Verstocktheit, eurem widerwärtigen Verhalten und eurer Bockigkeit halten soll. Wenn ihr euch weiter so renitent weigert, wird euch bald eure gerechte Strafe folgen". Der Fränzl zuckte innerlich zusammen und legte schnell eine Beichte ab.

Lampfritzheim erstattete dem Hofrat bald danach wieder einmal Bericht, der seinerseits unmissverständlich klarmachte, dass diese Eigensinnigkeiten nicht ungestraft bleiben durften.

Veit Adlwart wusste, dass er unter ständiger Beobachtung stand. Regelmäßig ließ er sich zur Sicherheit bei seinem verordneten Schreibunterricht und im Kloster der Franziskaner blicken. Er war froh, bei der Schneiderfamilie mit dem Schneidergesellen ein sicheres Bett zu teilen und dort eine tägliche Mahlzeit zu haben und wollte nicht Gefahr laufen, diese Annehmlichkeit und Sicherheit zu verlieren. Er war vorsichtig. Er war misstrauisch. Er versuchte sich so unsichtbar zu machen wie möglich.

Unter Beobachtung

Bald war das erste Jahr nach dem Prozess vergangen. Bei der Schneiderfamilie konnte Veit nicht länger unterkommen. Er wurde weiter herumgeschubst. Bei einem ehemaligen Soldaten, der für seine Strenge berüchtigt war, sollte er zukünftig weiter untergebracht werden. Lampfritzheim erhoffte sich, dass militärische Strenge den Hexenbuben, wie man ihn manchmal nannte, hart herannehmen würde.

Schnell hatte aber auch dort seine sichere Unterkunft ein Ende, als der Korporal schwer erkrankte, und Lampfritzheim mit dem Liebsbund eine neue Unterkunft bei einem der Leibwächter des Fürstbischofs organisierte. Wieder rückte Adlwart damit ein Stückchen näher an die fürstbischöfliche Obrigkeit, was ihn immer noch misstrauischer machte und alarmierte. Er versuchte sich so weit wie möglich in der Stadt versteckt zu halten, stattdessen öffentlich und regelmäßig beim Kirchenbesuch zu erscheinen und in seinem Kosthaushalt durch reges Gebet anerkennend aufzufallen.

So gingen die Monate und nächsten beiden Jahre ins Land. Stadtrichter Lampfritzheim und Bannrichter Rumpfinger waren plötzlich verstorben. Veit war einigermaßen erleichtert. Die Peiniger, die ihm fast alltäglich mit dem Entzug der Freiheit, kaltem Kerker, Not, Krankheit, Folter und der Bedrohung mit der Hinrichtung zugesetzt hatten, konnten ihm nicht weiter gefährlich werden. Argwöhnisch beobachtete er, was durch deren Nachfolger im Amt, dem Stadtrichter Freiherr von Waldkirch[26] und Bannrichter Zauner[27], in der Stadt geschehen würde.

Unter Beobachtung

Freiherr von Waldkirch hatte sich frisch im Umfeld des Fürstbischofs verehelicht. Adlwart wurde dadurch nicht unbedingt ruhiger. Und Zauner hatte sich der Witwe von Rumpfinger angenommen und ebenfalls geheiratet. Die Stelle des Bannrichters war also in der Familie geblieben. Adlwarts Unruhe wurde dadurch nicht weniger.

Auch im Hofrat gab es einige neue jüngere Gesichter, obgleich der Domdekan und Statthalter des Fürstbischofs, Graf von Hohenwaldeck und Maxlrain[28], weiter dem Gremium als Präsident vorstand. Sie alle einte stärker als je zuvor das Ziel, für das tausendjährige Jubiläum des Corbinian eine herausgeputzte und gesäuberte Stadt zu präsentieren.

Der Schustermiedl und Veit Adlwart wurden auch von den Patres der Franziskaner argwöhnisch beobachtet, besonders, seit sie sich kürzlich am geweihten Messwein vergangen hatten. Danach war dem nun 12-jährigen Franz Weingartner, dem Schustermiedl, das Pflaster zu heiß geworden, und er hatte sich aus der Stadt heimlich verdrückt. „Kimm', des Is' zu g'fährlich in der Schdod, kimm' mia hau'n ob", hatte er den Veitl aufgefordert; aber der hatte abgelehnt.

Als einige Monate ohne weitere Behelligungen ins Land gezogen waren, begannen die Kinder sich wieder ungezwungener zu bewegen. Der warme Sommer und die langen Abende weckten neue Lebenslust. In den umliegenden Höfen und Dörfern wurde wieder gefeiert und

Unter Beobachtung

in den lauen Nächten war es leicht einen Unterschlupf zu finden. In kleinen freundschaftlichen Grüppchen suchte Veit an den Wochenenden Feste auf, wo er etwas zu Essen ergattern konnte und wo er sich kostenlos mit Resten aus den Bierkrügen ein wenig aus der tristen Realität entfernen konnte. Die Sommerhitze tat das Ihre, und der jugendliche Rausch überfiel ihn dann plötzlich und heftig.

Am Stieglbräu, gleich an der Stadtmauer zwischen Veitstor und dem Ziegeltor, vertrieb sich der Veit manchmal seine Zeit mit Kartenspiel bei der Brauerin und anderen Burschen der Stadt und erspielte sich hier und da ein Bier, wenn er gewann. Burschenfeiern, Hochzeitsfeste, Tänze und Gesindefeste auf den Bauernhöfen – Veit wusste sich Woche für Woche und von Fest zu Fest durchzuschlagen. Ab und zu lebte er am Rande der Dorffeste seine wachsende jugendliche Manneskraft mit jungen Mädchen und anderen Burschen in den Heuschobern aus. Wärme, Hitze, Bier und gelegentlich der Rest von einem Schnaps ließen Wirklichkeit, Fantasie und Traum miteinander verschwimmen. Manchmal wähnte sich Veit weit weg von jeglicher Realität wie auf Rössern und feurigen Kutschen an andere Orte entführt. Träume, Lust und Leidenschaft entrückten ihn und seine Freunde in eine Welt, die himmlisch und teuflisch zugleich zu sein schien. Die Dämonen und Teufel der nächtlichen Träume und Eskapaden verfolgten ihn und die Kinder weiter in den Alltag. Ein grün berockter Jägersbub[29], dem er eines Nachts von Bier und Schnaps berauscht begegnet war, tauchte plötzlich auch am Tage auf und verführte ihn bei Gelegenheiten zum Ungehorsam gegen seine Auflagen.

Auch Kurbl war mit von der Partie, wann immer er an den Wochenenden Zeit dazu finden konnte. Unter der Woche hatte er nun oft seinem Vater zu helfen, der als Maurer auf den vielen Bauplätzen der Stadt von Sonnenaufgang bis zum späten Abend beschäftigt war. Nach dem Bau des Lyceums und der Fertigstellung des Kanzlerbogens am Domberg war er nun vor den Toren der Stadt am Bau des neuen Spitals beschäftigt. Kurbl nutzte die sommerlichen Abende und Wochenenden, um mit Veit und den anderen Kindern und Jugendlichen von Fest zu Fest zu ziehen, und seine beginnende Jugend auszuleben.

Der Sommer neigte sich langsam dem Ende zu. Ab und zu hatten sie noch auf den Hopfenfesten in den Hügeln der Holledau ihren Spaß und lebten ihre jugendliche Unbekümmertheit aus. Mancher Abend endete in einer lustvollen Nacht in einem der vollgefüllten Heuschober der Hopfenbauern und ab und zu wussten sie am Ende nicht mehr, wann und wo sie nach einer durchgefeierten Nacht überall gewesen waren und wer und wie sie zu und aus den Dörfern gekommen waren.

Mit den letzten warmen Herbsttagen endete jedoch auch schnell die Zeit des unbekümmerten Lebens und die morgendlichen und abendlichen Nebel brachten die Kälte zurück. Feste und Feiern fehlten nun als einfache

Unter Beobachtung

Gelegenheit, um neben karger Kost auch etwas Genussvolles zum Essen zu erwischen. Tristesse und die blanke Realität kehrten zurück.

Adlwart war es bald leid, ständig herumgereicht, ausgenutzt und beobachtet zu sein, und er beschloss, kurz vor dem Weihnachtsfest, sich bald heimlich aus seiner angewiesenen Obhut zu entfernen.

Der Winter hatte Einzug gehalten. Der erste Schnee war gefallen und überzog das Land mit einer weißen Decke. Wie jedes Jahr um diese Zeit kündigte sich Not in vielen Wohnungen und Familien an. Niklas, der Korbmacher, hatte kaum Arbeit und wenig Lohn, und wegen seiner Krankheit konnte seine Frau Veit und seine Geschwister nicht versorgen. Holz zum Heizen war jetzt im Winter schwer zu besorgen, die wenigen Kartoffeln bald aufgebraucht oder erfroren. In seiner Not schrieb Niklas Adlwart eine Petition an den Hofrat und Bischof: „Eure Hochwürden, gnädigste Heiligkeit und Fürstbischof bitte ich untertänigst zu geruhen, meinen Sohn Veit auch zukünftig weiter verpflegen zu lassen, bis er weiter erwachsen ist und selbst für seine Unterkunft und Verpflegung durch seiner eigenen Hände Arbeit sorgen kann, alldieweil ich selbst für seine Versorgung ob meiner Krankheit mich nicht in der Lage sehe.“

Hofrat und Fürstbischof waren alarmiert. In ihren Augen handelte es sich um arbeitsscheues Gesindel und Simulanten. Der Beschluss war schnell gefasst. Das

Unter Beobachtung

unerlaubte Entfernen aus der Kostfamilie war für den frisch ernannten Stadtrichter Freiherr von Waldkirch Grund genug, den Veit schnellstmöglich wieder in der Haft festzusetzen. Die neuerliche Gelegenheit, eines der Bettlerkinder habhaft zu werden und unter Anklage zu stellen, sollte nicht ungenutzt bleiben.

Seine Eltern und Nachbarn, Adlwarts Lehrer, und Vertreter seiner Kostfamilien wurden amtlich vorgeladen und unter Eid genommen. Selbst die Patres der Franziskaner wurden befragt. Stadtrichter, Bettelrichter, und der Hofrat, hatten ausführliche Erkundigungen eingeholt und nutzten die günstige Gelegenheit, alle guten und vom Liebsbund fürsorglich unterstützten Erziehungsversuche genüsslich als gescheitert zu erklären. Nun wurde zu allen Verfehlungen lang und breit verhört und alles durch die Aussagen der unter Eid Stehenden zusammengetragen und ans Licht befördert: Seine Bettelei, einige Versäumnisse beim Besuch des Unterrichts und bei den Patres im Kloster, etliche kleine Diebstähle, die Veit für seinen kärglichen Unterhalt und die Linderung seiner Not begangen hatte, und sein Herumtreiben auf den Gassen der Stadt. Von Waldkirch war zufrieden. Trotz einiger Aussagen, dass der Veit doch auch fleißig gebetet und sich bei den Kosteltern ordentlich benommen hätte, sah von Waldkirch ausreichend Grund dafür, Adlwart erneut verhaften zu lassen.

Adlwart versteckte sich rechtzeitig und versuchte aus dem Machtbereich des Stadtrichters schnellstmöglich zu entkommen. Seine unsagbare Angst trieb ihn schleunigst aus der Stadt. Er spürte, dass er nun in höchster Gefahr war, erneut verhaftet zu werden. Jetzt, an den ersten etwas wärmeren Frühlingstagen im März, waren die Wege aus der Stadt nicht mehr mit tiefem Schnee so unpassierbar, wie das vor wenigen Wochen noch gewesen war.

Durch das Isartor und vor dem Schließen der Stadttore steuerte er das Kloster Neustifft an. Hier am Isartor war auch am Abend noch einiges los, sodass er hoffte, nicht aufzufallen. In der Nähe des Klosters wusste er aus den vorigen Jahren einen unauffälligen Unterschlupf. Am nächsten Morgen, sehr früh, hetzte er schnell und unerkannt weiter. In einer Ecke der Breymühle unterhalb des Dombergs, zwischen den Mehlsäcken der Lagerschuppen, fand er für die nächste Nacht wieder einen Schlafplatz. Die Vorsicht trieb ihn auch von dort noch vor Sonnenaufgang weiter. An den Mühlen vor der Stadt hatte er schon früher immer wieder Unterschlupf gefunden. Bei Tags streunte er am Ufer der Isar unweit der Brücke herum. Sobald die Sonne untergegangen war, und in den Mühlen die Arbeit ruhte, schlich er sich wieder näher an die Stadt heran. In der Steinmühle und der Weiglmühle beim kleinen alten Münchner Törl wusste er in einem der Geräteschuppen einen Unterschlupf für die nächste Nacht. Er hatte wenig gegessen die letzten Tage, aber trotz seines Hungers traute er sich nicht zurück in die Stadt. Bei einem der Bauern in den umliegenden Dörfern hoffte er etwas zu Essen zu ergattern und huschte noch vor Aufgang der Sonne weiter an der sumpfigen Moosach entlang, denn er wusste, dass er hier, so nahe an der Stadt, nicht bleiben konnte. Nahe des Veitstors im Schutz der Bäume unterhalb des Klosterbergs von Weihenstefen hastete er weiter, um ins nächste Dorf, nach Veting, zu kommen. In der Sägemühle an der Moosach fand er Unterschlupf für die nächsten Tage und Nächte. Nirgends wollte er lange an einem Ort bleiben. Zu sehr spürte er die Schlinge, die sich um ihn zuzuziehen begann.

In der Umgebung der Stadt, auf den Höfen und in den Dörfern suchte er in den darauffolgenden Nächten nach einer Bleibe, wo er für länger verschwinden konnte. Von Veting aus entfernte er sich weiter von der Stadt, weil er sich hier nicht sicher fühlte. Doch nirgends fand er für längere Zeit eine bleibende Unterkunft. Heimlich schlich er sich in seiner Not, getrieben von Hunger und Kälte, nach einigen Tagen im Schutz der Dunkelheit in die Stadt zurück. Kurz bevor der Frühling den Winter besiegt hatte, schnappte die Falle zu. Erneut verschwand er in triste, graue Inhaftierung.

Fürstbischöfliche Bauten

Fürstbischof Eckher hatte die Zeit der letzten Jahre genutzt.

Für das Korbiniansbrünnlein, am bewaldeten Südhang des Weihenstefener Berges, hatte Fürstbischof Eckher sich für

Fürstbischöfliche Bauten

ein kleines Kirchlein zu Ehren des Wanderbischofs Corbinian eingesetzt, denn dem Wasser wurde eine besondere Heilwirkung zugesprochen, und es war am Hofe des Fürstbischofs an der Hoftafel sehr begehrt. Vom Kloster waren zünftige Handwerker aus der Stadt für den Bau gewonnen worden, und Johann Franz Eckher von Kapfing und Liechteneck hatte das kleine Gotteshaus im vergangenen Jahr eingeweiht.

Das Spital hinter dem Isartor unterhalb des Dombergs, das armen und kranken Bürgern in Not Hilfe bot, war zu klein geworden. Eckher hatte kurz nach seiner Ernennung zum Fürstbischof im Westflügel die kleine Kirche geweiht und in den Jahren danach die Planung für ein neues Spital vor den Toren der Stadt begonnen. Mit dem Bau des neuen Gebäudes an der Poststraße, die nach Landshut führte, hatte er sich zusammen mit wohlhabenden Bürgern der Stadt ein viel beachtetes Denkmal der Nächstenliebe gesetzt und dem Liebsbund den Betrieb übertragen. Besonders das Lyceum in der Stadt unter dem Domberg und der herrliche Saal, den die Gebrüder Asam so farbenfroh gestaltet hatten, waren ein weithin beneidetes Prunkstück in der Stadt an der Isar. Der Aufgang aus der Stadt zum Domberg war mit dem Kanzlerbogen und im Zusammenspiel mit dem Agilolfentor vom Isartor herauf zu einem herrschaftlichen Zugang zum Machtbereich des Fürstbischofs geworden. Mit dem Fürstengang hatte er seine geistliche und weltliche Macht sichtbar miteinander verbunden und damit seine Machtfülle auf dem Domberg untermauert. Der fürstbischöfliche Palast und der Dom waren ein weithin sichtbares und bekanntes Zentrum der Macht geworden. Fürstbischof Johann Franz Eckher von Kapfing und Liechteneck zeigte sich vollstens zufrieden.

Jetzt, nachdem Veit Adlwart wieder in Haft und im Hexenturm im Kerker festgesetzt war, galt seine ganze Aufmerksamkeit dem Dom. Endlich konnte er sich den kommenden Arbeiten besser widmen.

Als die Wege und Straßen nach dem regnerischen Frühjahr endlich abgetrocknet waren und die ersten sommerlichen Tage das Reisen angenehmer machten, ließ er die Kutsche für einen Besuch des Klosters in Weltenburg anspannen, damit er die Arbeiten der Gebrüder Asam persönlich begutachten konnte. Er hatte schon viel Bewundernswertes darüber gehört.

Er war zutiefst beeindruckt von den filigranen Stuckarbeiten, die Egid Quirin, der jüngere der beiden Brüder Asam, in den Kuppeln über den Seitenaltären gestaltete. Die vergoldeten Stuckreliefs, mit dem Abbild der Erzengel Raphael, Gabriel, Uriel und Michael, strahlten göttliche Erhabenheit aus. Alles sah einfach wunderbar aus. Sein älterer Bruder Cosmas Damian war gerade dabei, das Bildnis des Heiligen Benedikt über dem Bogen des Presbyteriums in herrlich leuchtenden und zugleich luftig leichten Farben zu vollenden. Die Farbenpracht begeisterte ihn. In dieser barocken

Fürstbischöfliche Bauten

Lebendigkeit schwebte ihm vor, das Leben des Heiligen Corbinian im Dom zu Freising malerisch darstellen zu lassen. Die barocke Neugestaltung des romanischen Doms zum tausendjährigen Jubiläum des Heiligen Corbinian sollte für die Nachwelt und für alle Zeit mit seinem Namen verbunden werden, mit Fürstbischof Johann Franz Eckher von Kapfing und Liechteneck.

Heimkehr über die Berge

„HERR, schenke mir Gnade zur Vollendung meines Auftrages, in Christus", so hatte er demutsvoll für sich selbst erst vor wenigen Tagen die Zeit in Kuens innerlich beschlossen.

Es galt nun vieles vorzubereiten. Eine neuerliche Trennung stand bevor; er spürte, dass es ein endgültiger Abschied aus Sankt Zeno sein würde. Viele Abende besprach sich Corbinianus mit seinen Brüdern.

„Werdet Ihr mich nach Frisinga begleiten?", wollte er eines Abends wissen. Er wusste, dass er dafür sorgen musste, dass das Kloster nicht verwaiste, und es deshalb auch für seine Brüder nicht einfach war, diese Entscheidung zu treffen.

„Wir würden Dich gerne alle begleiten", brach einer der Brüder das Schweigen. „Doch wir wollen auch unser Kloster nicht der Verwahrlosung preisgeben!", kam sogleich die Sorge hinterher. „Und die Menschen unten im Tal können wir doch auch nicht nur allein ihrem Schicksal überlassen. Sie brauchen unsere Unterstützung beim Bebauen des Landes", ergänzte einer der Brüder, „und auch ihr Glaube wird ohne unsere Hilfe schwach werden", ein anderer. Es gab viele Einwände gegen die Aufgabe des Klosters. „Und wir müssen die Kinder unterrichten – ohne sie wird das Tal und die Gegend keine Zukunft haben!", schloss Corbinianus den abendlichen Austausch der Gedanken etwas wehmütig.

Heimkehr über die Berge

Durch die Gespräche war es Corbinianus nicht leichter geworden, aber er begann sich nun auf die Abreise nach Frisinga vorzubereiten.

Zwischenzeitlich hatte jeder einzelne der Brüder seine Entscheidung treffen müssen, ob er hierbleiben oder mit Corbinianus über die Alpen zurückkehren würde. Nun wurde Proviant gepackt und die wenigen Habseligkeiten verstaut, die auf die Pferde, Esel und Mulis sorgfältig verladen werden sollten, um am nächsten Morgen aufzubrechen.

Corbinianus wurde bei seiner Rückkehr in Frisinga unter großem Jubel und Frohlocken empfangen. Die Bürger der Stadt huldigten ihm wie einem Erlöser. Sie hatten ihn in seiner Demut, Fürsorge und Hingabe, seiner Sorge für Ärmste und Bedürftigste, schmerzlich in ihrer Stadt vermisst.

Mit seinen Gefährten zog er an der Kirche von Sankt Veith vorbei und hinauf auf seinen Klosterberg, auf dem er vor seiner Flucht mit dem Bau seiner Mönchsklause und einer kleinen Klosterzelle begonnen hatte. Eine gewisse Traurigkeit hatte ihn über die Berge begleitet. Das Kloster Sankt Zeno in Kuens war ihm zu einer neuen Heimat geworden. Dort, so hatte er in seinem Herzen beschlossen, wollte er eines Tages seine letzte Ruhestätte finden und begraben werden. Nun aber war er hier, hier an der ihm vom Heiligen Vater zugewiesenen Wirkungsstätte. Hier und jetzt sollte er die durch die Flucht unterbrochene Hinführung der Menschen zu Christus fortsetzen und ihnen ein Vorbild sein.

Heimkehr über die Berge

Die Lebensregeln eines benediktinischen Mönchs würden die feste Grundlage seines Lebens und Schaffens werden. Er versprach sich selbst erneut, seinen GOTT, den HERRN, mit ganzem Herzen zu lieben, mit ganzer Seele und ganzer Kraft, und ebenso seinen Nächsten in gleicher Liebe zu begegnen. Niemals wollte er einem anderen antun, was er selbst nicht erleiden mochte. Er verordnete sich eine innige Einkehr und Fastenzeit und versprach sich und seinem HERRN, den Bedrängten zu Hilfe zu kommen, Trauernde zu trösten und der Liebe zu Christus nichts vorzuziehen.

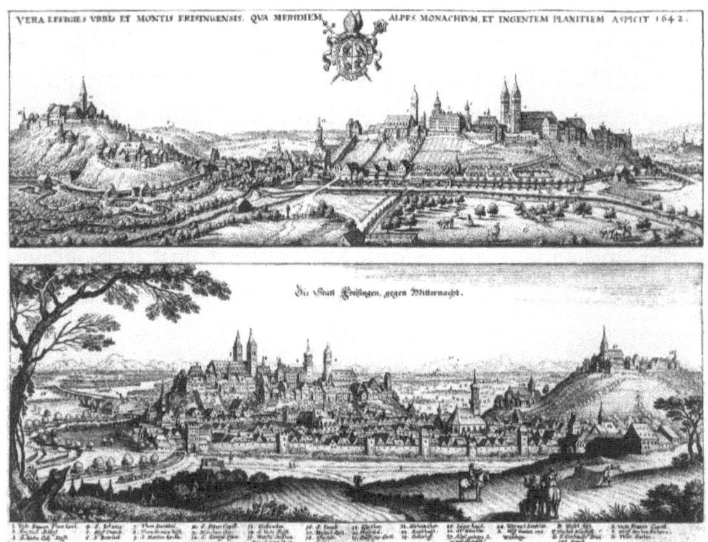

Abbildung 6:   **Ansichten von Freising im 17. Jahrhundert**

Heimkehr über die Berge

Corbinianus wusste um seine besondere Aufgabe, die Menschen des Herzogtums und seines Umlands im christlichen Glauben zu belehren und zu unterrichten. Sein besonderes Augenmerk galt den Kindern der umliegenden Dörfer und Höfe. Schon bald wurde Sankt Stephanus zu einem Ort der Erziehung zum christlichen Leben, der Wissenschaft, Dichtung und der Künste.

Manchmal dachte Corbinianus an seine Kindheit und Jugend zurück, als er nach den Regeln seiner irischen Vorfahren, den Regeln Columbans, erzogen worden war. „Nach Columban habe ich in meiner Jugend die Genügsamkeit gelernt, die mir auch heute immer noch große Dienste tut", dachte er bei sich. Aber er erinnerte sich auch der harten Selbstkasteiung, der Prügel und Strafen, die ihm nach Übertretung der asketischen Regeln verpasst worden waren. Er stattdessen, so hatte er beschlossen, wollte den Kindern in der Liebe Jesu begegnen und ihnen die frohe Botschaft des Evangeliums ans Herz legen.

Im Hexenturm gefangen

Veit Adlwart fand sich plötzlich im Hexenturm wieder in Gefangenschaft. Bösen Vorahnungen und die Erinnerung an seine Auspeitschungen und Folterungen quälten ihn Tag für Tag und Nacht für Nacht.

An einem regnerischen Tag im April wurde er zum Verhör gebracht. Er sei „vor Faulheit von der Arbeit ferngeblieben" und sei „stattdessen im Müßiggang und bettelnd herumgezogen", warf ihm der Stadtrichter vor. Adlwart wehrte sich, versuchte sein aufrichtiges Bemühen um Arbeit, Lohn und Broterwerb zu beweisen. Selbst kleine Diebstähle waren ein harter Vorwurf und ein ausreichender Grund für harte Strafe. Der Stadtrichter versuchte ihm den Aufbruch eines Opferstocks anzuhängen. Adlwart widersprach, daran beteiligt gewesen zu sein.

„Die großherzigen Spenden der Fürsorge und die Herren des Liebsbund haben alles nur in ihrer Macht und in ihren Möglichkeiten stehende getan und nichts unversucht lassen, dir nach deinen Verfehlungen ein ordentliches und tugendsames Leben zu ermöglichen!", hob der Stadtrichter vorwurfsvoll an. „Und was hast du mit dieser Großherzigkeit gemacht? Mit Nichtstun die Zeit verschwendet, mit Bettelei durch die Gassen gezogen, faul, unnütz und arbeitsscheu den aufopfernden Honoratioren der Stadt die Stirn geboten! Wieso bist du aus der Kost weggegangen?"

Im Hexenturm gefangen

Adlwart ahnte, dass er wenig Unterstützung seitens der Zeugen bekommen würde. „I hob ned faul in da Schtod um'nand g'lungert", versuchte er sich selbst zu verteidigen. „Und von der Kost bin i weg'ganga, wei's ma jed's Stück'l Brot vorg'hoid'n ham, des i mia hab fast derbettel'n hob miass'n."

Veit Adlwart begann für Gerechtigkeit vor seinen Anklägern zu kämpfen.

Er versuchte den Vorwurf der Faulheit zu entkräften. „G'arbeit hob i jed'n Tog. Frogd's an Strumpfstricker! Fäd'n hob i g'spult jed'n Tog von da Frua bis auf'd Nocht, gar am Feiertog bis umma zwoa!". Mit Nachdruck beteuerte er, gern gearbeitet zu haben.

„Ja, s'strick'n war ned mei Sach, aber g'spunna hob i gern. A recht's Handwerk hätt' i hoid gern lerna meng'", verteidigte er sich weiter.

Freiherr von Waldkirch stellte die Aussagen der Franziskaner und anderer Zeugen gegenüber, die seine Unzuverlässigkeit belegen sollten. Das Verhör hatte er gründlich vorbereitet. Ein Stakkato von Fragen und Vorwürfen brach über Veit herein. Bewusst hatte der Stadtrichter mit den geringfügigeren Vergehen den Anfang gemacht. Er hoffte, Adlwart nachzuweisen, dass er sich am Opferstock in der Kirche bereichert hatte. „Mit wem warst du denn in der Franziskanerkirche und wie habt ihr den Opferstock vom Liebsbund aufgebrochen?", wollte er wissen, in der

Im Hexenturm gefangen

Hoffnung, dass Veit beginnen würde, andere zu beschuldigen.

Aber Veit Adlwart zwang sich dazu, bei der Wahrheit zu bleiben, keine Ausflüchte zu suchen und schon gar nicht der Versuchung zu erliegen, andere zu beschuldigen. Er wusste aus schmerzvoller Erfahrung, dass damit die Gefahr nur größer wurde, im Kreuzverhör mit weiteren Beschuldigten zum Spielball des Gerichts zu werden. „I hob nix g'numma in der Kirch und woaß nix' vun an Aufbruch von an Opferstock", beteuerte er wahrheitsgemäß.

Von Waldkirch suchte nach Verbindungen zwischen der mutmaßlichen Arbeitsscheu des Verhafteten, seiner Bettelei auf den Gassen der Stadt, und den Diebstählen. Sein Katalog an Fragen und Nachforschungen schien unerschöpflich. Ohne Pause konfrontierte er Adlwart mit seinen Ermittlungen, die er gegen die unbeliebten Gassenraupen der Stadt hatte einleiten lassen, und derer er habhaft werden wollte. Münzen aus den Opferstöcken zu stehlen galt nicht nur als gewöhnlicher Diebstahl, sondern als schwerwiegender und hart zu bestrafender Kirchenraub.

Von Frage zu Frage biss sich der Stadtrichter fester. Selbst Kleinigkeiten wusste er geschickt zu nutzen, um Zusammenhänge zwischen seiner Flucht aus der Kostfamilie, seiner Bettelei, den kleinen Verfehlungen bei der Arbeit, im Unterricht und bei den Patres herzustellen und auszuschlachten. Veit Adlwart geriet immer wieder und immer tiefer in Bedrängnis, obwohl ihn der Stadtrichter mit dem Vorwurf des Diebstahls noch gar nicht ernsthafter konfrontiert hatte.

„Wie war das, als du mit dem Schustermiedl heimlich den Messwein getrunken hast?", wollte von Waldkirch vom verhafteten Adlwart weiterwissen.

Veit gab zu, dass die Beiden den Krug mit Messwein mit auf den Abort genommen hatten, um dort unbehelligt sich der Reste zu bedienen. Er versuchte weiter bei der Wahrheit zu bleiben, und sich bei seinen kleinen Schandtaten nicht in Widersprüche zu verzetteln.

Das aber war genau die Absicht des Stadtrichters. Er suchte nach einer Möglichkeit, Adlwart der Lüge zu überführen, die Aussage des Korporals zu belegen, dass Veit ein gewiefter Lügner sei. Dann konnte er seine gesamten Aussagen bezweifeln und ihn in den Sumpf der Anklage ziehen.

Er kam auf die alten Anklagepunkte zurück. Die unzüchtigen nächtlichen Gelage der Kinder, den Bund mit dem Teufel und die diabolischen Einflüsterungen des Bösen.

„Hat dir der Teufel eingeflüstert, nicht mehr zu den Franziskanern zum Unterricht ins Kloster zu kommen?", wollte von Waldkirch nun wissen, um Adlwart weiter in die Nähe des Teufels zu rücken und um eine Lüge zu provozieren.

Im Hexenturm gefangen

Adlwart zuckte. Er wusste, dass er in dieser Frage nicht ganz bei der Wahrheit bleiben konnte. „Bei da Arbeit ham's mi ned geh lass'n woin, wenn ned ois fertig war", schwindelte er vorsichtig und geschickt, und die Patres hätten wegen seines Ungehorsams selbst gesagt, „dass i ned mehr kimma soid". Der Stadtrichter bohrte weiter. Er wollte wissen, ob der Böse ihm auch einflüsterte, dem Kloster fernzubleiben. Immer wieder kam er mit neuen Fragen darauf zurück. Geschickt wechselte von Waldkirch die Themen, und kam vom Schwänzen des Unterrichts, zu den unzüchtigen Ausschweifungen, die schon im ersten Prozess gründlich befragt worden waren, dann zum Vorwurf der Trunkenheit und der Bettelei und wieder zurück zum Verschreiben mit satanischen Mächten und Gestalten. Adlwart wurde schwindelig. Das Tempo der Fragen drehte sich immer schneller.

Ja, der Teufel hätte ihm unter der Klostertür befohlen nicht ins Kloster zu gehen. Er sei davongelaufen und habe sich geschworen, nicht mehr zu den Patres zu gehen. Von Waldkirch jubilierte innerlich. Endlich wieder eine verwertbare Aussage zu den diabolischen Mächten, die Adlwart in Bedrängnis brachten.

Der Stadtrichter von Waldkirch holte die alten Protokolle hervor, die sein Vorgänger Lampfritzheim angefertigt hatte und in denen die nächtlichen ersten sexuellen Abenteuer der Kinder auf den sommerlichen Festen in den Dörfern und auf den Bauernhöfen des Umlandes festgehalten waren.

Weitere Verstrickungen

Der Teufel habe ihm eines Nachts eine Weibsperson ins Bett gebracht, gab Adlwart nach schier endloser Befragung zu Protokoll. „Des Weibsbild hod mi zum Sündig'n o'greizt" gab er vorsichtig zu, und „zur Unzucht hod's mi o'ghoit'n". Wieder bohrte der Stadtrichter weiter und weiter. Wie denn das vor sich gegangen sei, was das Weib mit ihm gemacht und was sie die ganze Nacht getrieben hätten. Adlwart erzählte von ihren Berührungen, wohligen Gefühlen der Lust, von Selbstbefriedigung und den Anstachelungen zu teuflischer Unzucht.

Stadtrichter von Waldkirch lehnte sich genüsslich zurück. Mit dem Verweis, er sei doch sicher bei all dem nicht allein gewesen, öffnete er geschickt die Tür, um andere der Verführung zu beschuldigen.

Veit Adlwart beteuerte, keine Kameraden bei seinen Unternehmungen bei sich gehabt zu haben.

Er blieb weiter in Haft. Der Hexenturm war weiter sein Verlies.

Weitere Verstrickungen

Der Stadtrichter ließ Veit Adlwart für einige Tage im Knast schmoren. Er hoffte, dass damit die schmerzhafte Erinnerung an die erste Inhaftierung und die peinlich von

Weitere Verstrickungen

Schlägen und Peitschenhieben begleiteten Befragungen zurückkehren würde. Er wusste nun, dass er die Verbindung von Adlwart und den teuflischen Mächten besser über die nächtlichen sündhaften Verführungen angehen konnte.

Wieder ließ er den Verhafteten aus seiner Zelle holen, in der Hoffnung, mehr über die Verbindungen von Veit Adlwart zu weiteren Bettlerkindern und zu verwertbaren Anschuldigungen in Erfahrung zu bringen.

Er machte Adlwart mit den Ergebnissen des ersten Verhörs gefügig und betonte, das habe Veit ja nun schon alles wahrheitsgemäß zugegeben und es ginge nun nur darum, etwas mehr darüber zu erfahren. Stadtrichter von Waldkirch wusste, dass Adlwart die Namen der Freunde nicht lange verschweigen konnte, die mit ihm gemeinsam die Feste und Feiern auf den Dörfern besucht hatten. Die Maschen des Netzes der Anschuldigungen um die Bettlerkinder sollten enger gestrickt und sorgfältig Stück für Stück zugezogen werden. Stadtrichter von Waldkirch bemühte sich, dem Wunsch des Hofrats schnellstmöglich nachzukommen, und die schändlichen Versäumnisse des ersten Prozesses zu beheben. Dieses Mal sollte mit dem Bettelvolk gründlich aufgeräumt werden.

Baron von Waldkirch hakte zu den sommerlichen Festen in den Dörfern und auf den Bauernhöfen des Umlandes nach, von denen er aus den Protokollen seines Vorgängers Lampfritzheim wusste.

Weitere Verstrickungen

„Wo seid ihr denn im Sommer auf den Bauernfesten gewesen?", wollte er erfahren, wohl wissend, dass dazu bereits Aussagen aus alten Protokollen vorlagen. Verstellt knüpfte er an die Namen an, die schon damals als Mitwisser und Beschuldigte im Raum gestanden hatten.

„In Veting drauß'n samma g'wen", gab Veitl wahrheitsgemäß zu Protokoll, „und a in Crantzberg und in Haidlfing drü'm, und zum Hopf'n in da Holledau". Der Stadtrichter stocherte nach weiteren Orten und Buben und Jugendlichen, die ihn auf die Feiern begleitet hatten. Nach und nach erfuhr von Waldkirch die Namen seiner Begleiter: Peter Grözl[30], der Görgl Maier[31] und der Schweiger Josef[32] seien mit ihm in Veting gewesen, gab er an, und Johann Ostermaier[33], Georg Zechetmaier[34] und der Schuri hätten ihn nach Haidlfing zu einem Fest begleitet. Und mit jedem Verhör wurde nun die Liste der Beschuldigten länger. Eine Welle von Verhaftungen konnte beginnen.

Und auch Kurbl Föderl geriet in sein Visier.

Einer nach dem anderen wurde aufgegriffen und die Zellen im Gefängnis füllten sich schnell.

Stadtrichter von Waldkirch hatte eine Strategie: Je mehr Verhaftete und Verhöre, so sein Kalkül, umso größer die Chance, dass einige ihr Schweigen zu den Teufelspakten brechen und als Denunzianten zu seinem verlängerten Arm würden. In den kommenden Monaten, von Mai bis in den Sommermonat Juli hinein, brach ein wahrer Sturm an

Verhören über die Verhafteten herein. Fast täglich holte man den einen oder anderen aus seinem Verlies. Jede Aussage und jedes noch so kleine Detail eines Geständnisses wurde umgehend im nächsten Verhör wieder benutzt, um weitere Geständnisse, Denunzierungen und zusätzliche Anklagepunkte zu erwirken. Den Gefangenen wurde regelrecht schwindelig beim Tempo, mit dem der Stadtrichter vorging, und sie wussten nie, was andere über sie bereits ausgesagt hatten. Sie alle gerieten mehr und mehr in Panik.

Kurbl war noch immer auf freiem Fuß.

Fürstbischöflicher Glanz

Fürstbischof Johann Franz Eckher von Kapfing und Liechteneck war über die Fortschritte der Baumaßnahmen, Restaurierungen und Renovierungsarbeiten in seiner Stadt Freising mit großem Stolz erfüllt. Auch nach Jahrhunderten würde man sowohl die vielen neuen Gebäude der Stadt als auch den Glanz des Doms mit seinem Namen, Fürstbischof Eckher, verbinden. Erst kürzlich hatte er mit den Gebrüdern Asam darüber gesprochen, wie die Wände des Freisinger Mariendoms mit Szenen aus dem Leben des Heiligen Corbinian zu bemalen seien, und ihre ersten Entwürfe hatten ihn sehr beeindruckt. Mit diesem Auftrag beabsichtigte er, die Vorbereitungen zum Jahrtausendjubiläum des Heiligen

Corbinian abzuschließen und sich selbst damit für die Nachwelt ein beeindruckendes und leuchtendes Denkmal seines Wirkens als Fürstbischof, seiner Macht und seiner Regentschaftszeit, zu setzen.

Ihm schwebten lebendige, farbenfrohe und detailreiche Fresken vor, die das Leben des Heiligen Corbinian in Chastres, seine Wunder und Pilgerwanderungen, seine Begegnungen mit dem Papst in Rom und mit seiner Bischofsweihe, seine Zeit im Kloster Mais bei Kuens, und die Bedeutung und sein Wirken in der Stadt Freising bis über seinen Tod hinaus, darstellen sollten.

Nur die Prozesse der Bettlerkinder gingen ihm nicht zügig genug voran. Er war ärgerlich.

Veit Adlwarts Prozess

Nach einigen Wochen, Ende April, zerrte man Veit Adlwart zum zweiten Verhör vor den Stadtrichter, der wieder aufs Neue von vorne begann und Veit alles vorbetete, was er schon erzählt und zugegeben hatte. Regen prasselte von draußen gegen die Scheiben des Amtszimmers und wechselte von einem Augenblick auf den anderen, mit Sonnenstrahlen und dann wieder mit Schneegestöber.

Erneut wurde er zu seinen nächtlichen sexuellen Abenteuern ausgefragt. „Wie war das in der Nacht mit deiner Walburga?", wollte von Waldkirch wissen. „Sag, was genau hast du alles mit deiner Hand unter der Decke gemacht?", bohrte er weiter. „Wie oft seid ihr denn beieinander gewesen, und wer war alles dabei?". Jedes Detail schien den Stadtrichter zu interessieren. „Wo überall habt ihr euch denn getroffen?", war die zunächst letzte Frage des Stadtrichters zu seinen Weibergeschichten.

Der Stadtrichter wechselte das Thema.

Er konfrontierte ihn mit dem Vorwurf, einen geheiligten Rosenkranz weggeworfen zu haben. „Du hast dabei die Heilige Maria eine Hexe und Hure genannt", zitierte er aus den Verhören mit anderen Buben. „Ja scho, oba bloß wei mi de Heilige Frau und de Beter Ringerl vom Kranz ned gschützt ham und wei' mi de Saubuam recht verhau't ham", rechtfertigte er sich. „An Herrgott hob i ned g'fluacht" beteuerte er, „bloß o'klagt, wei' mi dea Sauhund ned wia vom Rosn'kranz versproch'n b'schützt hod und mi de Buama g'schlong ham", suchte er verzweifelt seine Schuld abzuschwächen.

Unerbittlich ging es mit neuen Anklagen weiter.

Freiherr von Waldkirch wollte Geständnisse zu den Hexentänzen hören. Veit weigerte sich. Der Stadtrichter wertete für sich das Verhör für den Tag als Erfolg und ließ zur

Veit Adlwarts Prozess

Feier des Tages den Burschen noch ordentlich mit der Spitzrute traktieren.

Wieder schmachtete Veit Adlwart für eine weitere Woche im feuchten, dunklen Verlies.

Die Erinnerung war noch frisch, die Wunden am Rücken schmerzten. Der Ort des Verhörs hatte gewechselt. Veit wurde in die Folterkammer gebracht. Der schaurige Anblick hatte seine Wirkung.

„Ja, is scho lang her, scho vor'm Kerker is g'wen", gab er jetzt vorsichtig zu. „So auf oa'n oder zwoa Tänz mog i scho g'wen sei", gab er zu und begann sich mit den Details zu seinen nächtlichen lustvollen Abenteuern zu verstricken. Mal war er „mit de' Weiberleit" beisammen gewesen, mal bei seinen teuflischen dämonenhaften Begleitern in homoerotischen Vergnügungen. Von Frage zu Frage und von Antwort zu Antwort legten sich die Fesseln immer fester um ihn.

Einmal erzählte er von Tänzen in Veting unter den Schmieden, dann von Festen in Marzling und schließlich wieder von einer Schmiede. Am Ende zählte ihm der Stadtrichter fast zwanzig Tänze auf, die er sich unter all den Erzählungen der Bettelbuben notiert hatte.

Stadtrichter von Waldkirch rieb sich zufrieden die Hände. Seine Liste der Namen umfasste nun fast ein halbes Hundert Namen, und dabei ein gutes Dutzend jugendlicher Bettlerbuben. „Das wird schon reichen, das Gesindel aus der

Stadt zu jagen und zu vertilgen", dachte er zufrieden bei sich, und ließ Veit nach einer abschließenden ordentlichen Auspeitschung wieder abführen.

Die Tage im Hexenturm waren endlos. Die kalten und dunklen tiefschwarzen Nächte von bösen und schaurigen Träumen erfüllt, halb wach von den blutigen schmerzenden Zeugnissen seiner Auspeitschungen, halb im Traum von dämonischen Teufeln und Mächten verfolgt. Seine Verzweiflung wuchs von Woche zu Woche. Nun war er schon wieder seit fast zwei Monaten in Haft und unter Tortur.

Veit Adlwart sehnte ein Ende der Folterhaft herbei. „Beicht'n mech'ad i" beteuerte er beim nächsten Verhör vor dem Richter, „und sterb'm!", gab er reumütig zu. Adlwart war in seinen Kindertagen Ministrant gewesen und mit den kirchlichen Riten und Bräuchen gut vertraut.

Der Stadtrichter tischte ihm die Geschichte und den Frevel mit dem Messwein wieder auf.

„Was habt ihr denn mit dem Wein und den Hostien damals in der Kirche angestellt?", wollte er wissen. Veit war müde. Dieser Alptraum sollte endlich aufhören. Wenn er nur alles gesagt hätte, dann wäre hoffentlich bald alles vorbei, hoffte er. „Ja", gab er zu, „d'Hostie hob i heimli' aus'm Mund g'numma und an Wein z'erscht oba lass'n" erzählte er erstaunlich gelassen und gab das Sakrileg zu. „Wär i doch bloß scho mit di erster'n Buam g'schdorm" resignierte er.

Veit Adlwarts Prozess

Zum Zeichen seiner Ausweglosigkeit ließ der Stadtrichter nach dem Verhör sein Zellenfenster wie einen lebendigen Sarg mit Brettern vernageln. Veit Adlwart tobte. Er schrie. Er bettelte. Er winselte um Licht in seinem Verlies. Er träumte davon, wie man ihm den Kopf abschlägt und wachte schweißgebadet in seiner Finsternis auf. Veit Adlwart weinte zu ersten Mal.

Mittlerweile war es fast schon Sommer geworden. Veit Adlwart hatte nun ein halbes Dutzend Verhöre, Auspeitschungen und ewige Isolation hinter sich. Er war anderen Angeklagten gegenübergestellt und mit den Aussagen weiterer Inhaftierter konfrontiert worden. Er wurde zusehend mürbe, kraftlos und müde. Kaum waren die Striemen und Wunden der Peitschen und Spitzruten notdürftig verheilt, wurde er zum nächsten Verhör geschleift. Die Torturen schienen kein Ende zu nehmen.

Erneut konfrontierte ihn der Stadtrichter mit dem Vorwurf des Mäusemachens. „Der Seppl Schwaiger hat geschworen, dass du ihm daheim das Mäusemachen vorgeführt hast!". Veit Adlwart beteuert wieder und wieder seine Unschuld, dass das nur ein heimliches Taschenspiel gewesen sei. Aber weitere Zeugen belasteten ihn. Der Vorwurf der Hexerei war nicht loszuwerden.

Veit Adlwart hatte, wie viele andere Buben, an den Jagden des Fürstbischofs teilgenommen. Als Träger der Gewehre, Helfer, Hundeführer und bei der Vorbereitung der Vogeljagd ließen sich dabei leicht ein paar Münzen verdienen, und ganz nebenbei bei ein paar Schuss seine Treffsicherheit unter Beweis stellen. „Des' muass jo mi'm Deifi zugeh', wia da Veitl trifft!" hatten einige seiner Kameraden damals bewundert. Alles schien wie Hexerei.

„Wir werden dir helfen, den Teufel loszuwerden!", beteuerten sie dem scheinbar dem Teufel verschriebenen und der Hexerei bezichtigten Burschen. Unter vereinten Exerzitien mühten sich die Exorzisten, verstärkt durch den Kaplan des Bischofs, bei Veit den Teufel mit Amuletten und Weihwasser auszutreiben und die Dämonen zum Sprechen zu bringen. Eine dämonische Geschichte nach der anderen wurde dabei dem scheinbaren Teufel entlockt.

Veit Adlwart sehnte seinen Tod herbei, und dachte daran, wie er seinem Leben selbst ein Ende setzen könnte.

Der Stadtrichter ließ ihn in einem weit entfernten Seitentrakt des Hexenturms isolieren und in der dunkelsten Ecke des Hexenturms schmoren. Er wurde Tag und Nacht wie ein Schwerverbrecher bewacht.

Stadtrichter von Waldkirch bohrte weiter nach dem Zusammenhang zwischen dem Teufel und dem grün berockten Jäger, den Veit Adlwart bei den Verhören und in seinen Träumen immer wieder erwähnt hatte und als Teufel gesehen haben wollte. Wie er genau ausgesehen habe, wollte er wissen, wo er ihn getroffen und gesehen hätte, wie er sich gebärdete und woran er ihn als Teufel und Dämon erkannt hätte.

Veit erzählte von den Begegnungen auf den Tänzen, seinen Worten und Einflüsterungen. Er war schon lange nicht mehr imstande, zwischen Wirklichkeit und Traum zu unterscheiden. Hatte er ihn nicht schon auf der Korbiniansdult zum ersten Mal unter den Gauklern gesehen? Er wusste es nicht mehr. Er wusste noch, dass er bei den Feiern und Festen, als es gar lustig hergegangen und er auf der Jagd nach Resten von Bier und Schnaps erfolgreich gewesen war, einem Jägersbub begegnet war, der ihn sogar bei einem Hexenritt begleitet hatte. Adlwart lachte im Verhör. Der Stadtrichter meinte das Lachen des Teufels persönlich gehört zu haben und fragte weiter. „Wohin seid ihr denn geritten?", wollte er wissen, „und was war da mit dem Wetterzauber?", ließ er aus den anderen Verhörprotokollen einfließen.

„Am Laubenbräu beim Rathaus samma g'sess'n", gab er freimütig zu Protokoll. „A Wetter ham' mr g'macht. Von Weihenstefen hot's as' Glock'nläut'n von Sankt Veit umma tron'g. Und von do hamm'as Weda in Pettenbrunn beim Bauern ein'schlong lass'n und in Tünzhaus'n an Blitz mit Donner und Hogl in heiligen Sankt Eberhards Baam!" erzählte er fast ein wenig stolz und zog dabei den Strick um seinen Hals nur noch fester zu.

Veit Adlwarts Prozess

Alle paar Tage wurde Veit Adlwart zu einem neuerlichen Verhör geführt. Immer wieder wurde er anderen Gefangenen gegenübergestellt und mit ihren Beschuldigungen konfrontiert. Sein kurzfristiger Stolz war längst wieder neuer Verzweiflung gewichen. Als er von Seppl Schwaiger des Mäusemachens bezichtigt worden war, hatte er bitter geweint und immer wieder hatte es ihm Tränen ausgepresst, wenn er daran erinnert wurde. Die Zahl der Verhöre hatte er längst aufgehört, ebenso zu zählen, wie die Peitschenhiebe und blutigen Wunden.

Ein dunkler Fleck waren für Baron von Waldkirch immer noch die homoerotischen Abenteuer der Kinder. Des Öfteren war in den Verhören der Kammerhof aufgefallen, der sich gleich außerhalb des Ziegeltors und der Stadtmauer in der Nähe des Gottesackers befand, wo die Kinder das erste Mal beim Mäusemachen am Paintl entdeckt worden waren. „Was habt ihr denn am Kammerhof gemacht?", wollte der Stadtrichter ganz unschuldig wissen. „Habt ihr da den Stieren und Kühen zugesehen?", versuchte er Veit Adlwart wieder gesprächig zu machen. Er erfuhr, wie die Buben bei der Besamung der Rinder zugesehen und wie sie die Erektionen der Stiere bewundert hatten und dabei ihre eigene Fantasie erregt worden war. „G'stiert hamma halt", erzählte er nach einigem Zögern, „und harte Zipfe ham mr' uns g'macht". Die Liste der Beschuldigten wurde länger und länger und war damit erneut um einiges angewachsen.

Stadtrichter von Waldkirch hatte die Zusammenhänge der Unterschreibungen des Teufels im Visier und suchte nach einem Hebel, um andere Buben der Hexerei und des Teufelspakts anzuklagen: „Der Grözl Peterl hod si mit mir am Deifi unterschria'm, und da Föderl Kurbl a' dazua".

Von Waldkirch schmunzelte zufrieden. Er wusste sich auf einem erfolgversprechenden Weg.

Kurbl geriet ins Blickfeld des Stadtrichters. Der Name Föderl Kurbl war nun schon so oft gefallen.

Fresken von Corbinian in Chastres

Die ersten Fresken im Dom nahmen Gestalt an. Cosmas Damian Asam hatte Corbinian gemalt, wie er in Chastres mit dem Kreuz in der Hand seine Kapelle bauen ließ, wie er durch ein Wunder ein Weinfass vor dem Verlust des wertvollen Getränks bewahrt hatte, und eine gestohlene Eselin samt Dieb durch ein Gebet zurückgebracht hatte. Nun war er gerade dabei, den fränkischen Hausmeier Pippin bei seinem Besuch in der Einsiedelei des Corbinian im vierten Fresko bildhaft darzustellen.

Fürstbischof Eckher war entzückt von der Lebendigkeit der Darstellung und der Pracht der Farben.

Peter Grözl

Nur die Prozesse der Bettlerkinder gingen ihm nicht zügig genug voran.

Er war wütend.

Peter Grözl

Stadtrichter von Waldkirch hatte genug Grund, den Peter Grözl genauer unter die Lupe zu nehmen. Nicht nur, weil Veit Adlwart mit ihm zusammen auf den Tänzen gewesen war und sich dem Teufel verschrieben zu haben schien, sondern weil er ihm als missgestalteter „krummer Peterl von Neustifft" von außerhalb schon lange ein Dorn im Auge war und als Bettlerkind nicht ins Bild einer schön herausgeputzten fürstlichen Residenzstadt passte.

Schnell hatten die Amtleute versucht, alle Beschuldigten von der Liste des Stadtrichters zu erwischen, die Veit Adlwart in seinen Verhören erwähnt hatte. Der 13-jährige krumme Peterl war leicht aufzutreiben gewesen und an einem warmen Morgen Anfang Mai verhaftet worden.

Dort in Neustifft bewohnten die Eltern des krummen Peterl ein Häuschen am Hang, gleich in der Nähe der Klostermauern. Das Geld im Haus der Tagelöhner war immer knapp, und die gelegentliche Arbeit besserten alle

Peter Grözl

gemeinsam mit der Bettelei auf, besonders in der schlechten Jahreszeit.

Der Stadtrichter listete seinem neuen Häftling alle Anschuldigungen von Veitl auf, die er aus dessen Verhören zusammengetragen hatte: Dass er doch immer mit dem Veit Adlwart durch die Stadt und um die Dörfer gezogen und auf den Tänzen und Festen dabei gewesen sei, und dass Veit Adlwart gestanden habe, wie er sich mit dem Grözl dem Teufel verschrieben habe. Von Waldkirch zählte die Namen der Gassenraupen auf, die er aus den Verhören mit Adlwart notiert hatte.

Peter Grözl leugnete.

Stadtrichter von Waldkirch wusste, dass er ihn weichkochen würde.

Zwei Wochen später knüpfte er sich den krummen Peterl erneut vor.

Der krumme Peterl wurde wieder in Schellen zum Verhör vorgeführt und von Waldkirch bedeutete ihm gleich, dass hinter dem Vorhang die Tortur auf ihn wartete, wenn er nicht schnell mit der Wahrheit herausrücke. Er schob den Vorhang einen Spalt breit zur Seite und zeigte Peterl genüsslich das Arsenal des Eisenamtmanns: Die Leibgürtel, die Fuß- und Handschellen, die Klemmstöcke für peinliche Verhöre, und die Beinschrauben, die zum qualvollen Zusammenpressen der Beine angelegt wurden. Dazu die

Peter Grözl

Böcke, Pritschen, Bänke und Tische, auf die der Scharfrichter die Delinquenten aufbinden konnte, und das umfangreiche Arsenal an ausgefransten Ruten, Peitschen und Karbatschen, die je nach Belieben wechselnd zum Einsatz kamen.

Wieder hielt ihm der Stadtrichter die Anschuldigungen vor, die Veit Adlwart gestanden hatte. Tanz für Tanz und Fest für Fest weidete er genüsslich aus und holte dann Veit Adlwart herein und konfrontierte ihn mit seinen Geständnissen.

Der krumme Peterl blieb weiter standhaft und leugnete.

Der Stadtrichter ließ ihn hinter den Vorhang in den Folterraum führen und zeigte ihm eine Peitsche nach der anderen, und Rute für Rute. „Magst du dir nicht die Schmerzen ersparen, Peterl?", fragte er hinterhältig fürsorglich. „I woar ned dabei!", beteuerte Peter Grözl weiter standhaft. Der Stadtrichter ordnete die erste Runde von fünf Peitschenhieben an, um sich noch ausreichend Spielraum für schmerzhaftere peinliche Befragungen zu lassen, und der Eisenamtmann band ihn auf den Bock. „Eins, zwei, drei", zählte er die Peitschenhiebe, nachdem er zwischen jedem Hieb eine genüssliche Pause eingelegt hatte, um dem Schmerz etwas Zeit zur Entfaltung zu geben. „Vier, fünf", folgten die weiteren verordneten Hiebe mit der Peitsche.

Mit blutenden Striemen auf dem Rücken wurde er losgebunden.

Peter Grözl

„Und: Magst' weiter leugnen, dass du beim Tanz dabei gewesen bist und dass du nichts mit dem Teufel gehabt hast?", fragte von Waldkirch den zitternden Grözl. Der krumme Peterl schüttelte weiter den Kopf, sah sich suchend nach Hilfe um und witterte im ganzen Raum und in jeder Ecke den Teufel, der ihn versuchte. „Wir werden unser Verhör bald fortsetzen, drohte der Stadtrichter und wusste, dass der krumme Peterl bald reden würde, wenn er die Anzahl und Wucht der Hiebe steigerte.

Der Stadtrichter ließ den armen Grözl nun für mehr als einen Monat im dunklen Verlies verschwinden, um ihm etwas Zeit zum Nachdenken zu verschaffen.

Es war heiß geworden im Juli. Inzwischen war der krumme Peterl von den Patres mit Amuletten, Weihwasser und Kruzifixen bei der Inquisition zum Reden angeregt worden. Die Dunkelheit im Hexenturm ließ den Buben den Teufel in jeder Ecke vermuten und die Angst vor weiteren peinlichen Verhören, Peitschenhieben und Rutenschlägen trieb ihn angstvoll um. Peterl begann mit sich selbst und mit dem Teufel zu reden. „I mog di nimma!", hielt er dem Teufel vor, der ihm eingeredet hatte, nichts zu sagen und alles zu leugnen. „I ko nimma, und i mog nimma!" wiederholte er und riss sich das Amulett vom Hals.

Wieder ein neues Verhör. Wieder zeigte ihm der Stadtrichter das Arsenal an Folterwerkzeugen. Und erneut listete ihm von Waldkirch ausgiebig auf, welche Geständnisse er in der

Peter Grözl

Zwischenzeit von Veit Adlwart und anderen erzwungen hatte. „Magst du nicht der Peitsche und der Karbatsch'n entsagen?", fragte er gleich zu Beginn. „Weißt du noch, wie viele Hiebe du letztes Mal bekommen hast? Du kannst dich bestimmt erinnern, wie peinlich das alles war, oder?"

Peterl zuckte. Der Teufel lauerte hier überall. Nein, er wollte nicht gestehen. Der Eisenamtmann führte ihn hinter den Vorhang und band ihn auf den Tisch. Der Stadtrichter verordnete, die Anzahl der Streiche zu verdoppeln, und von einem Peitschenhieb zum nächsten deutlich die Strenge zu erhöhen. Der krumme Peterl überstand die ersten fünf Hiebe, dann flehte er um Gnade und gestand: „Ja, i woa bei de Tänz' mi'm Veit dabei", gab er erzwungen zu, „und mi'm Deifi ei'gschrie'm hat mi der Veitl a' unterm Bam", und hoffte, dass damit die Tortur ein Ende finden würde.

Der Stadtrichter lächelte zufrieden. Er hatte recht behalten. Die Auspeitschung hatte ihre Wirkung gezeigt. Die Liste der Geständigen erweiterte sich. „Das nächste Mal ersparst du dir lieber die Schmerzen", bot er dem Grözl vergnügt an, „und dann reden wir über den Teufel und über das Wettermachen, von dem mir der Veit alles erzählt hat", und entließ den Grözl aus der Tortur.

Eine gute Woche später knöpfte er sich den geschundenen Buben erneut vor, ein letztes Mal, wie er hoffte.

Die letzten Streiche mit der Spitzrute, die Dunkelheit im Kerker und die Isolation hatten ihre Wirkung nicht verfehlt.

Peter Grözl

Bereitwillig, bestätigte der kleine 13-jährige Grözl, dass er dabei gewesen sei, wie der Veitl „ein Wetter gemacht" hätte.

Wochen vergingen. Keiner wusste genau, ob die Geständnisse in die vage erhoffte Freiheit oder in den fast sicheren Tod führen würden. Die spärlichen Möglichkeiten des Kontakts und von Zurufen im Gefängnis verunsicherten mehr, als dass sie den Delinquenten für Absprachen genutzt hätten. Widerrufe folgten auf Geständnisse und, umgekehrt, Geständnisse auf Revokationen. Dazwischen wurden sie für Auspeitschungen auf die Bank gebunden und mussten Folter und Torturen über sich ergehen lassen. Die Qualen schienen kein Ende nehmen zu wollen. Einmal beteuerte Grözl, dass die Geständnisse gewiss wahr gewesen seien, um der Qual ein Ende zu machen, dann wieder, dass der Widerruf der Wahrheit entspräche, in der Hoffnung, dadurch dem Todesurteil zu entkommen.

Immer wieder versuchten die Buben die Schuld für die Vergehen von sich zu weisen, und sich gegenseitig der Anstiftung zu bezichtigen.

Aber sie versanken dabei nur noch tiefer im Sumpf der Anklage.

Der Stadtrichter war froh, als er vom krummen Peterl endlich ein abschließendes Geständnis erpresst hatte. „Jo, i hob mi wirkli' mi'm Adlwart unterm Bam' an der Isarbruck'n beim Sonnwend' am Feuer am Deifi verschriab'm, auf den Tänz bin i mit eam g'wen und Wetter ham mr g'macht", gab Peterl zum Geständnis an. Endlich war er einen großen Schritt weitergekommen, näher an eine Verurteilung, näher dem Schafott. Und es war gut, den krummen Peterl weiter am Sprechen zu halten, um weitere Denunziationen zu Protokoll nehmen zu können. Die Liste der Anschuldigungen kreuz und quer über das Netz der Bettlerkinder wuchs weiter und weiter.

Endlich war der Stadtrichter so weit, dass ihm der krumme Peterl nicht weiter von Nutzen sein musste. Er wollte ihn so bald wie möglich vor dem Henker sehen.

„Der Föderl Kurbl ho'd se a am' Deifi verschriab'm, am Kammerhof am Birnba'm". So hatte es der Veit verkündet. Und der krumme Peterl hatte die teuflische Unterschreibung bestätigt und auch den Zechetmaier Georg beschuldigt.

Kurbl Föderl und Georg Zechetmaier standen nun endgültig auf der Liste des Stadtrichters.

Fresken von Pilgerreisen Corbinians

Die Fresken im Dom machten große Fortschritte. Cosmas Damian Asam war gut vorangekommen. Unermüdlich malte er daran, wie Corbinian das Örtchen Chastres verlassen hatte und nach Rom gepilgert war, wie er vom Heiligen Vater, Papst Gregor, die Bischofswürde empfangen hatte und verehrt worden war, wie er das Bärenwunder vollbracht hatte und auf wundersame Weise vom Adler mit einem Fisch versorgt worden war. Er malte Corbinian in Rom, mit Pallium, Mitra und Bischofsstab, seine Rückreise über die Alpen, seine Zeit auf der Burg Mais und seine Rückkehr nach Freising.

Fürstbischof Eckher war begeistert. Genauso hatte er sich die Verschönerung des Doms vorgestellt. Und genauso wollte auch er als bedeutender Fürstbischof in Erinnerung bleiben, als große Baumeister und Herrscher im Fürstentum an der Isar.

Nur die Prozesse der Bettlerkinder waren zu seinem großen Unmut noch immer nicht abgeschlossen.

Beim Gedanken an die Prozesse wandelte sich seine Begeisterung in Ärger.

Georg Zechetmaier

Stadtrichter von Waldkirch fühlte sich vom Erfolg der bisherigen Vernehmungen beflügelt. Es ging zügig voran. Georg Zechetmaier hatte er noch vor dem zweiten Verhör des krummen Peterl verhaften lassen, und er hatte nun insgesamt sechs weitere Bettlerkinder in Haft.

Georg Zechetmaier

Georg Zechetmaier, der „Ölbrenner", war einer der Stadtbuben. Sein Vater war schon lange gestorben. Er hatte in der Brauerei als Knecht gearbeitet, und seit dem Tod des Vaters konnte seine Mutter die Familie nur mit dem Notwendigsten versorgen. Der „Ölbrenner" verdiente als Ministrantenbub und bei Botengängen ab und an ein wenig zum Unterhalt dazu. Durch die Verhöre von Veit Adlwart und vom krummen Peterl war er wegen der Unterschreibungen mit dem Teufel ins Fadenkreuz der Ermittlungen geraten und Ende Mai verhaftet worden.

Er habe vom Torsteher am Isartor gehört, dass er mit dem Adlwart und einigen anderen Buben auf den Wiesen an der Schießstatt Fangen gespielt habe, setzte der Stadtrichter beim ersten Verhör aalglatt an.

Georg Zechetmaier wusste, dass er unter den anderen Kindern als Gaukler bekannt war. Überall war seine Geschicklichkeit bekannt; Purzelbäume, Klettereien und kleine sportliche Kunststücke waren für ihn ein Leichtes.

„Der Adlwart war schneller als du", forderte der Stadtrichter den Ehrgeiz des Buben heraus. „Du wolltest gern wissen, warum der Veitl so schnell war, stimmt's?", fragte er weiter nach.

„Ja, der Veitl war recht schnei", pflichtete der Ölbrenner argwöhnisch bei. „Und du wolltest genauso schnell sein, wie er!" fuhr der Stadtrichter zügig fort, „und da hast du dich wie der Veitl dem Teufel verschrieben, weil der dem Adlwart

Georg Zechetmaier

zum schnellen Laufen geholfen hat" zog der den logischen Schluss. „Da davo' woaß' i nix, und and're Buama san'd a' schnell", gab Georg Zechetmaier zu Protokoll und hoffte, damit der Fragerei ein Ende gesetzt zu haben.

Zornig ließ der Stadtrichter dem Ölbrenner-Buben im Folterzimmer nebenan einen Satz Streiche verpassen. „Überleg es dir gut, ob du beim nächsten Verhör die Wahrheit gestehst!" merkte er nur spöttisch an und entließ ihn in seine Arrestzelle im Hexenturm, um ihn dort für mehr als einen Monat allein und in Dunkelheit schmoren zu lassen.

Georg Zechetmaier versuchte in seiner Kerkerhaft die Möglichkeiten zu überdenken, die er hatte, um freizukommen. Im Grunde hatte er sich nichts vorzuwerfen, so dachte er bei sich, und den Pakt mit dem Teufel um des Laufens willen würde er schon irgendwie durch seine Reue abtun. Er hoffte inständig auf einen gütlichen Ausgang seines Verfahrens.

Als er Anfang Juli erneut vorgeführt wurde, gab er sogleich alles zu. „Ja, i hab mi ei'gschrieb'm beim Deifi, aber bloß damit er mi so schnell laufa lost, wia dr Veitl", versuchte er sein Handeln herunterzuspielen. „Mi g'reit's im Herz'n, dass i an Herrgott beleidigt hob'", zeigte er reumütig an, „und besser'n werd i mi und am Deifi hob i längst scho ab'gschwor'n" versuchte er seine Besserungsabsichten und seine Reue zu untermauern.

Georg Zechetmaier

Der Stadtrichter grinste in sich hinein. „Wieder ein weiteres Geständnis", dachte er triumphierend und hakte innerlich einen weiteren Erfolg bei den Vernehmungen ab.

Baron von Waldkirch fehlten noch die Geständnisse zum Hostienfrevel, um sein Netz an Anschuldigungen so eng zu flechten, dass ihm keiner der Buben bei den Todesurteilen durch die Lappen gehen würde. Er hoffte, bei der neuerlichen Vorladung Ende Juli leichtes Spiel zu haben.

„Zum Baden an der Isar, seid ihr gewesen", sagte von Waldkirch dem Ölbrenner auf den Kopf hin zu. „Und der Gröbmer hat ein Tücherl mit Hostien dabeigehabt", ergänzte er und untermauerte, dass er schon alles in Erfahrung gebracht hatte. „Der Gröbmer hat zuerst sein Messer aufgemacht und auf die Hostie eingestochen", legte er dem Ölbrenner in den Mund, damit er sich als Nachahmer in etwas Sicherheit wähnen konnte. „Und der Stulp und der krumme Peterl waren auch dabei und ihr habt dann mit eurem Messer nach der Hostie geworfen!", versuchte er den Ölbrenner mit seinen Verhörergebnissen zu beeinflussen. Georg Zechetmaier leugnete nicht mehr.

Mit dem Geständnis zum Teufelspakt und des Hostienfrevels hatte der Stadtrichter ein weiteres Opfer schon fast auf dem Schafott.

Nur zu Kurbl Föderl hatte er nichts Neues in Erfahrung bringen können. Eine Lücke, die er schleunigst füllen wollte.

Fresken von der Ankunft Corbinians

Cosmas Damian Asam hatte nun die Seite gewechselt und längst mit den Fresken auf der anderen Seite der Emporenbrüstungen begonnen. Die Ankunft von Corbinian in Freising und die Unterwerfung Grimoalds und Pilitruds hatte er schon fertiggestellt. Und auch am Fresko, das dessen Zeit in Kuens bei Meran darstellen sollte, arbeitete er gleichzeitig weiter. Nun wollte er bald mit dem Wunder des Korbiniansbrünnleins beginnen.

Fürstbischof Eckher besah sich die linke Seite der Fresken unter den Emporenbrüstungen und stellte sich bereits das fertige Kunstwerk vor.

Bald wollte er sich wieder vom Stadtrichter über den Stand der Ermittlungen und der Verhöre unterrichten lassen.

Föderl Kurbl im Visier

Stadtrichter von Waldkirch richtete sein Augenmerk und seine Ermittlungen gezielt dem lästigen Gesindel vom Ziegeltor zu. Dort, gleich außerhalb der Stadtmauern, am Paintl, hatte alles an einem warmen Frühlingstag mit dem Mäusemachen angefangen. Und dort an der Ziegelgasse und beim Ziegeltor war auch eine ganze Gruppe von

Föderl Kurbl im Visier

verdächtigen Buben zu Hause. Der Föderl Kurbl gehörte auch dazu.

Das Häuschen von Maurer Föderl lag direkt an der Stadtmauer beim Ziegeltor. Das Spielfeld von Kurbl war am Paintl, rund um den Gottesacker vor dem Stadttor, oder etwas weiter draußen, die Hofziegelei, wo der Zieglerhiasl und die anderen Kinder der Widmanns wohnten.

Obwohl Mathias Widmann, der älteste der Zieglerbuben, mit seinen erst 11 Jahren etwas jünger war als Kurbl, beeindruckte er ihn und andere ältere Kerle gern mit seiner aufmüpfigen und respektlosen Art und fand unter den Buben leicht und schnell Nachahmung. Selbst seine Mutter hatte er schon des Öfteren wüst beschimpft, ihr hinterher gespuckt und ihr sogar den nackten Hintern gezeigt, wenn sie ihm etwas aufgetragen hatte. „Leck' mi do am Arsch!", hatte man ihn in der Ziegelei schreien hören, und mit Flüchen war der Zieglerhiasl schnell dabei.

Kurbl spielte gern beim Zieglerhiasl draußen vor der Stadt, und mit ihm die Kinder, die in der Nähe des Ziegeltors wohnten: die Kögl-Buben, die Kinder des Metzgers Baumann, der Bub vom Zächerlwirt und ein paar weitere Buben der Gegend.

Bockspringen und im Heu verstecken war unter den Kindern ebenso beliebt wie ein Spiel, das sie „Hasenjagen" nannten, ein Fangspiel. Sie spielten mit den Schussern und mit selbstgemachten Kegeln, und bei kostümierten

Föderl Kurbl im Visier

Rollenspielen mit Jäger, Hirsch und Hund verschwamm die Wirklichkeit leicht mit ihrer Fantasie und ihren kindhaften träumerischen Vorstellungen.

Sie waren unter enger Beobachtung durch Stadtrichter von Waldkirch, der sich immer wieder vom Torsteher am Ziegelturm berichten ließ, was da alles rund um das Stadttor vor sich ging.

Kurbl war ein ausgesprochen geschickter junger Bub. So wie der Zieglerhiasl durch seine Respektlosigkeit, so beeindruckte der Föderl Kurbl die anderen durch das gauklerhafte Balancieren auf einem der Geländer am Ziegeltor. Artistisch konnte er sich mit den Füßen kopfüber an einen Balken hängen, schaukeln und allerlei Kunststückchen vorführen.

Veit Adlwart, mit dem er einst draußen in Altenhausen Gaukeleien aufgeführt hatte, saß schon eingesperrt im Hexenturm und wartete auf sein Urteil. Er hatte ausführlich zu Protokoll gegeben, wie er mit Kurbl und anderen Buben draußen am Ziegelstadel wild im Lehmkarren auf den Schienen durch die Ziegelei gebraust war, wie sie in ihrem Spiel mit dem Teufel und schwarzen Pferden durch die Luft gesaust und beinahe umgekippt waren.

Mathias Widmann, der Zieglerhiasl, war vor kurzem eingesperrt worden. Kurbl fürchtete sich davor, bald ebenso verhaftet zu werden, denn mit dem Zieglerhiasl waren nun nicht mehr nur Bettlerkinder angeklagt. Die Augen und Häscher des Stadtrichters schienen fast überall zu lauern.

Der Veitl hatte zuletzt auch zugegeben, sich dem Teufel unter dem Birnbaum am Kammerhof in der Nähe der Ziegelei verschrieben zu haben. Und er hatte Mathias Widmann und den Kurbl Föderl beschuldigt, es ihm gleichgemacht zu haben. Stadtrichter von Waldkirch hatte sich alles und jeden Namen genauestens protokolliert.

Der Zieglerhiasl hatte nicht nur eine schnelle, leichtfertige und sittenlose Zunge, sondern er hatte mit dem Kurbl auch gern am Kammerhof den Kühen und Stieren beim Bespringen zugesehen. „Schau hi, da springt da Stier glei' di Kuah o' und packt sei'n groß'n Zipfi nei", hatte er ihm laut lachend und voller Begeisterung zugerufen. In ihrer jungenhaften Erregtheit hatten sie einen Riesenspaß gehabt. Immer wieder hatte es sie zum „Stieren" hinausgetrieben zum Kammerhof. Gelegentlich hatte der forsche Zieglerhiasl ein paar Mädchen im Schlepptau. „Kimm' mir da'n Stier'n mit de Madeln", hatte er ihn öfters angestachelt und sie waren zusammen im Gebüsch verschwunden. Der Zieglerhiasl war bei seinen lustvollen Spielen nie wählerisch gewesen, und er hatte jede Gelegenheit mit Mädchen und Buben genutzt, um neue sinnliche und wollüstige Erfahrungen zu machen.

Veit Adlwart saß im Hexenturm und hatte nach Monaten peinlicher Vernehmung und vielfacher Folter den Pakt mit

Föderl Kurbl im Visier

dem Teufel, seine Hexenritte und das Wettermachen, seine sexuellen sündhaften Abenteuer und den Hostienfrevel gestanden. Ausgiebig hatte er zuletzt Namen und Beteiligungen vor dem Stadtrichter ausgebreitet und auch Kurbl Föderl stand jetzt weit oben auf dessen Liste.

Unter der Folter hatte der krumme Peterl bald die Anschuldigungen des Veitl bestätigt, und die Umtriebe mit dem Teufel, die Wetterhexerei, die Beteiligung bei den Tänzen und Festen gestanden. Und auch er hatte dem Stadtrichter weiteres Material über den Kurbl geliefert. Von Waldkirch notierte sich alles akribisch und unterstrich dick Kurbls Namen.

Nur der „Ölbrenner" Georg Zechetmaier hatte nicht viel zu Kurbl ergänzen gehabt.

Dafür waren die Verhöre des Zieglerhiasl umso ergiebiger gewesen. Nach dessen Verhaftung, belastenden Zeugenaussagen und seinen Geständnissen der sexuellen Spiele und Abenteuer, mit Mädchen wie mit Buben, hatte der Stadtrichter von Waldkirch jetzt endlich ausführliches belastenderes Material über das sündhafte Treiben in den Heustadln, im Gebüsch am Kammerhof, auf den Tanzfesten und auf den Feiern. Mathias Widmann hatte das Bild der Sünde, von Hurerei und Sodomie, von Masturbation und homosexuellem Treiben komplettiert.

Kurbl war dabei gewesen.

Der fertige Zyklus der Fresken

Fürstbischof Eckher war überglücklich. Cosmas Damian Asam hatte seine an ihn gestellten Erwartungen erfüllt. Er hatte einer Bauersfrau ausdrucksstark die Schrecken malerisch ins Gesicht gezaubert, und damit die Szene, als Corbinian sie wegen ihrer Zauberkünste in einem heftigen Anfall von Wut, Raserei und Jähzorn blutig geschlagen und mit der Peitsche gezüchtigt hatte, im Dom dargestellt. Er hatte auf den Fresken seinen Tod, seine Überführung und Beisetzung in Mais, südlich der Alpen, verewigt. Nun war das Leben des Corbinian von seiner Jugend bis zu seinem Hinscheiden mit Pinsel und Farbe im Dom der Nachwelt erhalten. Und ihn, Fürstbischof Johann Franz Eckher von Kapfing und Liechteneck, würde man nun für alle Zeiten in einem Atemzug mit dem Heiligen Corbinian nennen.

Nur widerwillig und zögernd löste er sich von diesem herrlichen Anblick des Freskenzyklus über Corbinianus' Leben. In Gedanken wandte er sich durch den Fürstengang seiner Residenz zu. Es regnete. Mürrisch kam das lästige Tagesgeschäft zurück. Er dachte an den Stand der Ermittlungen. „Wann endlich nimmt das alles ein Ende, und wann endlich ist wieder Ruhe in der Stadt?", dachte er. „Wenn nur endlich die Pest der Hexenkinder vertilgt wäre!".

So bald wie möglich wollte er einen neuen Bericht über den Stand der Ermittlungen.

Neue Todesurteile

Der Urteilsspruch über Veit Adlwart, sein sündhaftes, unzüchtiges Treiben und seine Verschreibung mit dem Teufel lag längst auf dem Tisch. Sein Tod und seine Verbrennung waren beschlossene Sache.

Einige der Buben hatten wiederholt ihre Aussagen widerrufen.

„Peitscht sie alle nochmals gründlich durch!", hatte der Hofrat jüngst verordnet. „Und wenn das nichts nützt, dann hinterher nochmal kräftig mit der Spitzrute in die Tortur! Da schaden am ersten Tag 30 oder 40 Streiche nicht, und wenn dann keine endgültigen Geständnisse zu Protokoll gegeben werden, dann folgen halt jeden Tag weitere Rutenstreiche."

Bald hatte von Waldkirch den Widerruf von den Widerrufen in der Tasche.

Die Urteilsverkündung wurde vorbereitet. Die Zeugen aus dem Stadtrat vor Gericht, der Schreiber und der Bannrichter wurden zusammengerufen.

Die Delinquenten wurden hereingeführt und von den Fesseln befreit. Ihre Geständnisse wurden Wort für Wort aufs Neue verlesen. Jetzt sollte jeder einzeln, frei von weiterer Folter, und frei von den eisernen Schellen an Händen und Füßen, seine Schuld bekennen.

Neue Todesurteile

Veit Adlwart bekannte: „Ja, ist wahr und hat er's also getan".

Der Bannrichter befragte ihn zum Föderl Kurbl, ob er sich auch dem Teufel verschrieben hätte: „Ja, unterm Birnbam hat er sich am Deife verschrieb'm!" gab er zu Protokoll.

Kurbl war nun endgültig im Fadenkreuz.

Man verkündete Adlwart sein Todesurteil.

„Wer'd i jetzt verbrennt?" – die Aussicht auf das Feuer machte ihm heftigste Angst.

„Mir wer'n scho was anders find'n für di", besänftigten ihn seine Richter verächtlich.

„Ja, ist also wahr", bestätigten auch Peter Grözl, und Zechetmaier, der Ölbrenner, ihre Anklage.

„Nä, das ist die Unwahrheit, i hob koane Leit ned a Unrecht getan! Ihr megt's vorles'n wos woit's, s' is nix wahr!", widerrief erneut der Schweiger.

Auch der Maier Georg widerrief.

Auch der Spittaler Caspar widersprach der Anklage.

Wenige Tage später führte der Scharfrichter Adlwart, Grözl und auch Zechetmaier zum Schafott.

Adlwart wurde vor der zusehenden Menschenmenge erdrosselt.

Neue Todesurteile

Ein Hieb – Grözl war enthauptet.

Ein weiterer Hieb – Zechetmaier verlor ebenso seinen Kopf.

Die Kinder der Stadt waren von der Schule befreit und mussten beiwohnen. Sie sollten für die armen Sünder beten.

Die Thomaspredigt am sonntäglichen Advent handelte vom Aberglauben und seinen Fallstricken und warnte vor den schwarzen Künsten. Die predigtliche Einschüchterung so kurz vor dem Fest der Liebe, dem Weihnachtsfest, wirkte.

Durch das neuerliche Widerrufen ihrer Geständnisse hatten Schwaiger, Gröbmer und Spittaler so kurz vor dem Fest zur Geburt Jesu ihre Köpfe gerade noch einmal aus der Schlinge gezogen. Aber der Aufschub war nur von kurzer Dauer. Nachdem sich der Stadtrichter ein paar Tage weihnachtlicher Erholung gegönnt hatte und das neue Jahr angebrochen war, ging alles in unveränderter Härte weiter. Mit neuen Torturen, Folterungen und Verhören wurden der inzwischen 13-jährige „gschorkopferte" Seppl Schwaiger und seine beiden Freunde zum Geständnis gepeinigt.

Der „gschorkopferte" Seppl bekannt sich schuldig. Sein Lebenswille war nach einem Selbstmordversuch in der Silvesternacht nun endgültig gebrochen, die Torturen nicht mehr auszuhalten. Fast leblos hatte man ihm seine Hosenträger durchtrennt, mit denen er sich an der Schellenkette aufgehängt hatte.

Neue Todesurteile

Im Schneegestöber Mitte Januar, gleich am Montag in der Früh, setzte sich der Hinrichtungstross mit dem Scharfrichter in Bewegung.

Ende des Monats knöpfte sich der Rechtstag die beiden verbliebenen Angeklagten erneut vor.

Wieder Verhöre.

Wieder Torturen.

Wieder Folterungen.

Es war ein perfides Katz und Maus Spiel.

Widerriefen sie, folgten gefährliche Verhöre.

Gestanden sie nicht, wurden sie gefoltert.

Gestanden sie, folgte ein Rechtstag mit Verlesung ihrer Schuldbekenntnisse.

Widerriefen sie erneut, begannen die zermürbenden Verhöre, Torturen und Folterungen wieder von vorn.

Gröbmer versuchte es mit der Flucht nach vorne:

„I werd' dem Deifi nit mehr anhangen!", versprach er auf dem Rechtstag. „I werd' mi bessern und dem Herrgott dienen!", beteuerte er stammelnd.

Georg Maier wartete nach seiner Revokation wie Gröbmer und Spittaler auch noch auf seine Hinrichtung.

Neue Todesurteile

«Meine gnädige Herren,»

so schrieb Georg nun so kurz vor seinem nahenden Tod:

> *«Weil ich jetzt dann sterben muss und keine Gnad
> mehr zu hoffen hab, begehr ich auch keine zum
> Leben; denn ich sterb meinem Jesu von Herzen gern
> und hoffe, Gott würdet mir in der Ewigkeit ganz
> gnädig sein. Aber hält eine Beschwerd mich noch,
> daß ich soviel vor Gericht angeben hab – wider all
> mein armes Gewissen -, und weiß doch auf alle
> nichts. Ich will gern sterben, mein Leben und Tod für
> alle diese meinen Lieben Gott und Herrn aufopfern,
> daß nur sye wegen meiner hier nichts zu leiden
> haben und ihr unschuldiges Blut darum nit
> vergossen wird, und deshalben über mich bei Gott
> Rach schreien möchte.»*

Ihn plagte die Sorge um die Anschuldigungen seiner
Freunde, die man durch die Folter von ihm erpresst hatte.
Mit seinem Leben hatte er im Angesicht seiner baldigen
Hinrichtung längst abgeschlossen. Er vertraute auf die Gnade
von GOTT. Endlich hatte er die Aussicht, dass die Tortur,
seine Folter und die schmerzhaften, peinlichen Verhöre
durch den Tod ein Ende finden würden:

> *«Ich bekenn es, daß ich groß gefehlt hab, ich aber
> wegen diesem von Herzen gern mein Scharffl und
> Urteil auf dieser Welt ausstehe, damit mir Gott*

alldort wohl gnädig und barmherzig sei. Ich hätt's auch nicht getan, wann mich nit die lange, harte Gefängnis, Schellen an Leib und Füßen, all die harten Rutenstreich an meinem jungen Leib nit dazu gezwungen hätten; und hätt erst warten und förchten müssen, was nur noch härter geschehet. Darum rufe ich alles wieder zurück, was ich vor Gericht oder sonst geredt, bekennt – und dies zwar im Namen allerheiligster Dreifaltigkeit –, nämlich wider mich, wider alle Menschen – absonderlich, dass ich die Heilige Hostie also gepeinigt sollt haben […]»

«Georg Maier, armer Sünder»[35]

Widerrufen folgten Verhöre, Folter und Tortur, Geständnissen neuerliche Rechtstage, um sie endgültig festzunageln.

Das Spiel war zu Ende.

„Sie wer'n mei Fürbitt' no bitter nötig brauch'n", spottete Gröbmer bitter zum Stadtrichter gewandt.

Die Patres nahmen den Buben einzeln die Beichte ab.

Der bischöfliche Beichtvater ermahnte, den Maier nochmals zu seinem Brief zu befragen.

Neue Todesurteile

Die Buben beteuerten, ihre Aussagen aus Angst vor weiteren Torturen gemacht zu haben.

Weiteren Widerrufen folgte die Anweisung des Hofrats, weiter und häufiger zu foltern.

Noch einmal stoppte der Hofrat die Vorbereitungen der Exekutionen.

„Bildet euch ned ei', dass eich dadurch so einfach rausziagt's", drohte der Stadtrichter auf Betreiben des Hofrats beim neuerlichen Verhör.

Es war Mitte Februar. Zu den Qualen der Tortur kam die bittere Winterkälte im Verlies.

Neuer Rechtstag.

Anklageverlesung.

Geständnis.

Die Richtleute setzen ihre Hüte auf.

Gröbmer widerruft sein Geständnis und schreit: „Nä, nä, hab nix getan!".

Bannrichter Zauner überbrüllt ihn: „Hör' zu, was i dir sog!", und schreit ihm sein vormaliges Geständnis entgegen.

Endlich Stille.

Das Geständnis steht.

Neue Todesurteile

Die Vorbereitungen der Exekutionen konnten wieder anlaufen. Am 14. Februar 1722 sollten die beiden verbliebenen Verurteilten zum Richtplatz vor den Toren der Stadt geführt werden.

Scharfrichter Hörmann bereitete die Enthauptungen am Schleiferängerl außerhalb des Münchner Tors an der Schleifermoosach vor.

Bannrichter und Scharfrichter erschienen in schwarzer und roter Amtskleidung. Die Armesünderglocke läutete den Gang zur Richtstätte ein.

Auf dem Wagen saßen die Todgeweihten, Gröbmer und Spittaler, und ein Priester, der ihnen beistehen sollte; gefolgt vom gesamten Gericht. Alle, die der öffentlichen Urteilsverkündung beigewohnt hatten, folgten dem Tross.

Die Menge stellte sich um den Richtplatz.

Der Scharfrichter reichte ihnen einen Becher mit etwas Wein, um sich Mut anzutrinken.

Der Eisenamtmann verlautbarte das Fridbot und ermahnte damit zur Ruhe: „Haltet's Frieden, a Ruah' is etz'ad!" Er wiederholte lautstark seine Aufforderung, bis endlich Stille einkehrte.

„Und koan'a stört mi etz'ad!", stellte er endgültig seine Bereitschaft zum Köpfen der beiden Buben klar.

Neue Todesurteile

Kurbl schaute den Hinrichtungen heimlich aus einem Gebüsch zu. Er hatte fürchterliche Angst.

Scharfrichter Hörmann freute sich, dass er für das Fridbot wieder 34 Kreuzer und 2 Heller, oder umgerechnet 4 Pfennige in Rechnung stellen konnte.

Für das Hinausführen der Delinquenten würde er einen Reichstaler als Aufwand anführen. Für Stricke und Handschuhe etwa 30 Kreuzer, und für seine drei Knechte pro Tag einen halben Taler. Die Hinrichtung mit dem Schwert würde ihm noch einmal einen halben Taler bringen. Damit hatte er wieder neue Argumente, um das Gutachten des Stadtrichters zu den Exekutionskosten höher zu schrauben und seine hohen zusätzlichen und außergewöhnlichen Kosten in Verbindung mit den Hinrichtungen zu belegen.

Stadtrichter von Waldkirch war erleichtert. Die restlichen Gefangenen würde er bald freilassen, sie aus der Stadt verweisen und damit endgültig aus dem Jubiläumsjahr und für immer verbannen. Jeder weitere Gefängnistag würde nur zusätzliche Kosten verursachen. Mit dem Hofrat war er längst übereingekommen, dass eine Investition in die Erziehung der Kinder zu wenig Gewinn versprechen würde. Der Fürstbischof würde aufatmen.

Corbinianus in Baiern

„Nun komme ich endlich meinem Auftrag des Heiligen Vaters nach, die Menschen ein sittliches Leben in Christus zu lehren", dachte er bei sich, als er den neuen Tag, einen Sonntag im Frühling, mit dem Gebet zur ersten Tagesstunde begonnen hatte. „Aber viel Zeit wird mir für meine Mission nicht mehr bleiben".

„HERR, öffne meine Lippen, wenn ich mit den Menschen über Christus rede", flüsterte er leise vor sich hin, bevor er in der Kapelle den cantus eines Psalms anstimmte:

> «Danket dem HERRN; denn er ist freundlich, und seine Güte währet ewiglich.
>
> Es sage nun Israel: Seine Güte währet ewiglich. Es sage nun das Haus Aaron: Seine Güte währet ewiglich. Es sagen nun, die den HERRN fürchten: Seine Güte währet ewiglich.
>
> In der Angst rief ich den HERRN an; und der HERR erhörte mich und tröstete mich. Der HERR ist mit mir, darum fürchte ich mich nicht; was können mir Menschen tun?
>
> Der HERR ist mit mir, mir zu helfen; und ich werde herabsehen auf meine Feinde. Es ist gut, auf den HERRN vertrauen und nicht sich verlassen auf

Menschen. Es ist gut, auf den HERRN vertrauen und nicht sich verlassen auf Fürsten.

Alle Völker umgeben mich; aber im Namen des HERRN will ich sie abwehren. Sie umgeben, ja umringen mich; aber im Namen des HERRN will ich sie abwehren. Sie umgeben mich wie Bienen, sie entbrennen wie ein Feuer in Dornen; aber im Namen des HERRN will ich sie abwehren. Man stößt mich, dass ich fallen soll; aber der HERR hilft mir.

Der HERR ist meine Macht und mein Psalm und ist mein Heil. Man singt mit Freuden vom Sieg in den Hütten der Gerechten: Die Rechte des HERRN behält den Sieg! Die Rechte des HERRN ist erhöht; die Rechte des HERRN behält den Sieg! Ich werde nicht sterben, sondern leben und des HERRN Werke verkündigen.

Der HERR züchtigt mich schwer; aber er gibt mich dem Tode nicht preis. Tut mir auf die Tore der Gerechtigkeit, dass ich durch sie einziehe und dem HERRN danke. Das ist das Tor des HERRN; die Gerechten werden dort einziehen. Ich danke Dir, dass Du mich erhört hast und hast mir geholfen. Der Stein, den die Bauleute verworfen haben, ist zum Eckstein geworden. Das ist vom HERRN geschehen und ist ein Wunder vor unsern Augen.

Dies ist der Tag, den der HERR macht; lasst uns freuen und fröhlich an ihm sein. O HERR, hilf! O HERR, lass wohl gelingen! Gelobt sei, der da kommt im Namen des HERRN! Wir segnen euch vom Haus des HERRN. Der HERR ist GOTT, der uns erleuchtet. Schmückt das Fest mit Maien bis an die Hörner des Altars! Du bist mein GOTT, und ich danke Dir; mein GOTT, ich will Dich preisen.

Danket dem HERRN; denn er ist freundlich, und seine Güte währet ewiglich.»[36]

Er fühlte sich für den neuen Tag gerüstet und suchte seine Brüder auf, um im Kapitelsaal des Klosters den vor ihnen liegenden Tag zu besprechen.

„Die Güte unseres HERRN hat mich nach langem Zögern und verschlungenen Wegen an diesen Ort geführt". Er zögerte einen kurzen Augenblick, bevor er sich weiter an die Mönche des Klosters wandte: „Der HERR war immer mit mir! Nun ist es an der Zeit, meinen Auftrag mit aller Kraft hier zu vollenden".

„GOTT hat mich auf meinen Pilgerreisen vor Gefahr und Hunger bewahrt, mich vor wilden Tieren, Wölfen und Bären beschützt, hat Wunder an mir getan, hat mich in der Fremde zum Freund der Menschen werden lassen und vor bösen Mächten in seine Hut genommen!".

Corbinianus in Baiern

Die Mönche spürten, dass ihr Bischof nach passenden Worten suchte.

„Bis heute habe ich den Auftrag des Heiligen Vaters noch nicht erfüllt, die Menschen hier zu Christus zu führen. Es bleibt noch viel zu tun, aber es ist nur wenig Zeit".

Er erzählte ihnen von seiner Kindheit bei seiner Mutter, seiner irischen Erziehung nach den Regeln Columbans nach dem Tod seines Vaters. Die Zeit in seiner Klause, die er in jungen Jahren aufgebaut hatte, zog in Gedanken an ihm erneut vorüber. Er berichtete von seiner Zeit bei Ludger im Kloster von Autun und den vielen Gesprächen mit den benediktinischen Mönchen, bevor er auf von seiner ersten Pilgerwanderung über die Alpen nach Rom gelangt und zum Bischof geweiht worden war.

„Den Kampf in meinem Innersten, zwischen meinem Drang zum Leben als Einsiedler und meinem Auftrag als Bischof habe ich bis heute geführt", versuchte er seine inneren Zwiespälte zu erklären.

Er berichtete von seiner Rückkehr zu seiner Klause im Frankenreich, wie er mit Karl Martell in Kontakt gekommen war und sich dann durch das Land der Bajuwaren aufs Neue nach Rom aufgemacht hatte. „Karl Martell und dem Heiligen Vater liegt es sehr am Herzen, die Menschen von ihrem Aberglauben an die alten germanischen Götter und Gebräuche zu befreien", erklärte er weiter, „und ich werde mit eurer Hilfe den Männern, Frauen und Kindern den

Glauben an Christus und unsere christlichen Feste ins Herz schreiben, damit sie ihrem alten unsinnigen Aberglauben an die germanischen Dämonen, Hexen und Geister abschwören!"

Er verschwieg auch nicht seine Verfolgung durch Grimoald und Pilitrud, seine Flucht und dann die schöne Zeit im Kloster Kuens, das er so sehr liebgewonnen hatte. „Dort will ich einstmals in aller Schlichtheit begraben werden!". Er nahm seinen Brüdern das Versprechen ab, ihm nach seinem Tod dort in den Bergen seine letzte Ruhestätte zu suchen.

Er spürte die nachdenkliche Stille im Kreis der Mönche.

„Aber nun will ich hier meinen Auftrag ausfüllen!", versuchte er freudigen Aufbruch und wieder Fröhlichkeit zu verbreiten, bevor sie sich zur Morgenmesse in die Klosterkirche aufmachten.

Glockenläuten

Kurbl hatte Ende des Sommers verstohlen und heimlich die vielen letzten Arbeiten oben am Dom mitverfolgt. Hunderte von Arbeitern waren oben am Domturm wie ein Ameisenhaufen damit beschäftigt gewesen, die neue schwere Domglocke in den Glockenturm hinaufzuziehen.

Heute war sein Namenstag, der 22. November. Es war erst wenige Wochen her, da hatte zum ersten Mal die große neue Glocke, oben am Domberg, geläutet, und ihr tiefer, satter Ton hatte sich weit über die Stadt hin ausgebreitet.

Fürstbischof Johann Franz Eckher von Kapfing und Liechteneck war zu seinem 75. Geburtstag und seinem 50-jährigen Priesterjubiläum mit viel Pomp gefeiert worden. Den lange geplanten und mit viel Aufwand vorbereiteten Feierlichkeiten Anfang Oktober im Jahre 1724 hatte selbst der Kurfürst beigewohnt. Die Bettlerkinder waren aus der Stadt verschwunden.

Bitterkeit stieg in Kurbl auf.

„So ein feierlicher Klang der großen Domglocke", dachte er bei sich. „So große Festlichkeiten und so ein Reichtum!".

„Und dieselben Räte, Hochwürden und Fürsten, werfen uns ins Gefängnis und peinigen uns bis in den Tod", grübelte er verbittert und setzte sich an ein Hauseck an der Stadtmoosach.

Herbst

Die Heilige Messe war zu Ende gegangen. Corbinianus verließ, in seine schlichte Soutane gekleidet und zufrieden, aber nachdenklich, die Marienkirche und trat hinaus in die Herbstsonne, die den Domplatz in ein herrlich weiches, morgendliches Licht tauchte. In Gedanken war er mit sich selbst beschäftigt. Es schien ihm, als sei es erst vor kurzem gewesen, dass er hierher als Bischof auf den Domberg gekommen war. Und doch fühlte er sich hier zwischenzeitlich zu Hause. Ein langes Wanderleben lag nun hinter ihm. Er dachte an seine Kindheit zurück, die er in einer Einöde bei Chastres verbracht hatte, nahe der großen Stadt Paris, der Hauptresidenz des Königreichs der Franken. „Wie mich doch heute, fast fünfzig Jahre nach meiner Einsiedelei, diese Erfahrung immer noch prägt", dachte er bei sich versonnen. Er erinnerte sich an seine Mutter, die ihn nach den gestrengen Regeln Columbans unterwiesen und erzogen hatte, und wie er sich im Benediktinerkloster von Autun mit Ludger über die Demut auseinandergesetzt hatte. Seine beschwerlichen und gefährlichen Pilgerreisen über die Alpen nach Rom zogen noch einmal an ihm vorüber. Wie hatte er sich innerlich dagegen gesträubt, nach Frisinga zu ziehen, um hier Bischof zu werden! Erinnerungen an die Pfalz auf dem Berg, die er hier vorgefunden hatte, wurden wieder lebendig. Der Bau seiner Mönchsklause, sein Zwist mit Pilitrud und Grimoald und die Flucht nach Kuens waren noch

Herbst

nicht lange Vergangenheit. Er hatte sich zunächst nicht leicht getragen an dieser Aufgabe, hier als Bischof das Christentum zu verbreiten und die Menschen im Glauben zu festigen. „Wie lange werde ich wohl hier noch sein?", fragte er sich in seinem Innersten. Trotz der Last, die er oftmals fühlte, hatte er diese Stadt und seine Menschen nun liebgewonnen. Auch hier war er sich selbst und seinen benediktinischen Überzeugungen treu geblieben. Mit ihm verließen nach der Messe noch letzte Bürger die Kirche. Corbinianus beachtete sie kaum. Mit ihnen zusammen ging er versunken über den Domplatz hinüber zu seinem Lieblingsplatz am Rande des Dombergs. Von hier aus hatte er an sonnigen, klaren Tagen einen Blick in die Berge. „Über diese Berge bin ich einst von Rom hierher gepilgert", erinnerte er sich, als ob es erst gestern gewesen sei. „Welche Überzeugungen habe ich aus jungen Jahren aus meiner kleinen Klause mitgebracht?", sann er nach. „Bin ich dem heiligen Benedikt gerecht geworden?" Es war ihm ein Bedürfnis, gerade heute, an seinem Geburtstag, demütig innere Einkehr bei sich selbst zu nehmen. „Bestimmt die Liebe zu Christus mich noch genauso, wie damals in meiner kleinen Klause am Waldrand?", fragte er sich. Er erinnerte sich daran, wie er damals die Bauersfrau unter dem Domberg blutend geschlagen hatte vor innerlicher Wut und im Eifer um das Evangelium und erschrak erneut über sich selbst. „Welch blinde Wut und Gewalt haben diese Zaubereien in mir ausgelöst!" Versonnen blickte er über das herbstliche Moor und genoss die wärmende Herbstsonne. Er spürte, dass

Herbst

manches in seinem Leben nicht mit der frohen Botschaft der Liebe aus dem Evangelium vereinbar gewesen war. Ein lauer Herbstwind raschelte in den Blättern der herbstlich leuchtenden Buche, die er hier selbst vor wenigen Jahren als Sinnbild innerer Stärke gepflanzt hatte. Bunte Blätter fielen von den Ästen.

Unten in der Stadt öffnete sich die schwere Tür am Lyceum. Eine Gruppe von Schülern verließ das erst vor wenigen Jahren erbaute Gebäude und die Jugendlichen traten hinaus auf die Straße. Sie unterhielten sich noch rege über die Probe, die sie gerade am Benediktiner-Gymnasium besucht hatten. Zum Ende des Schuljahres wollten sie ein Drama des Heiligen Franz von Sales aufführen, der heldenhaft den Versuchungen des Teufels widerstanden hatte und mit den Tugenden der Demut, Geduld, Sanftmut und Herzlichkeit dem Bösen begegnet war. Sie beschlossen, sich oben am Domberg noch in die herbstliche Sonne zu setzen. Die kleine Gruppe schlenderte hinüber zum Aufgang des Dombergs. Kurbl lehnte versteckt an einer sonnigen Hausmauer an der Domberggasse. Die langen Monate der beiden Prozesse und die Ängste der vergangenen Jahre steckten ihm immer noch in den Knochen und insgeheim spürte er, dass er hart und unzugänglich geworden war. Kindliches, unbekümmert sein kannte er schon lange nicht mehr. Spielende Kinder erinnerten ihn nur noch vage an die Zeit vor den Prozessen, als sie auf den Wiesen vor der Stadt „Mäuse gezaubert" hatten. All die Grausamkeiten, die er zusammen mit den anderen Kindern erlebt und einige mit ihrem Leben hatten bezahlen müssen, hatten ihn scheu, misstrauisch und verschlagen werden lassen. Er ging seither jedem Kontakt mit den Amtspersonen der Stadt aus dem Weg. Auch die Patres, die Pfarrer und Kirchenleute mochte er nicht und beäugte sie seither voll Argwohn und Skepsis. Er bemerkte die Gruppe von Schülern, die gerade in den gepflasterten Aufgang zum Domberg bog. Lange schon hatte er auf eine Gelegenheit gewartet, um wieder einmal unbemerkt zum Dom zu kommen. „Was das wohl für ein Leben ist, dort oben?" hatte er sich schon oft gefragt. Der Fürstbischof, der Kanzler, der Hofrat – sie alle hatte Kurbl in den letzten Monaten und Jahren während der Prozesse einige Male zu Gesicht bekommen. Ihre Macht spiegelte sich für ihn in den mächtigen Mauern des fürstbischöflichen Palastes wider. Bedeckt schlich er hinter der Gruppe her den steilen Hang hinauf und betrat durch den Kanzlerbogen den Domberg. Er spürte beengend die Macht, die ihn hier umgab. „Hier oben also wohnt der Kanzler!", dachte er bei sich, „und dort der Fürstbischof und drüben tagt der fürstbischöfliche Hofrat", und ging weiter zum Zugang des Domplatzes. Nahe dem Palais blieb die kleine Gruppe plaudernd und lachend stehen. Kurbl bestaunte die mächtigen Mauern, die im Herbstlicht fast freundlich wirkten. Heimlich ging er über den Platz vor dem Dom und steuerte auf die stattliche Buche zu, die hoch über dem Abhang des Dombergs am Aussichtspunkt zu den Bergen stand. Links unter dem Baum stand ein hoher kirchlicher Würdenträger in seiner Soutane.

Herbst

Bewusst suchte er im Schatten des Gebäudes einen unauffälligen Platz, um unbeobachtet über die Wiesen des Moores zu schauen, die sich vom Fluss in Richtung der Berge erstreckten. „Christliche Liebe" – davon hatte er wohl manches Mal früher in den sonntäglichen Predigten gehört. „Von christlicher Liebe habe ich nichts erlebt!", dachte er bitter und verächtlich. „Warum ist diese Liebe des Heilands nirgends in dieser Kirche zu spüren?". Verstohlen blickte er hinüber zum Baum und musterte den Würdenträger, der ihn nicht bemerkt hatte. „Wie können Menschen im Namen der Kirche nur so grausam sein, Kinder in den Kerker stecken, foltern, enthaupten und auf dem Scheiterhaufen im Feuer verbrennen?". Ihn schauderte, als er an seine Freunde dachte, die dieses Schicksal erst vor wenigen Monaten ereilt hatte.

Die Wallfahrt des Heiligen Corbinian war nach einem langen feierlichen, bunten und quirligen Wochenende nun am Domberg festlich abgeschlossen worden. Die vielen Jugendlichen strömten durch das mächtige Portal unter den romanischen Türmen des barocken Doms hinaus auf den sonnigen Vorplatz. In den Vorjahren hatte hier noch die Büste von Bischof Otto gestanden, dem Geschichtsschreiber des Mittelalters. Jetzt war der Mohrenbrunnen zurück, so wie ihn Fürstbischof Johann Franz Eckher von Kapfing und Liechteneck um 1700 als Zeichen seiner kirchlichen Macht und weltlichen Herrschaft hatte aufstellen lassen, und leise plätscherte das Wasser aus dem Füllhorn über das gekrönte

Herbst

Haupt des Afrikaners herab in das kleine Brunnenbassin. Es wurde viel gelacht. Feierliche Fröhlichkeit drang durch das geöffnete Domportal. Korbinian hatten die Tage der Korbinianswallfahrt gutgetan. Schon lange fragte er sich, ob er für den Dienst in der Kirche geschaffen war. Er spürte, dass er gerne für das Wohl anderer sorgen wollte. „Wäre ich wirklich in der Lage, mich ganz in den Dienst der christlichen Nächstenliebe zu stellen?" Innerlich ließ ihn dieser Gedanke zögern. Zu viele schauderhafte Dinge waren in den letzten Jahren in allen christlichen Kirchen ans Licht gekommen. Die vielen Fälle des Missbrauchs kirchlicher Macht widerten ihn an und standen innerlich mit ihm im Streit, mit seinen Wertvorstellungen. Die sichtliche Unfähigkeit der Kirchen, sich zu reformieren, befremdete ihn sehr. Er ging langsam und zögerlich über den gekiesten Domplatz hinüber zu den Bäumen am Belvedere. In den letzten Tagen hatte er hier oft auf der Mauer gesessen und an diesen außergewöhnlich klaren und sonnig warmen Herbsttagen zu den Bergen geschaut. Auch heute lag die gesamte Kette der Alpen vor ihm. Auf den Spitzen der Gipfel lag schon etwas Schnee, der nun fern in der Sonne glänzte. In seinen Gedanken versonnen bemerkte er kaum, dass er nicht alleine hier war. „Werde ich den Schritt wagen, um mich eines Tages in dieser Kirche zum Priester weihen zu lassen?". Auch heute fand er keine wirklich befriedigende und abschließende Antwort auf seine Frage. „Wie soll ich mit der Vergangenheit dieser Kirche umgehen? Wie soll ich mit den Verfehlungen der Kirche klarkommen, mit all dem, was an unschuldigen

Herbst

Kindern verbrochen worden ist?". Die herausgeputzte Stadt hatte ihm und den vielen Jugendlichen gefallen: Der hell leuchtende Dom war das weithin sichtbare Bauwerk und Wahrzeichen hoch über der Stadt. Überall in den Gassen und Straßen begegnete man dem historischen Stadtpatron, dem Heiligen Korbinian. An den Stufen der Moosach genossen junge Pilger, Studenten und die Bürger der Stadt die letzten sonnigen Herbsttage. Abends war reger Betrieb um das herrlich restaurierte Asamgebäude, in dem nun wieder Veranstaltungen, Konzerte und Theateraufführungen stattfinden konnten. Eine frohe und lebendige Stadt hatte sich im Jubiläumsjahr der Ankunft des Heiligen Corbinian den Bürgern und Gästen präsentiert.

Plötzlich schienen sich die Gedanken von Korbinian mit den Gedanken des Bischofs Corbinianus und von Kurbl hier auf wundersame Weise zu kreuzen:

„Bestimmt die Liebe zu Christus mein Leben?", sinnierte der Bischof rückblickend auf sein Leben.

„Wo ist die Liebe des Heilands gewesen, als sie meine Freunde gefoltert haben?", fragte sich Kurbl, als er voller Bitterkeit über die kurzen Jahre seiner Kindheit nachsann.

„Werde ich den Menschen in dieser unvollkommenen Kirche in Liebe und im Sinne Christi dienen können?", zweifelte Korbinian.

Herbst

Ihre Gedanken schienen die Zeiten miteinander zu verschmelzen und der Herbstwind wehte sie vom Belvedere hinaus über das Moos.

Epilog

Corbinianus, Kurbl und Korbinian blicken um sich. Alle sind gegangen. Die Herbstsonne ist längst hinter dem Horizont verschwunden und untergegangen. Sie frösteln im aufkommenden herbstlichen Nebel.

Kurbl hätte noch viel zu erzählen über die anderen Kinder, die den Hexenprozessen zum Opfer gefallen sind. Allein, es reichen Worte und Handlung nicht, das alles zu verarbeiten. Aber keines der Kinder soll vergessen werden:

Über Andre, den Trudenfanger, der sich in seiner Zelle selbst das Leben nahm, haben wir erzählt. Ebenso von Lenzl Niederberger, von Balthasar Miesenbeck, den man Hausl nannte, und von Michael Zesi aus Neustifft, die in der ersten Prozesswelle Mitte November 1717 hingerichtet worden sind.

Neben Veit Adlwart, dem „krummen Peterl" Grözl, Georg Zechetmaier und zwei Frauen im Alter von etwa 40 und 48 Jahren wurden in der zweiten Prozesswelle noch weitere Kinder zum Tode verurteilt und hingerichtet:

Johann Ostermaier, der „Jodl", wurde am 6. September 1721 hingerichtet - er war der Älteste, mit etwa 23 Jahren,

Mathias Bauer, der „Bindermathl", wurde ebenfalls am 6. September 1721 hingerichtet - er war 15 Jahre alt,

Epilog

Antoni Bauer, der „Groll", wurde am 10. Oktober 1721 hingerichtet – er war 17 Jahre alt,

Caspar Spittaler, der „Stulp", wurde ebenfalls 1721 exekutiert - er war etwa 17 Jahre alt,

Georg Maier, der „Gröbmer", wurde ebenfalls 1721 exekutiert - er war etwa 17 Jahre alt,

Josef Schwaiger, der „Gscherkopferte Seppl", wurde ebenfalls 1721 exekutiert - er war etwa 13 Jahre alt,

Mittelalter, Neuzeit und Gegenwart sind miteinander verschmolzen. Kirche von gestern und heute kann nicht voneinander getrennt werden.

Einige der Kinder sind damals ihren kindlichen sexuellen Spielen und Neigungen zum Opfer gefallen. Der Korbinian unserer Tage entdeckt in seinen Zweifeln über das Verhalten der Kirche heute, dass sich im Grunde an der Sexualmoral nicht viel geändert hat. Damalige Urteile und Hinrichtungen wurden nur durch aktuelle Skandale über vertuschte sexuelle Übergriffe an Kindern abgelöst.

ANMERKUNGEN

[1]   Corbinianus, die historische Person des Heiligen Korbinian, ist den einschlägigen historischen Referenzen nachgezeichnet, die sich insbesondere bei Zeitangaben teilweise widersprechen. Der Lebenslauf des Heiligen Corbinian wurde den angegebenen Referenzen im Literaturverzeichnis entnommen. Er wurde sehr wahrscheinlich zwischen *670 und *680 bei Chastres, dem heutigen Arpajon, südlich von Paris, geboren, und starb zwischen †724 und †730 in Freising. Die Routen seiner Pilgerreisen und seiner Flucht sind teilweise fiktiv, ebenso wie sein Aufenthalt in der Benediktinerabtei Autun.

[2]   Die historische Person des Korbinian Föderl (Kurbl), die an mehreren Stellen des Romans auftaucht, ist dem Buch „Die Mäuselmacher oder die Imagination des Bösen" von Dr. Rainer Beck entnommen. Er wurde ca. 1705 als Sohn eines Maurers geboren und die Familie wohnte in der Nähe des Ziegeltors in Freising (siehe Beck, Rainer (2011), Mäuselmacher oder die Imagination des Bösen, Verlag C.H. Beck oHG, München, u.a. die Seiten 75-76, 286, 292, 432, 520, 581, 615, 667, 702, 733, 788)

[3]   Gebrüder Cosmas Damian Asam (geb. 1686 in Benediktbeuern, † 1739 in München) und Egid Quirin Asam (geb. 1692 in Tegernsee, † 1750 in Mannheim), u.a. als

ANMERKUNGEN

Baumeister das Lyceum und den Freisinger Dom als Bildhauer, Stuckateur und Maler gestaltet haben

[4]   Der historische Ort „Am Paintl", an dem die Kinder spielten, ist im Buch „Die Mäuselmacher oder die Imagination des Bösen" von Dr. Rainer Beck mehrmals erwähnt und beschrieben (siehe Beck, Rainer (2011), Mäuselmacher oder die Imagination des Bösen, Verlag C.H. Beck oHG, München)

[5]   Die Zieglerbuben, die historischen Kinder der Familie Widmann, insbesondere Mathias Widmann, tauchen an mehreren Stellen des Romans auf und sind dem Buch „Die Mäuselmacher oder die Imagination des Bösen" von Dr. Rainer Beck entnommen. Mathias Widmann (Hiasl) wurde ca. 1710 geboren. Familie Widmann gehörte als Handwerkerfamilie zur unteren Mittelklasse der Stadt und betrieb die Ziegelei, die sich etwas außerhalb des Ziegeltors vor den Toren der Stadt Freising befand (siehe Beck, Rainer (2011), Mäuselmacher oder die Imagination des Bösen, Verlag C.H. Beck oHG, München, u.a. Seite 615)

[6]   Die historische Person des Schuri, die an mehreren Stellen des Romans auftaucht, ist dem Buch „Die Mäuselmacher oder die Imagination des Bösen" von Dr. Rainer Beck entnommen. Er wurde ca. 1710 geboren und wohnte in der Nähe des Veitstors in Freising (siehe Beck, Rainer (2011), Mäuselmacher oder die Imagination des

Bösen, Verlag C.H. Beck oHG, München, u.a. die Seiten 592, 598, 614-615, 654, 771)

[7]   Die historische Person des Veit Adlwart, die an mehreren Stellen des Romans auftaucht, ist dem Buch „Die Mäuselmacher oder die Imagination des Bösen" von Dr. Rainer Beck entnommen. Er wurde ca. 1702 geboren und war Sohn eines Freisinger Korbmachers (siehe Beck, Rainer (2011), Mäuselmacher oder die Imagination des Bösen, Verlag C.H. Beck oHG, München, insbesondere das Kapitel IX)

[8]   Die historische Person des Buben Antoni Wachsmacher ist dem Buch „Die Mäuselmacher oder die Imagination des Bösen" von Dr. Rainer Beck entnommen. Seine Familie wohnte auf dem Isartor. Er starb während der ersten Welle der Kinderprozesse in Kerkerhaft (siehe Beck, Rainer (2011), Mäuselmacher oder die Imagination des Bösen, Verlag C.H. Beck oHG, München)

[9]   Die historische Person des Buben Michael Kögl ist dem Buch „Die Mäuselmacher oder die Imagination des Bösen" von Dr. Rainer Beck entnommen. Er war während der ersten Welle der Kinderprozesse in Kerkerhaft (siehe Beck, Rainer (2011), Mäuselmacher oder die Imagination des Bösen, Verlag C.H. Beck oHG, München)

[10]   Die historische Person des Andre, genannt der Trudenfanger, ist dem Buch „Die Mäuselmacher oder die Imagination des Bösen" von Dr. Rainer Beck entnommen. Er

kam aus Tuching, war während der ersten Welle der Kinderprozesse in Kerkerhaft und hat sich dort selbst erdrosselt (siehe Beck, Rainer (2011), Mäuselmacher oder die Imagination des Bösen, Verlag C.H. Beck oHG, München, u.a. Kapitel II, 5 und VIII, 32)

[11]   Die historische Person des Lenzl Niederberger ist dem Buch „Die Mäuselmacher oder die Imagination des Bösen" von Dr. Rainer Beck entnommen. Er wurde bei der ersten Welle der Kinderprozesse zum Tod durch das Schwert verurteilt (siehe Beck, Rainer (2011), Mäuselmacher oder die Imagination des Bösen, Verlag C.H. Beck oHG, München)

[12]   Der Liebsbund war eine Einrichtung zur Unterstützung der Armen in der Stadt Freising (siehe Beck, Rainer (2011), Mäuselmacher oder die Imagination des Bösen, Verlag C.H. Beck oHG, München, u.a. Kapitel I, 2)

[13]   Zitat aus den Prozessakten (siehe Beck, Rainer (2011), Mäuselmacher oder die Imagination des Bösen, Verlag C.H. Beck oHG, München, Seite 52)

[14]   Die historische Person Freiherr Siegmund von Lampfritzheim war zur Zeit der ersten Welle der Hexenprozesse Stadtrichter in Freising (siehe Beck, Rainer (2011), Mäuselmacher oder die Imagination des Bösen, Verlag C.H. Beck oHG, München, Teil 1)

[15]   Die historische Person Johann Franz Eckher von Kapfing und Liechteneck (* 16. Oktober 1649 auf Schloss

ANMERKUNGEN

Train bei Abensberg; † 23. Februar 1727 in Freising) war Fürstbischof von Freising von 1695 bis 1727. Er war maßgeblich an den Hexenprozessen in Freising beteiligt (siehe Beck, Rainer (2011), Mäuselmacher oder die Imagination des Bösen, Verlag C.H. Beck oHG, München)

[16]   Die Erzählung von der Hinrichtung des Adalpert ist der Referenz zum Leben des Heiligen Corbinian entnommen (siehe Steiner, Peter B. (2014), St. Korbinian, Kunstverlag Josef Fink, Lindenberg i. Allgäu, Kapitel VI, Seite 18)

[17]   Die historische Person des kleinen Franz Schustermiedl ist dem Buch „Die Mäuselmacher oder die Imagination des Bösen" von Dr. Rainer Beck entnommen. Er wurde bei der ersten Welle der Kinderprozesse im Alter von 9 Jahren von der Todesstrafe freigesprochen (siehe Beck, Rainer (2011), Mäuselmacher oder die Imagination des Bösen, Verlag C.H. Beck oHG, München)

[18]   Die historische Person des Michael Zesi ist dem Buch „Die Mäuselmacher oder die Imagination des Bösen" von Dr. Rainer Beck entnommen. Er wurde bei der ersten Welle der Kinderprozesse zum Tod durch das Schwert verurteilt (siehe Beck, Rainer (2011), Mäuselmacher oder die Imagination des Bösen, Verlag C.H. Beck oHG, München)

[19]   Die historische Person Johann Dietrich Hörmann war von 1707 bis 1742 Scharfrichter in Freising (siehe Mayer, Karl (2011), Schinder und Scharfrichter im Hochstift Freising, Verlag Fink Media, Freising)

ANMERKUNGEN

[20]   Die historische Person Joseph Rumpfinger war zur Zeit der ersten Welle der Hexenprozesse Bannrichter in Freising (siehe Beck, Rainer (2011), Mäuselmacher oder die Imagination des Bösen, Verlag C.H. Beck, München, Teil 1)

[21]   Chilianus (Heiliger Kilian) war ein irischer Wanderprediger und wurde der Legende nach 689 in Würzburg ermordet

[22]   Lambertus von Lüttich (Heiliger Lambertus) war Bischof von Tongern-Maastricht und starb als Märtyrer

[23]   Die Constitutio Criminalis Carolina (Des Keysers Karls des fünften und des heyligen Römischen Reichs peinlich Gerichtsordnung) von 1532 gilt als erstes allgemeines deutsches Strafgesetzbuch

[24]   Die historische Person des Hausl Miesenbeck ist dem Buch „Die Mäuselmacher oder die Imagination des Bösen" von Dr. Rainer Beck entnommen. Er wurde bei der ersten Welle der Kinderprozesse zum Tod durch das Schwert verurteilt (siehe Beck, Rainer (2011), Mäuselmacher oder die Imagination des Bösen, Verlag C.H. Beck oHG, München)

[25]   Zitat aus „Einfältiger doch Wohlmeinender Bauern-Prediger, Sonntägliche Predigten auf das ganze Jahr", R.P. Placidum Taller, Ord. S. Bened. Prof, Regenspurg, Verlegts Johann Zacharias Seidel, 1716, Seite 34 ff

[26]   Die historische Person Freiherr von Waldkirch war zur Zeit der zweiten Welle der Hexenprozesse Stadtrichter in

Freising (siehe Beck, Rainer (2011), Mäuselmacher oder die Imagination des Bösen, Verlag C.H. Beck, München, Teil 2)

27   Die historische Person Zauner war zur Zeit der zweiten Welle der Hexenprozesse Bannrichter in Freising (siehe Beck, Rainer (2011), Mäuselmacher oder die Imagination des Bösen, Verlag C.H. Beck oHG, München, Teil 2)

28   Johann Joseph Max Veit von Maxlrain, Reichsgraf von Hohenwaldeck († 1734) war zur Zeit der Hexenprozesse Präsident des Freisinger Hofrats (siehe Beck, Rainer (2011), Mäuselmacher oder die Imagination des Bösen, Verlag C.H. Beck oHG, München, Teil 2)

29   Der Jägersbub taucht im Umfeld des Veit Adlwart als reale und traumhafte Person auf (siehe Beck, Rainer (2011), Mäuselmacher oder die Imagination des Bösen, Verlag C.H. Beck oHG, München)

30   Die historische Person des Buben Peter Grözl ist dem Buch „Die Mäuselmacher oder die Imagination des Bösen" von Dr. Rainer Beck entnommen (siehe Beck, Rainer (2011), Mäuselmacher oder die Imagination des Bösen, Verlag C.H. Beck oHG, München)

31   Die historische Person des Buben Görgl Maier ist dem Buch „Die Mäuselmacher oder die Imagination des Bösen" von Dr. Rainer Beck entnommen (siehe Beck, Rainer

(2011), Mäuselmacher oder die Imagination des Bösen, Verlag C.H. Beck oHG, München)

[32]   Die historische Person des Buben Josef Schweiger ist dem Buch „Die Mäuselmacher oder die Imagination des Bösen" von Dr. Rainer Beck entnommen (siehe Beck, Rainer (2011), Mäuselmacher oder die Imagination des Bösen, Verlag C.H. Beck oHG, München)

[33]   Die historische Person des Buben Johann Ostermaier ist dem Buch „Die Mäuselmacher oder die Imagination des Bösen" von Dr. Rainer Beck entnommen (siehe Beck, Rainer (2011), Mäuselmacher oder die Imagination des Bösen, Verlag C.H. Beck oHG, München)

[34]   Die historische Person des Buben Georg Zechetmaier ist dem Buch „Die Mäuselmacher oder die Imagination des Bösen" von Dr. Rainer Beck entnommen (siehe Beck, Rainer (2011), Mäuselmacher oder die Imagination des Bösen, Verlag C.H. Beck oHG, München)

[35]   Zitat aus den Prozessakten (siehe Beck, Rainer (2011), Mäuselmacher oder die Imagination des Bösen, Verlag C.H. Beck oHG, München, Seite 744)

[36]   Zitat aus Psalm 118

ANHANG

Quellenverzeichnis

Beck, Rainer (2011), Mäuselmacher oder die Imagination des Bösen, Verlag C.H. Beck oHG, München

Bruns, Stefan (2002), Eine Geschichte der alpinen Pässe, Alles Wissenswerte und Kuriose über Verkehr, Namensgebung, Wegebau, Nutzung, Geschichte der Alpinen Pässe, Darüber hinaus deren Bedeutung für die europäische Geschichte und das Militär, Berlin

Captivating History (2023), Kirchengeschichte, Ein fesselnder Führer durch die Geschichte der christlichen Kirche und Ereignissen wie den Kreuzzügen, den Missionsreisen Paulus', der Bekehrung durch Konstantin und der Reformation, Warschau

Eckert, Carl Uwe (2014), Geschichte der keltischen Kirche mit ihren frühchristlichen Heiligen, Beschlüssen und Sagen - Band 1, Hamm

Frutaz, Amato Pietro (1962), Le Piante di Roma, Volume II, Roma

Glaser, Hubert, Brunhölzl, Franz, Benker, Sigmund (2024), Vita Corbiniani, Bischof Arbeo von Freising und die

Quellenverzeichnis

Lebensgeschichte des hl. Korbinian, Verlag Schnell & Steiner München - Zürich

Goerge, Rudolf (2024), Die Kirche in Altenhausen, Chronik Filialkirche St. Valentin

Gundlings, D. Nicolai Hieronymi (1748), Ausführlicher Discours ueber den vormaligen und itzigen Zustand der Teutschen Churfürsten-Staaten, Dritter Teil, Frankfurt und Leipzig

Juling, Katrin, Dr., und Fiedler, Reinhard (2024), fink Das Magazin aus Freising, Ausgabe 03/2024, 18. Jahrgang, Freising

Lang, Thomas (2011), Die historiografische Überlieferung der Schlacht bei Tours und Poitiers (732) und ihre Rezeption in der Literatur, unter besonderer Berücksichtigung der modernen Schulbuchliteratur, Diplomarbeit, Institut für Geschichte, Graz

Maier, Franz Georg (2000), Weltgeschichte, Die Verwandlung der Mittelmeerwelt, Band 9, Verlag Weltbild, Augsburg

Mayer, Karl (2011), Schinder und Scharfrichter im Hochstift Freising, Verlag Fink Media, Freising

Meichelbeck, Carl (1854), Meichelbeck's Geschichte der Stadt Freising und ihrer Bischöfe, Freising

Quellenverzeichnis

Notter, Florian (2024), 1300 Jahre Korbinian, Jubiläumsmagazin, Große Kreisstadt Freising

Prechtl, Johann Baptist (1877), Beiträge zur Geschichte der Stadt Freising, Freising

Putzger, Friedrich Wilhelm (1974), Historischer Weltatlas, Verlagsgesellschaft Cornelsen-Velhagen & Klasing, Bielefeld

Reiser, Rudolf (1978) Die Wittelsbacher in Bayern, Ehrenwirth Verlag, Regensburg

Steiner, Peter B. (2014), St. Korbinian, Kunstverlag Josef Fink, Lindenberg i. Allgäu

v. Rettberg, Britta (2009), FREISING Stadttopographie und Denkmalpflege, Michael Imhof Verlag, Petersberg

Widemann, J. (Altbayerische Monatsschrift Vol 13 1915 1920), Die Herkunft des hl. Korbinian

Wissenschaftliche Buchgesellschaft (2011), Otto von Freising, Chronik oder Die Geschichte der zwei Staaten, Darmstadt

Abbildungsverzeichnis

Abbildung 1: **Freisinger Stadtmauer und Stadttore**
Wikipedia, Stadtbefestigung Freising,
Stadtplan von 1809
Link abgefragt am 28.04.2024

Abbildung 2: **Marienplatz und Markt in Freising**
Wikipedia, Marienplatz Freising,
Wening, Michael, Kupferstich 1681
Link abgefragt am 28.04.2024

Abbildung 3: **Blick auf die Sieben Pilgerkirchen Roms**
herausgegeben von Antonio Lavrery,
Frutaz, Amato Pietro (1962),
Le Piante di Roma, Volume II,
Tav. 236, Roma

Abbildung 4: **Stadtplan von Rom im Laufe der Jahrhunderte VIII – XI**
Frutaz, Amato Pietro (1962),
Le Piante di Roma, Volume II,
Tav. 136, Roma

Linkverzeichnis

https://www.confessio.ie/etexts/confessio_german#

(Sankt Patricks Bekenntnis, Link abgefragt am 12.07.2023)

https://media.christendom.edu/1991/10/columban-a-true-celtic-pilgrim/

(Columban – A True Celtic Pilgrim, Link abgefragt am 13.07.2023)

https://www.sanktgallus.net/sankt-columban/

(Sankt Columban, Link abgefragt am 12.07.2013)

https://www.plus.ac.at/wp-content/uploads/2021/02/EX_FrC3BChmittelalter_im_Bodenseeraum_Columbanus_und_seine_Bedeutung_fC3BCr_das_MC3B6nchtum_in_Europa.pdf

(Columbanus und seine Bedeutung für das Mönchtum in Festlandeuropa, Link abgefragt am 12.07.2023)

https://dewiki.de/Lexikon/Abtei_Bobbio

(Abtei Bobbio, Link abgefragt am 30.04.2024)

Linkverzeichnis

https://de.wikipedia.org/wiki/Korbinian

(Korbinian, Link abgefragt am 16.04.2024)

https://mittelalter.fandom.com/de/wiki/Erembert

(Erembert, Link abgefragt am 17.04.2024)

https://de.wikipedia.org/wiki/Bonifatius

(Bonifatius, Link abgefragt am 16.04.2024)

https://services.phaidra.univie.ac.at/api/object/o:1297982/get

(Diplomarbeit - Die iroschottische Mission auf dem Kontinent, Link abgefragt am 12.07.2023)

http://benediktiner.benediktiner.de/index.php/die-ordensregel-des-hl-benedikt.html

(Regeln der Benediktiner, Link abgefragt am 11.07.2023)

https://www.digitale-sammlungen.de/de/view/bsb10366114?page=54,55

(Einfältiger doch Wohlmeinender Bauern-Prediger, Sonntägliche Predigten auf das ganze Jahr, R.P. Placidum Taller, Ord. S. Bened. Prof, Regenspurg, Verlegts Johann Zacharias Seidel, 1716)

Linkverzeichnis

https://www.heiligenlexikon.de//BiographienK/Korbinian_von_Freising.html

(Stadlers vollständiges Heiligen-Lexikon (Korbinian von Freising), Link abgefragt am 16.04.2024)

https://de.wikipedia.org/wiki/Liste_der_Bisch%C3%B6fe_von_Speyer

(Liste der Bischöfe von Speyer, Link abgefragt am 10.04.2024)

https://de.wikipedia.org/wiki/Liste_der_Bisch%C3%B6fe_von_Aosta

(Liste der Bischöfe von Aosta, Link abgefragt am 3.4.2024)

https://de.wikipedia.org/wiki/Germanen

(Germanen, Link abgefragt am 16.04.2024)

https://www.pz-media.it/inhalt/kulturunterhaltung/1122-germanische-kultur-im-jahreslauf-das-erbe-unserer-vorfahren_ausg-25-2015.html

(Germanische Kultur im Jahreslauf - Das Erbe unserer Vorfahren_Ausg.25-2015 Pustertaler Zeitung, Link abgefragt am 21.03.2024)

Linkverzeichnis

https://de.wikipedia.org/wiki/Lutetia

(Lutetia, Link abgefragt am 15.05.2024)

https://de.wikipedia.org/wiki/Raetia

(Raetia, Link abgefragt am 15.04.2024)

https://hls-dhs-dss.ch/de/articles/024594/2012-06-19/

(Rätoromanisch, Link abgefragt am 15.04.2024)

https://www.altwege.de/index.html?Startseite=Startseite

(Altwege in Deutschland, Römerstraßen und Keltenwege, Mittelalterliche Straßen und Wege in Deutschland, Link abgefragt am 13.04.2024)

https://de.m.wikipedia.org/wiki/Via_Claudia_Augusta

(Via Claudia Augusta, Link abgefragt am 13.04.2024)

https://de.wikipedia.org/wiki/Via_Flaminia

(Via Flaminia, Link abgefragt am 14.04.2024)

https://de.wikipedia.org/wiki/Via_Francigena

(Via Francigena, Link abgefragt am 12.07.2023)

Linkverzeichnis

https://www.komoot.com/de-de/collection/2333731/via-degli-abati-historischer-weg-der-aebte-ueber-den-apennin

(Via degli Abati – Historischer Weg der Äbte über den Apennin, Link abgefragt am 30.04.2024)

https://www.zvab.com/karten/Vindelicia-Rhetia-Noricum-Altkolorierte-Kupferstich-Karte-K%C3%B6hler/31416741819/bd#&gid=undefined&pid=1

(Vindelicia Rhetia et Noricum. Altkolorierte Kupferstich-Karte aus Köhler "Bequemer Schul- und Reisen-Atlas". Nürnberg, Christoph Weigel um 1720 31 x 38 cm, Link abgefragt am 13.04.2024)

http://www.moesslang.net/alpenpaesse06.pdf

(Alpenpässe, vom Saumweg zum Basistunnel, Eine Geschichte der alpinen Pässe, aktualisiert September 2002, link abgefragt am 15.04.2024)

https://www.lovevda.it/de/kultur/das-system-der-hospizen

(Das System der Hospize und die Rolle Bernhards, Link abgefragt am 12.07.2023)

https://www.lovevda.it/de/datenbank/8/archaologie/aosta/vorchristliche-basilika-san-lorenzo/1

(Valle d'Aosta, Link abgefragt am 3.4.2024)

Linkverzeichnis

https://de.wikipedia.org/wiki/Stadtmauer_von_Augusta_Praetoria_Salassorum

(Stadtmauer von Augusta Praetoria Salassorum, Link abgefragt am 3.4.2024)

https://www.heidenheim.de/leben/stadtportrait/stadtgeschichte

(Homepage Stadt Heidenheim an der Brenz, Stadtgeschichte, Link abgefragt am 13.04.2024)

https://de.wikipedia.org/wiki/Geschichte_Bayerns#Das_bairische_Stammesherzogtum

(Geschichte Bayerns, Link abgefragt am 15.04.2024)

https://www.bavarikon.de/object/bav:BSB-MDZ-00000BSB10999435?p=575&cq=Lewer,%20Stephan%20von&lang=de

(Bayerisches Wörterbuch: Sammlung von Wörtern und Ausdrücken, die in den lebenden Mundarten sowohl als in der älteren und ältesten Provincial-Litteratur des Königreichs Bayern, besonders seiner ältern Lande vorkommen, und in der heutigen allgemein-deutschen Schriftsprache entweder gar nicht, oder nicht in derselben Bedeutungen üblich sind, München, 1872)

Linkverzeichnis

https://de.wikipedia.org/wiki/Liutprand_(K%C3%B6nig)

(Liutprand, Link abgefragt am 17.04.2024)

https://de.wikipedia.org/wiki/Agilulf_(Langobarde)

(Agilulf (Langobarde), Link abgefragt am 07.04.2024)

https://www.mittelalter-lexikon.de/wiki/Agilolfinger

(Agilolfinger, Link abgefragt am 07.04.2024)

https://www.manfred-hiebl.de/mittelalter-genealogie/_voelkerwanderung/g/garibald_2_herzog_von_bayern_630/garibald_2_herzog_von_bayern_um_630.html

(Garibald II. Herzog von Bayern (610-630) Bosl's Bayerische Biographie: Seite 239, Link abgefragt am 07.04.2024)

http://www.nbn-resolving.de/urn:nbn:de:bvb:355-ubr01808-0177-3

(Klebel, Ernst, Geschichte des Herzogs Theodo, Link abgefragt am 09.04.2024)

https://de.wikipedia.org/wiki/Theodo_II.

(Theodo II., Link abgefragt am 07.04.2024)

Linkverzeichnis

https://de.wikipedia.org/wiki/Grimoald

(Grimoald, Link abgefragt am 07.04.2024)

https://www.staatliche-bibliothek-
regensburg.de/fileadmin/regensburg/PDF/veranstaltungen
/MZ_20090701.pdf

(„Radaspona" hat keltische Wurzeln, Zeitungsartikel von Dr.
Albrecht Greule, Seniorprofessor Universität Regensburg,
Link abgefragt am 13.03.2024)

https://www.heimatforschung-
regensburg.de/1998/1/996741_DTL1347.pdf

(Regensburg im Fernhandel des Mittelalters, Link abgefragt
am 10.04.2024)

https://bistum-regensburg.de/termine/details/emmeram-
maertyrer-aus-regensburg

(Emmeram – Märtyrer aus Regensburg, Link abgefragt am
16.04.2024)

https://utheses.univie.ac.at/detail/13721#

(Kirchenorganisation und Herrschaft im
frühmittelalterlichen Bayern des 7. und der ersten Hälfte
des 8. Jahrhunderts, Diplomarbeit an der Universität Wien,
Markus Gneiß, BA, Link abgefragt am 16.04.2024)

Linkverzeichnis

https://www.niederbayern-wiki.de/wiki/Kloster_Weltenburg

(REGIOWiki Niederbayern, Kloster Weltenburg, Link abgefragt am 12.07.2023)

https://www.freising.de/

(Offizielles Stadtportal für Freising, 1300 Jahre Korbinian in Freising 2024, mit Aktuellem aus Freising, Link abgefragt am 12.04.2024)

https://storymaps.arcgis.com/stories/e8ef538ff2574cc2924d32462631ab51

(Landschaftsentwicklung Bayerns und Niederösterreichs im Spiegel der Gemälde von Valentin Gappnigg im Fürstengang, Freising, Link abgefragt am 07.04.2024)

https://www.freisinger-dom.de/index.php?id=22

(Homepage des Freisinger Doms, Link abgefragt am 12.04.2024)

https://de.wikipedia.org/wiki/Liste_der_Stra%C3%9Fen_in_Freising

(Liste der Straßennamen in Freising, Link abgefragt am 15.07.2023)

Linkverzeichnis

https://de.wikipedia.org/wiki/Liste_der_Brauereien_in_Frei
sing#Liste_der_Brauereien

(Liste der Brauereien in Freising, Link abgefragt am
20.07.2023)

https://www.tourismus-kreis-
freising.de/attraktionen/rosengarten-35bf7ee0e6

(Gartenanlage Rosengarten, Fürstendamm 1, Bahnhofstr.
18c, 85354 Freising)

http://www.fink-magazin.de/die-grottenau-der-versuch-
einer-annaeherung/

(Die Grottenau: Der Versuch einer Annäherung, Link
abgefragt am 19.07.2023)

https://de.wikipedia.org/wiki/Kinderhexenprozesse_in_Frei
sing

(Kinderhexenprozesse in Freising, Link abgefragt am
16.04.2024)

https://www.dimu-freising.de/vorschau/bayla24

(Diözesanmuseum Freising, Landesausstellung 2024, Link
abgefragt am 15.05.2024)

Linkverzeichnis

https://www.audimax.de/fileadmin/hausarbeiten/geschich
te/Hausarbeit_Geschichte_Die_Verfolgung_Homosexueller
_ahx0377.pdf

(Die Verfolgung Homosexueller in der frühen Neuzeit,
Christian-Albrechts-Universität Kiel, Historisches Seminar,
Hauptseminar: Randgruppen in der frühen Neuzeit, Leitung:
Prof. Dr. Otto Ulbricht, WS 1999/2000, Link abgefragt am
12.07.2023)

https://www.sueddeutsche.de/muenchen/freising/freising
er-mohr-brunnen-domplatz-freising-domberg-otto-von-
freising-caput-aethiopum-wappen-erzbistum-1.6519955

(Zur "Bayerischen Landesausstellung": Der "Freisinger
Mohr" kehrt nach 200 Jahren zurück, Süddeutsche Zeitung
vom 04.04.4024)

Geschichtliche Orte

Historische Ortsbezeichnungen	Aktuelle Orte und Ortsbezeichnungen
ad salinas	Lateinische Bezeichnung des Standorts der Reichenhaller Saline im Herrschaftsbereich der bajuwarischen Herzöge
Adisch	Rätoromanische Bezeichnung der Etsch (ital. Adige)
Agilulfinger	Frühere Bezeichnung des Herzogtums der Agilolfinger nach dem Namen und Geschlechte des Agilulf
Alcmona	Mittelalterliche Bezeichnung für den Fluss Altmühl
Altunhusir	Altenhausen bei Freising gehörte gerade noch zum Territorium des Hochstift Freising, die Landeshoheit hatte der Freisinger Fürstbischof
Augusta Praetoria	Aosta
Aurelianum	Antiker Name der Stadt Orléans
Alamannien	Stammesherzogtum des ostfränkischen Reichs
Aurelianische Mauer	Antike Stadtmauer Roms

Geschichtliche Orte

Autun	Benediktinerkloster in Frankreich
Bajuwaren	Stammesherzogtum Baiern
Bar	Bar sur Aube
Bjanardz Spitali	Mittelalterliches Hospiz am Sankt Bernhard Pass
Breymühle	Mühle an der Freisinger Moosach unterhalb des Dombergs
Büchl	Freisinger Brauerviertel im Mittelalter
Bysiceon	Besançon
Castrum Majensis	Burg in Mais (heutiges Südtirol)
Chastres	Ort Arpajon südlich von Paris
Circus Gai et Neronis	Antike Spielstätte auf dem vatikanischen Feld im antiken Rom
Clonmacnoise	Ehemaliges irisches Kloster im County Offaly am Shannon River, das ins 6. Jahrhundert zurückreicht
Crantzberg	Kranzberg bei Freising
Dál Riata	Alte irische Bezeichnung für das Königreich keltischer Skoten (Schottland), die etwa ab dem 4. Jahrhundert den Norden der irischen Insel und den mittleren Westen Schottlands besiedelten

Geschichtliche Orte

Danubius	Lateinisch mittelalterlicher Name der Donau
Éire	Gälische Bezeichnung für Irland seit dem Mittelalter
En	Mittelalterliche Bezeichnung für den Fluss Inn
Engiadina Bassa	Unterengadin
Frisinga	Freising
Fürstendamm	Hochwasserdamm, im 16. Jahrhundert erbaut von Bischof Philipp von der Pfalz
Fürstengang	Verbindungsgang zwischen Fürstbischöflicher Residenz und dem Dom von Freising
Galgenanger	Hinrichtungsstätte in Freising auf einem Hügel zwischen der heutigen Haindlfingerstraße und dem Plantagenweg
Gallien	Zur Zeit von Corbinianus Teil des Frankenreichs
Germanien	Rechtsrheinischer Teil des Frankenreichs
Haidlfing	Haindlfing bei Freising
Isartor	Stadttor in Freising unterhalb des Dombergs in Richtung zur Isar hin
Isura	Isar
Judentor	Siehe Murntor (Zweitname)
Kanzlerbogen	Kleines Tor am Aufgang zum Freisinger Domberg

Geschichtliche Orte

Kleines Münchner Törl	Kleines Stadttor beim Münchner Tor in Freising
Kloster Sankt Georg	Kloster Weltenburg
Korbiniansbrünnlein	Quelle unterhalb von Weihenstephan an der einst eine Kapelle stand
Kuens	Ort bei Meran in Südtirol
Lacus Bodamicus	Mittelalterliche Bezeichnung für den Bodensee
Lacus Lemanus	Mittelalterliche Bezeichnung für den Genfer See
Lateranpalast	Sitz der Päpste seit der Zeit Konstantin I
Licca	Bezeichnung des Lech aus der Keltenzeit
Lousonna	Lausanne
Luca	Lucca
Luna	Luni
Lutetia Parisiorum	Lutetia Parisiorum, oder kurz Lutetia, ist der antike Name von Paris, keltischen Ursprungs
Luvarum	Salzburg
Lyceum	Heutiges Asamgebäude in Freising
Mettis	Mittelalterliche Bezeichnung für Metz
Münchner Tor	Stadttor unterhalb des Dombergs beim Vizentinum in Freising

Geschichtliche Orte

Murntor	Stadttor zur heutigen Landshuterstraße in Freising
Milvinische Brücke	Brücke in Rom über den Tiber
Moguntia	Mainz
Monte Mario	Hügel nordwestlich von Rom
Montjovet	Sankt Bernhard Pass
Neustifft	Frühere Schreibweise Prämonstratenserkloster und heutiger Stadtteil Neustift von Freising
Novum Castellum	Herrschaftssitz von Karl Martell
Paintl	Wiese außerhalb der Freisinger Stadtmauern neben dem Sankt Georg Friedhof in Freising
Pamphica	Pavia
Porta Asinaria	Stadttor in der Aurelianischen Mauer Roms in der Nähe des Lateranpalasts
Porta Flaminia	Stadttor in der Aurelianischen Mauer Roms an der gleichnamigen antiken Straße
Porta Principalis Sinistra	Stadttor im Norden von Aosta, das vom Großen Sankt Bernhard kommend in die Stadt führt
Puntreme	Pontremoli
Radaspona	Keltische Bezeichnung für Regensburg
Reganespurc	Mittelalterliche Bezeichnung für Regensburg

Geschichtliche Orte

Rheims	Mittelalterliche Bezeichnung für Reims
Rhenus	Rhein
Romanum Monasterium	Antikes Kloster nahe Lausanne am Genfer See, begründet nach den Regeln Columbans, später Benediktinerabtei
Novum Castellum	Mittelalterliche Burg der Karolinger unweit von Lüttich in Belgien
Sankt Benedikt	Ehemalige Kirche auf dem Domberg in Freising
Sankt Johannes	Stiftskirche auf dem Freisinger Domberg
Sankt Stephanus	Kirche zur Zeit des Heiligen Corbinian im heutigen Weihenstephan
Sankt Veith	Ehemalige Kirche unweit des Veitstors an der Stelle des heutigen Lindenkellers in Freising
Schießstatt	Ehemalige Schießstätte vor dem Isartor in Freising
Sequana	Gallischer Name des Flusses Seine
Skoten	Mittelalterliches Königreich an der nordwestlichen Küste Schottlands
Spira	Mittelalterliche Bezeichnung für Speyer

Geschichtliche Orte

Statio Majensis	Römische Station in Mais (heutiges Südtirol)
Steinmühle	Mühle an der Freisinger Moosach nahe des Münchner Tors
Sueben	Region im ostfränkischen Reich
Summus Poeninus	Antiker Name des Großen Sankt Bernhard Passes
Tridentum	Trient
Tuscia	Region Toskana im Mittelalter
Valeria	Ort etwas westlich der Altmühl nahe Gunzenhausen am ehemaligen römischen Limes
Veitshof	Gehöft außerhalb der Stadt Freising beim Veitstor
Veitstor	Stadttor an der heutigen Karlwirtkreuzung in Freising
Vestmezza	Vinschgauer Festung am Finstermünz Engpass
Venostes	Gebiet und Bewohner des Vinschgaus
Veting	Vötting, heute Stadtteil von Freising
Via Aemilia	Römerstraße, die Rimini mit Piacenza in der Poebene verbindet
Via Augusta	Römerstraße, die über die Alpen führt und Rom mit Augsburg verbindet

Via degli Abati	Alter Pilgerweg von Mönchen über den Apennin von Pavia nach Pontremoli
Via Flaminia	Römerstraße, die Rom mit Rimini an der Adria verbindet
Via Francigena	Mittelalterlicher Pilgerweg von England nach Rom
Vicus Leodicus	Lüttich
Virteburch	Würzburg
Warmatia	Mittelalterliche Bezeichnung für Worms
Weiglmühle	Mühle an der Freisinger Moosach nahe dem Münchner Törl
Weihenstefen	Weihenstephan, heutiger Stadtteil von Freising
Ziegeltor	Stadttor zur Ziegelgasse vor dem Sankt Georg Friedhof in Freising

Historische Personen

Historische Person	Zeitliche Angaben und Anmerkungen
Agilulf	Namensgeber der Agilolfinger, Abstammung historisch nicht eindeutig festgelegt († 615) möglicherweise ein Langobarde, König 590–615
Bischof Agnellus (Aosta)	Agnellus († 528), vierter Bischof in Aosta und dort begraben
Bischof Bonifatius	* um 673 in Crediton (England) † 5. Juni 754 oder 755 bei Dokkum in Friesland, wichtigster Kirchenreformer im Frankenreich
Bischof Gallus (Aosta)	Gallus (Bischof 523–546), fünfter Bischof in Aosta und dort begraben (Schüler Columbans im Kloster Luxeuil in den Vogesen, gründete später das erste dauerhafte Kloster im Bodenseeraum)
Bischof Grato (Aosta)	Grato (Bischof um 470), zweiter Bischof in Aosta und dort begraben, nach Überlieferung war Grato in der Spätantike ein priesterlicher Mitarbeiter von Eustasius, dem ersten Bischof von Aosta
Bischof Sigwin	Sigwin (Bischof 709-725), siebter Bischof von Speyer

Historische Personen

Corbinianus	* zwischen 670 und 680 bei Arpajon südlich von Paris † 8. September zwischen 724 und 730 in Freising Christlicher Missionar und erster Bischof von Freising, begraben ursprünglich in Mais bis zu seiner späteren Überführung unter Bischof Arbeo nach Freising
Erembert	* um 700 † 747/748 Gefährte des Corbinianus, von 739 bis 747/748 zweiter Bischof von Freising
Grimoald	* um 676 † vor 725 Sohn des bairischen Herzogs Theodo II. und Enkel von Agilolf von Baiern aus der Familie der Agilolfinger, Herzog der Bajuwaren 702 bis 723, verheiratet mit Pilitrud, der Witwe seines verstorbenen Bruders Theudebald
Hugbert	* um 700 † 736 Agilolfinger, von 724 bis 736 Herzog der Bajuwaren in Baiern und Neffe Grimoalds

Historische Personen

Karl Martell	* 23. August 686 in Herstal, Wallonie † 15. Oktober oder 22. Oktober 741 in der Königspfalz Quierzy (heutiges Département Aisne im Norden Frankreichs) Fränkischer Hausmeier, unehelicher Sohn Pippins des Mittleren
Liutprand	* um 680 † Januar 744 König der Lombarden von 712 bis 744
Papst Gregor II.	* 669 in Rom † 11. Februar 731 in Rom Papst von 715 bis 731 und Zeitgenosse des Corbinianus (Ernennung Corbinianus zum Bischof)
Tassilo II.	* um 690 † um 719 Sohn von Herzog Theodo II., Agilolfinger, Herzog der Bajuwaren 717 bis 719 und Vater eines Grimoald und der Swanahild, der späteren Ehefrau Karl Martells
Theodo II.	* vor 665 † 15. Oktober 717/718 etwa in den Jahren von 680 bis 717 Herzog der Bajuwaren in Baiern, Erbauer der Marienkirche

Historische Personen

Theudelinda	* um 570 † 22. Januar 627 bei Varenna am Comer See, begraben im Johannes-Dom von Monza, langobardische Königin, Tochter des Herzogs Garibald I. von Baiern und seiner Frau Walderada, der Tochter des Langobardenkönigs Wacho
Wynfreth	Geburtsname von Bischof Bonifatius

Zeittafel

um 670-680	Geburt Korbinians
687	Sieg Pippin d. Mittl. über Merowinger (Tertry)
um 700	Beginn kirchlicher Strukturen in Baiern
um 700	Beginn Klosterleben des Corbinianus (14 J.)
um 710-716	Korbinians 1. Pilgerreise nach Rom
714	Tod Pippins des Mittleren
715	Ernennung Papst Gregor II.
um 715	Fortsetzung Klosterleben des Corbinianus (7 J.)
um 716-720	Korbinians 2. Pilgerreise nach Rom
um 716-725	Ankunft von Corbinian in der Stadt Freising
um 717	Beginn der Herrschaft von Karl Martell
um 718	Klostergründung Kuens (Schenkung Grimoald)
um 720	Rufung von Corbinian ins Herzogtum Baiern
um 722	Feldzüge von Karl Martell nach Alamannien
um 723	Tod des Agilolfingers Herzog Grimoald II.
um 725	Beginn Bau der Klosterzelle Weihenstephan
um 725-728	Vorstöße von Karl Martell nach Bayern

Zeittafel

um 725-730	Korbinians Tod in Freising und Beisetzung in Kuens
1532	Constitutio Criminalis Carolina tritt in Kraft
1695-1727	Regierungszeit von Fürstbischof Eckher
um 1695	Eröffnung Fürstbischöfliches Lyceum im Asam
1700	Einrichtung des Liebsbundes in Freising
1715	Beginn 1. Welle Kinder-Hexenprozesse
1717	Trudenfanger Andre erhängt sich in der Zelle
1717	Exekution von 3 Kindern (Hexenprozesse)
1720	Bau der Rundkirche über der Korbiniansquelle
1721	Beginn 2. Welle Kinder-Hexenprozesse
1721	Exekution von 6 Kindern (Hexenprozesse)
1723	Ende der Kinder-Hexenprozesse in Freising
1724	Tausendjähriges Korbiniansjubiläum

Ablauf der Prozesse (1715-1717)

Datum	Angeklagte	Prozessablauf
22.11.1715		Anzeige über Zauberei und Mäusemachen
03.12.1715	Andre „Trudenfanger" Lenzl Niederberger	Erste Verhaftungen
März 1716		Designation (Benennung) von 132 Verdächtigen (davon 8 Angeklagte)
12.08.1717	„Trudenfanger"	Selbstmord (Erhängen)
16.08.1717	Kastner	Tod in der Zelle
Okt. 1718		Rechtsgutachten (76 Seiten)
04.11.1717	Niederberger, Zesi, Miesenböck	Malefiztag (geheim)
12.11.1717	Niederberger, Zesi, Miesenböck	Hinrichtung

Ablauf der Prozesse (1721-1723)

Datum	Angeklagte	Prozessablauf
06.09.1721	Ostermeier	Hinrichtung
11.12.1721		Plädoyer für Todesstrafen
13.12.1721	Adlwart, Grözl, Zechetmaier, Schwaiger, Maier, Gröbmer, Spittaler	Rechtstag (Anklageverlesung)
13.12.1721	Schwaiger, Gröbmer, Spittaler	Revokation ihrer vormaligen Geständnisse
15.12.1721	Adlwart, Grözl, Zechetmaier	Hinrichtung
16.12.1721	Schwaiger, Gröbmer, Spittaler	Rücknahme der Revokationen
31.12.1721	Schwaiger	Selbstmordversuch
14.01.1722	Schwaiger, Gröbmer, Spittaler	Rechtstag
14.01.1722	Schwaiger	Schuldbekenntnis
16.01.1722	Schwaiger	Hinrichtung
23.01.1722	Gröbmer, Spittaler	Verhör

Ablauf der Prozesse (1721-1723)

24.01.1722	Gröbmer, Spittaler	Rechtstag
24.01.1722	Gröbmer	Schuldbekenntnis (Brief)
27.01.1722	Maier, Gröbmer, Spittaler	Verhör
03.02.1722	Gröbmer	Tortur
10.02.1722	Gröbmer	Anklageverlesung
12.02.1722	Gröbmer	Rechtstag
14.02.1722	Maier, Gröbmer, Spittaler	Hinrichtung
1722/23	Weitere Angeklagte	Verbannungen und Abschiebungen